マルゴ・ル・モアル＆ジャン・ル・モアル
浦崎直樹 訳

ブルターニュ料理は死への誘い

二見文庫

おことわり

本書はフィクションです。登場人物が、実在する人物、過去に実在した人物と同じまたはよく似た人物であっても、それは偶然の一致であり、作者はいかなる責任も負いません。

ロクマリア村は、妻マルゴと夫ジャンのル・モアル夫妻の想像の産物です。カンペールとコンカルノー（いずれもブルターニュ地域圏フィニステール県にある都市。カンペールは県庁所在地）のあいだの〝どこか〟に存在しています。

ブルターニュ料理は死への誘い

登場人物紹介

カトリーヌ・ヴァルト　〈ブレッツゼル・エ・ブール・サレ〉のオーナー。愛称カティ

ジャン＝クロード・ケレ　缶詰工場の経営者。ロクマリア村の元村長

マドレーヌ・ケレ　ジャン＝クロードの妻

アントン・マナク　ロクマリア村の現村長

ジョルジュ・ラガデック　ジャン＝クロードの腹心

マチュー・ラガデック　ジョルジュの長男

エルワン・ラガデック　ジョルジュの次男。〈ブレッツゼル・エ・ブール・サレ〉のコック

チャールズ・ハイベリー　食料品店のオーナー

ヤン・ルムール　〈ウエスト・フランス〉紙の記者

アラナ・ルムール　ヤンの娘

ジュリー・フウエナン　エルワンの幼馴染

マロ・ミコルー　養豚業者

セシル・ミコルー　マロの妹

ロミー・ミコルー　セシルの娘

スチュアート・ウォーカー　〈ザ・サン〉の記者

バルナベ・グランシール　県憲兵隊の大尉

エリック・ジュリエンヌ　憲兵隊ロクマリア小隊の准尉

パトリック・コラン　憲兵隊ロクマリア小隊の軍曹

プロローグ

いくつもの黒い雲が空を流れ、突風を伴った雨が殴るように地面を叩(たた)きつけた。最も悲観的な気象予報士の予測さえも超えた暴風は、海を地獄の釜に変えた。八メートルを超える大波の先端がしぶきとなって砕け散った。数海里先の沖合では、飢えた大海原が生贄(いけにえ)を求めて荒れ狂うなか、一隻の外洋船が嵐をかき分けて進んでいた。海は定期的に発作を起こすように、切り立った花崗岩(かこうがん)の岸壁と白浜に怒り狂ったように攻撃を仕掛けていた。しかし、この日一日では岸壁を打ち負かせないし、波の力で引きちぎられた海藻で砂浜を覆うしかないことも海は知っていた。何百年後、何千年後に、海は、長いあいだ抗(あらが)ってきた岸壁を削り取るだろう。

陸上でも、波がないだけで同じような大混乱が起きていて、決して油断はできなかった。風は甲高い唸(うな)り声を上げながら海岸と荒野を猛攻撃した。昔からある森を飲み込み、勇敢なブナやカシのむき出しの枝を弄び、なんともいえぬ恐ろしい叫び声に変わった。次に村に襲いかかり、ひとけのない道に吹き込んでごみ箱や自転車をひっくり返したり、うっかり外に出ていた通行人の傘を引きちぎったり、あちこちのスレート屋根を戦利品として持ち去ったりした。

村の住人たちは家にこもり、手をこまねいているしかなかった。冬の終わりの猛烈な嵐はテレビの無能な連中の予報を上回っていた。それぞれの家庭には父親やおば、祖父がいて、「われわれが若いころに経験した嵐に比べれば全然大したことはないよ」と言うのだった。年長者が語るように嵐が収まるまで待てばいいだけだ。要するに、ロクマリア村では石油ストーブや暖炉、パネルヒーターを囲む生活が続いていた。

村の中心にある教会。十六世紀に建てられた美しい建物も幾多の嵐をくぐり抜けてきた。被害は自然がもたらしたものか、人間の愚かさゆえなのかわからないが、天の猛威に立ち向かわなければならないとき、人々は至高の神と聖母マリアの慈悲にすがらずにはいられない。神が港に連れ帰った者もいたが、全員ではない。しかし、それは運命だった。この地では、人々は嵐とともに生きてきた。

教会に隣接する村役場。頭の固い司祭連中と急進社会主義者とのあいだでときどきもめごとはあったが、数杯のリンゴ酒（シードル）を一緒に飲んでガレットを食べればいつも丸く収まった。

そして、こうした宗教権力と政治権力の目の前に広場がひとつある。商店やカフェ、小さな庭園、ペタンク場を備え、人を心地よく迎えてくれる美しい場所だ。だが、その日は、最も無鉄砲な人たちでさえも家にこもっていた。「最初のランビグ（シードルを蒸留して造るブルターニュ地方のブランデー）ができるころには嵐は収まるだろう」ジョー老人は厳かに告げた。気象予報士たちの発言よりはるかに信頼できることばであり、翌朝の八時半ごろには小康状態になると期待できた。そのあと、外に出て被害を確認し後片付けをする。多少の風と数百万リットルの水ごときでブルトン人はびくともしないことを天に向かって示すのだ。

1

村議会

嵐のなか、灯台のように光を放つ村役場の窓から、議員や傍聴人でいっぱいの村議会場の様子がうかがえる。悪天候のため海や広場にはだれもいないが、会期中の村議会は満席で、ひとりの議員も欠席していなかった。こっそり覗いてみると、議場からは激しく言い争う声が聞こえてくる。

しかし、なぜロクマリア村議会は天候と同じように荒れているのか。

「もういいでしょう。これ以上話を聞きたくありません」アントン・マナク村長の剣幕にあっけにとられている傍聴人たちを前に村長は突然ことばを遮った。「今議会でも、次の議会でもです。議案を再提出しても無駄です」

「三年前に村長に選ばれたからといって、村の将来についておまえが自由に決める権利があると思ったら大間違いだぞ」ジャン＝クロード・ケレは激しく反発した。ロクマリア村議会の反村長派のリーダーだ。

「まず、礼儀正しく発言をしてください、ムッシュー・ケレ。それで――」

「おれはおまえのおやじさんの代から知っているんだ。おまえが鼻垂れ小僧のときからな。だから――」

「それがどうしたと言うんですか。酒場で飲んでいるんじゃないんです。住民を代表して議論をしているんです。それから、わたしの父親を持ち出さないでください。まったく関係ないでしょう」

大男のケレは立ち上がると、脅すようにマナク村長に指を突きつけて怒鳴った。

「だれに向かってそんな口を利いているんだ」

「脅してもだめですよ。あなたは、三十年にわたってギャングのようなやり方で村から利益をむしりとり、私利私欲のために地位を利用して住民に圧力をかけてきた。しかし、ムッシュー・ケレ、ひとつ忘れていることがあります。この前の村長選でロクマリア村の人々はあなたにふさわしい地位を与えました。影響力のかけらもない隠居という地位をね」

ケレは拳で机を叩いたが、マナク村長はひるまなかった。三十五歳のマナクは予想もしなかった偶然が重なって村長に当選した。過半数を取れるとは思わないで立候補したが、アトランティス缶詰工場の売却に絡むスキャンダルで、オーナーのケレの評判は失墜した。村民から付託された職責を果たすため、マナクは自分の生き方や働き方を見直さなければならなかった。村を自分の蓄財のための道具としか考えていなかったケレが五期の任期を務めたあと、マナクの政策は住民にとって新鮮な空気のようだった……。村の執務と荒れた議会対策に悩まされ、ぐったりして眠りにつくとき、マナクはときどき呼吸困難に陥った。しかし、マナクはそのせいで愚痴をこぼすこともなく、ケレと取り巻きたちがマナクをつぶすことに狙いを定めなければ、すべては順調にいっただろう。

「何さまだと思っているのだ」ケレは怒声を浴びせた。「おまえはパリやレンヌからヴァカンスに来た観光客に無農薬野菜を店で三箱ばかり売っている貧乏人じゃないか。おまえがおれに言ったことは名誉毀損に当たるぞ。そして——」

マナク村長はケレのことばを大声で遮り、作り笑いを浮かべた。

「もう十分でしょう、ムッシュー・ケレ。あなたが望もうと望むまいと、ショッピングセンターに関するプロジェクトはもう議題ではないのです。四カ月前にじっくりと審議し、議会は圧倒的多数で否決しました。われわれ全員が知っています。ロクマリア村の外れにホームセンター一軒、スーパーマーケット一軒、激安の中国製品を売る店一軒、子どもたちを太らせるファストフード店二軒を誘致して村を近代化したいと、あなたが思っていたことをね。わたしもあなたと同じように、あなたの土地にショッピングセンターが建った場合に増える見込みの税収をざっと計算してみましたよ。議論は尽きています」

「今夜はそういうことにしておこう。だが、このショッピングセンターは未来そのものだ。おれの土地がだめでも村にはまだいくらでも場所がある。莫大な収入源を逃すことになるぞ――」

「そして、われわれの店やレストランの寿命が早まるのです。ほかにご質問がなければ、議会を閉会します」

食前酒の時間がとっくに過ぎていることに気がついて、議員の何人かが椅子から立ち上がると、その動きに待ったをかける声が上がった。

「この質問は議題にはなかったのですが」ジョルジュ・ラガデックが発言した。「みなさん揃っているのでお訊きしたいと思います。ケルブラ岬邸の新しい所有者について情報をお持ちの方がいれば教えていただけませんか」

ざわめきが収まり、魔法にでもかかったように議員たちは席に戻った。だれもが知りたがっている話題だし、気をもんでいる者もいた。最近この地所を買ったのはだれだろう。荒涼とした岬の土地には、十年ほど前から放置されていた大きな屋敷があった。屋敷はポーランドのニコライ・ペトロフスキー公爵の別邸として一九三〇年代に建てられた。公爵の娘が屋敷に住んでいたが、十年ばかり前に亡くなった。相続人探しは難航し、地所は八カ月ほど前に売りに出された。ロクマリア村で最も金持ちの農場経営者であるラガデックはこの屋敷を手に入れるのをずっと前から夢見ていた。自分の成功をみなにひけらかす絶好の機会だった。ラガデックは交渉慣れしていたので、時間とともに売値が下がることを知っていた。相続人は、聞いたこともないような無名の岬の地所を一刻も早く処分し、金に換えることしか望んでいないはずだ。

物件の評価額は七十五万ユーロだったが、全面改修が必要なためこの価格はやや割高と言えた。ラガデックは五十万ユーロなら買うと持ちかけたものの、売り手は拒否した。ラガデックは二カ月待って五十五万ユーロを提示することにした。公証人事務所の従業員はその価格を受け入れるはずだった。ところが二度目の申し入れをする一週間前に公証人事務所から電話があった。何者かが現金で七十五万ユーロを机の上に置いたと。売り手はチャンスとばかりに飛びついたようで、ラガデックの交渉はご破算となった。それ以来六カ月のあいだ、ラガデックは悶々としていた。

「それで、わたしたちの土地を侵略した氏名不詳の人物について何か手がかりはないのか」ラガデックは喧嘩腰でマナク村長に迫った。

「前にも言いましたよ。地所は不動産会社が相続人から買い取りました。不動産会社がだれに売ったかは明らかになっていません」

「言いにくいのですが」水着ショップの店長のアルセーヌが言った。「これはどうも怪しいですね」

「どこがです？」マナク村長が訊いた。

「隠す必要がないなら名前を出すでしょう。不動産会社を使って……悪だくみをしているのではないでしょうね。政治家が税金をごまかすために会社を作ることもあるでしょう」

「アルセーヌ、そういうことも以前にありましたが、人を騙す者が何人かいるからといって、みんなが腐敗しているわけではありません」

「ええ、あなたが言うのだから間違いはないでしょう。あなたはわたしたちのために汗をかいてくれていますが、そうでない人もいます」アルセーヌは横目でケレのほうを見ながら言った。「わたしが疑ってしまうのは、当事者から直接手に入れた情報を持っているからです。みなさんに教えますので、よく聞いてくださいよ……」

アルセーヌは演説の効果を最大限に活(い)かすためしばらく沈黙してから、声を潜めて言った。あたかも、埃(ほこり)だらけのカーテンの裏に隠れたスパイが話を聞いているかのように。

「つい最近、ギルヴィネックで店を開いている同業者のマヌエル・クムレに会ったんです。クムレが言うには、アラブ人、といってもカンペールの街を原動機付き自転車(モビレット)で走り回っているようなやつらではなく、石油で潤っている金持ちのアラブ人たちのことですが、彼らがわれらのブルターニュ地方に目をつけ始めたそうです」

「アルセーヌ、あなたは聖戦(ジハード)が起こると心配しているの？」村の体育館でピラティスのクラスを主宰して、住民の健康づくりにひと役買っているマリーヌ・ル・デュエヴァが茶化した。

「笑うがいいさ、マリーヌ。だけど、クムレはこっそり耳打ちしてくれたんだ。ケルブラ岬邸を買ったのはアラブの首長(アミール)だとね」

「百万ユーロ足らずの買い物なんて、ずいぶんスケールの小さいアミールね」

「クムレには特別のネタ元があるんだ」アルセーヌはひるむことなく続けた。「ビキニの美女たちをはべらせたアミールが浜辺にいるのを見たら、あなたもそんな軽口はたたけないだろう。風光明媚(ふうこうめいび)なわれらのブルターニュの海岸。アミール御一行が、美女たちの顔を覆う黒いメッシュの布を用意してくれなんて無粋なことを言わないことを願うよ。寒かったり、髪を隠したかったりするなら、アルモリュクスやセントジェームスのような正真正銘のブランドものをわたしの店で買うといい。店にはトルコ風スリッパ(バブーシュ)ではなくエーグルのブーツをいつも用意しているのだからね」

「アルセーヌ、マヌエル・クムレの情報は信頼できるとは思いません」マナク村長はふたりのあいだに割って入った。クムレはありとあらゆる陰謀論を言いまくる常習犯だ。

「アルセーヌは話を盛り過ぎかもしれないけど、地所の購入者が村役場に姿を現さないのは確かにおかしいな」最古参のケレが言った。

「役場に来る義務はありません。ヴェランダの増設工事の申請は不動産会社の代表から提出されています。すべて規則にそったものです。工事はほぼ終わっているそうです。われわれは間もなく新しい住民の正体を知ることができるでしょう」

「それはともかく、おれも工事の話を聞いたのだ。妻の従姉妹(いとこ)の夫がこの工事現場で働いている男と知り合いなんだ。そいつが言うには、内装がすごく豪華だそうだ。バスルームにサウナやジャグジーまであるのだ。まあ、くだらないものばかりだけどな」ケレは言った。

「それがどうしたというのです？」マナク村長が遮った。

「それがどうした、だって？　おい、タイ・ジャネットの話を覚えていないのか？」

「どんな話です？」マナク村長は眉をひそめた。

「一九六九年六月のことだ。そのころは、まだこの世に生まれてくるかどうかさえ定かでなかったやつが多いだろうがな。コルシカ人とのハーフのパリジャンがタイ・ジャネットを改築させたんだ。ほら、ファブリの森をずっと行ったところにある建物だ。大金を注ぎ込んだがお粗末なできだった。大理石の洗面台やセントラル・ヒーティング、ごてごてした飾りのついたたくさんの照明器具、それから一面鏡張りの壁。なぜこんなことをするのだ、とおれたちは言い合ったものだ。心配したとおりだ。ヴァカンスシーズンには若い娘四人がパリからやってきた。恐れを知らない二十歳（はたち）の美しい娘たちだ。おれたちのズボンのなかが興奮したものさ」

「詩的な表現で説明してくれようとしているのですね、ケルブラ岬邸が売春宿に変わる可能性を」

マナク村長のことばにケレは少したじろいだ。「なあ若造、おれは八十歳のばあさんと寝たこともあるし、何度も騙されたこともある。火のないところに煙は立たないと言うだろう。娼婦(しょうふ)はみんな安っぽいフリルの付いたドレスを着ているものだ。用心しろということさ」

マナク村長は疲れた顔で議会場を見渡した。ケレを多少嘲るような周りの笑い声に安心した。突拍子もない別の噂話(うわさばなし)が議論に上る前に、マナク村長は議会を閉会することにした。

2

ピラティス

「さあ、腕立て伏せが終わったので、最後のストレッチをする前に体幹トレーニングをあと一セットやりましょう」

マリーヌ・ル・デュエヴァは生徒たちの愚痴に耳を貸さずこう続けた。

「まだがんばれるはずよ。うつ伏せになり両肘をつき腰を浮かし、背筋をまっすぐに伸ばして頭、背中、腰、踵(かかと)が一直線になるようにして、腹筋とお尻に力を入れ、その姿勢を一分間キープします。次第に身体が温まってきたでしょう」

講師のマリーヌは生徒たちを見回した。まだ余裕のありそうな者もいれば、すでに卒倒しそうな者もいる。ピラティスのクラスを始めたのは半年前だが、腹筋を徹底的に鍛えようと毎週水曜日に十五人が集まってくる。

マリーヌはふたりの男性の前で足を止めた。二十五歳から六十歳までの女性が十三人いるのに対し男性はこのふたりだけだ。五十代のオリヴィエはいつも妻と一緒に参加する。年齢とともに腹回りが重力で垂れ下がり、老いに抵抗しようと目いっぱいの努力をしているのだ。もうひとりの男性トリスタンはクラスで最年少だ。トリスタンはこの地域で繁盛しているスポーツクラブではなくて、なぜこのクラスに来ているのか。女性の存在が大きな決め手になったことに疑いの余地はない。マリーヌは、トリスタンが自分ではなく、惜しげもなく胸元をあらわにしたナターシャ・プリジャンを眺めているのに気がついていた。きつめのレオタードを着ているせいで胸が強調されている。

「頭を上げて背骨に沿って伸ばしてね、トリスタン。そんな姿勢では首がねじれてしまうわ」

トリスタンが顔を真っ赤にしているのは、長時間のエクササイズによるものか、注意されたせいで気まずくなったのか、マリーヌには判断しかねた。

「みんな、よくやったわ。ゆっくり起きて、深呼吸をしましょう」

エクササイズが終わると、クラスの静けさは選挙の投票日翌日の政治家の公約のようにあっという間に消えてしまった。生徒たちは着替えたあと、部屋の隅にあるテーブルの周りに集まった。プラム入り卵菓子と箱入りビスケットが魔法のように現れた。マリーヌは保冷バッグからボトルを数本取り出した。

「誕生日を迎えたマエルに感謝の意を込めて」

オリヴィエがアペリティフを用意してくれたのだ。アペロール二本、プロセッコ三本、サンペレグリノ一本、それにオレンジ三個……これでおしまい。ボトルを開けると、「お誕生日おめでとう」という声が飛び交った。

空きっ腹でアルコールを口に入れたためか、みなの会話は弾んだ。

「そう言えば、昨夜の村議会はどうだったの？」セシル・ミコルーが尋ねた。

「特別なことはなかったけれど」マリーヌは答えた。「ケレがいつものように大騒ぎしていたわ。ああ、そうそう、最後になって盛り上がったの。ケルブラ岬邸の所有者のことでね」

「その話、聞きたいわ」

サウジアラビアの宮殿の別館を作るとか売春宿にするとかいう説をマリーヌが披露すると、どっと笑い声が起きた。

「最悪の場合はそうなるかもしれないわね」セシルは言った。「で、ほかの人たちの反応は？」

「明らかにおもしろがっていたわ。大物を釣り逃していまだに悔しがっているラガデックでさえちょっと笑っていたから」

「マリーヌ、あなたはどう思うの？」セシルの娘のロミーが尋ねた。

「怪しい話じゃないと思うわ。マナク村長が言うには、改装工事は終わっているそうよ。謎の所有者の正体は間もなくわかるでしょう」

「新しい持ち主がわかるまで待っているあいだ、あれこれ想像して楽しみましょうよ」ナターシャが提案した。「女性のみなさん、こんなのはどう？　ハンサムな男が大挙してあの屋敷に住みつくの。サウナやジャグジー、それになんだかんだ作ったとしても、絶対に老人ホームにするためじゃない」

「それはすばらしいわ」シモーヌは夢見るように叫んだ。「チッペンデールズ（アメリカの男性ストリップ団体）みたいな筋骨隆々の男たちだったりして」

みなが堰を切ったように、思い思いにしゃべり始めた。

「ハンサムな男たちはケルブラ岬の先端にあるビーチで肌を焼くの」

「裸でね」

「船に乗ってそっと近づくこともできるわ。日焼け止めクリームを塗ってあげる女性が必要でしょう」

「いい考えだわ。引き締まったかわいいお尻にね」

十八歳のトリスタンは自分がパラレルワールドに放り込まれたような感覚にとらわれた。昼のあいだはまじめで、ほとんどが母親でもあるこの女性たちが、発泡性ワインをちょっと飲んだだけでこうも変わるものだろうか。プロセッコのせいで大胆になっているわけではないと理解するには若過ぎるため、トリスタンは耳まで真っ赤にして口をぽかんと開けていた。こんな会話を聞くことができるのなら、ピラティスのクラスだけでなくスポーツジムの会員になることを父親に頼んでみようかとも思った。

「だれか閉店した港のピッツェリアについて知らない？」

「だれかが権利を買ったみたいよ」セシルが答えた。「兄のマロがきのうコンカルノーに行く途中で聞いたの」

「新しいレストランができるの？」

「そうみたい。いずれにせよ、〈シシリーの太陽〉よりまずい店ってことはありえないわ」

「ピザはそれほどひどくなかったのよ」ナターシャは言った。

「ご冗談でしょう。最初はおいしかったの。でも最後のほうは、ルイージは酔っ払ってばかりいて、パスタをアルデンテに茹(ゆ)でられもしなかった。大したイタリア人だわ」セシルは皮肉を言った。

「ルイージという名前も嘘(うそ)」マリーヌが言った。「本当はジャン＝リュックといって、イスーダン出身なの」

「なるほどね。でも、フランス人だということが言い訳にはならないわ。大きな鍋に湯を沸かし、塩をひとつかみ入れ、時間を計るだけじゃないの。パスタをうまく茹でるのに理工科学校(ポリテクニック)を卒業する必要はないわ」

「ところで、ピッツェリアが閉店して得したのは、隣にあるイギリス人の食料品店じゃないかな」別の生徒が言った。

「ええ、ときどきその店には行くけど、キュウリの薄切りのサンドイッチは微妙だったわ。ピクルス、ショートブレッド、オレンジジャムも最初はいいけどそのうち飽きてくるの。店の名も〈女王陛下万歳(ゴッド・セイヴ・ザ・クイーン)〉。正直言って、ぱっとしないわね」ロミーが答えた。

「まあね。でも、オーナーのチャールズ・ハイベリーはわたしのおやつにしたいわ……」五十代のセクシーな女性が付け加えた。

「確かに、チャールズがわたしのベッドで待っているなら、浴槽で寝てしまったりしないわ」ナターシャが同調した。

「奥様方……それに殿方も聞いてください。楽しいことには終わりがあるものです。そこで体育館を出る前に提案があるのですが、年末にみんなでその新しいレストランでディナーをしませんか。新たな発見があるかもしれませんよ」マリーヌはこう締めくくった。

3

到着

車が止まったのは日が暮れてから数時間ほど経ったころだった。旅は終わり、新しい人生の始まりだ。カトリーヌ・ヴァルトがエンジンを切ると、車内は静寂に包まれた。十時間以上も走ってきたのに、そのあいだサンドイッチひとつとコーヒー三杯を飲んだだけだった。カトリーヌは体を伸ばし長いあくびをしたあと、月に照らされた周りの様子を見た。雲がところどころ空を覆い、依然として強い風で木々の枝はたわんでいた。ブルターニュを襲った嵐は去ったが……また次の嵐が来るのだろうか。

カトリーヌがアウディのドアを開けると、夜の冷気が入り込み車内の湿気を追い払った。遠くでは、灯台の灯りが一定の間隔であたりを照らしている。岬の岩に打ちつける波の音が聞こえ、車を止めた場所の下からは、松の木の匂いが混ざった強烈な磯の香りが立ち上り、違う惑星にいるかのような感覚に襲われた。これまで人生を過ごしてきたアルザス地方を昼前に発って車で千キロ走り、今後の人生を過ごすことになるブルターニュに到着した。

カトリーヌは身震いした。アルザスのヴォージュ山脈をあとにしたときには五十センチ近い雪がくっきり残っていた。だが、ロクマリア村の入口でヤシの木を見かけたからといって、ここが常夏だという保証はない。キルティング地のジャケットを羽織り、トランクから小さいスーツケースを下ろし、バーゲンで買い物をしたあとの学生の荷物のように中身がいっぱい詰まったリュックサックを座席から引きずり出した。今夜はこれで足りるだろう。初めはレンヌを抜けたところでホテルに泊まろうと思っていたが、早く新しい生活を始めたいという思いが勝って、とうとうロクマリア村まで車を走らせてしまった。

物件探しを頼んでいた不動産会社から故ペトロフスキー公爵の屋敷の写真を見せられて、カトリーヌはすっかり心を奪われた。

ブレストに向かう航空チケットを買い、ブレスト・ブルターニュ空港でレンタカーを借り、翌日の午後には岬の物件を目の当たりにした。リゾート地ロクマリア村の西の突端にある屋敷は魅力でいっぱいだった。五十ヘクタール以上ある敷地。西側は風が吹きすさび荒涼としている一方、東側は穏やかで心地よく、岩山に守られた砂浜の入り江があり、庭から石の階段で砂浜に下りることができる。「このすばらしい砂浜は物件の敷地ではありませんが、一般の人々は満潮のときに船でしか行くことができません」と不動産会社の従業員は仰々しく言った。敷地は密生したエニシダの生け垣で囲まれていて、プライバシーが完璧に守られている。屋敷は敷地の真ん中にあった。二階建ての堂々とした建物は、花崗岩でできたブルターニュ風の部分と、アール・デコ調の部分が混ざり合う名付けようのない様式で設計され、独創的な外観を呈していた。老朽化した部屋はだいぶ古びて湿気も帯びていたものの、カトリーヌはすぐにきれいにリノベーションしたあとの建物を頭に思い浮かべた。時代遅れのこの建物を夢の邸宅に変えてしまおう。そして目を引くのは、屋敷の裏の木立に囲まれて、太古の昔に据えられたひとつの巨石遺構（メンヒル）（新石器時代の巨石構造物で、細長い柱状の巨石を立てたもの。ブルターニュ地方に多い）だ。少なくとも南仏訛り（なま）の不動産会社の従業員はそう力説した。詩人の魂がそう言わしめたのか、あるいは少なく見積もっても四万ユーロにはなりそうな手数料の甘い誘惑に惹（ひ）かれたのかはわからないが。しかし、そんなことはどうでもよかった。アルザスの女性もここが気に入ったのだ。たくさんの観光客に愛されるこの土地に密（ひそ）かにやってきて、探し求めていたものを見つけた。カトリーヌはその日のうちに屋敷を買うことを決め、翌朝一番に公証人と会った。値切ろうともせず即金で払おうという客は神のようだ。その夜、ブルターニュを発つときには、購入契約を終えて自分の将来を決めていた。

カトリーヌはスーツケースを手元に引き寄せると、地元のガイドブックで紹介されている、海藻と潮の匂いがする空気を肺いっぱいに吸いこんだ。駐車場と正面入口のあいだの五十メートルほどの石畳の道は、〝税官吏の道〟と合流する。〝税官吏の道〟は屋敷の土地に沿って延びていたが、植物が屋敷を隠すことで神秘的な雰囲気を醸し出し、ハイカーたちを魅了し、その想像力を掻（か）き立てている。

不動産会社の従業員が鍵の束を茂みの下に隠し写真に撮ってショートメッセージで送ってくれていたので、カトリーヌは簡単に鍵を見つけることができた……。が、これはその従業員が自分の時間を奪われたくないからでもあった。その夜、〈スタッド・ブレスト29〉（ブレストを本拠とするサッカークラブチーム）とマルセイユのサッカーチームとの対戦が行われる予定で、従業員は、試合を見て興奮しながら電話をかけ、どのアジサイの下に鍵束を隠したのかを説明しなければならないという面倒な事態を避けたかったのだろう。

カトリーヌは正面の門を押して開け、新しい所有地に足を踏み入れた。満月に近い月で、その光が反射して海は輝いている。真新しいテラスに荷物を置き、岬の先端に向かった。カトリーヌは、ストラスブールで逐一工事の進捗報告を受けていた。不動産会社が熱心に薦めたので頼んだ建築家はみごとな施工をしてくれた。カトリーヌは腕を胸の前で組んで瞑想（めいそう）した。身震いするのは冷気のせいなのか、喉を締め付けるような感情の高まりのせいなのかはわからない。大洋の前でじっとしていると、頭のなかを駆け巡っていた疑問がすっきり消えていく。五十一歳にもなって、まったく知らない土地で人生をやり直すことは理にかなっているのだろうか。妹のことを考えると涙をこらえることができず、思わず両手の拳に力が入った。もう決めてしまったのだから、後戻りはできない。ゆっくりと息を吸い、ブルターニュのエネルギーで体内を満たし、屋敷に引き返した。工事の事後点検は翌々日に予定されていた。三日後には引っ越し荷物を載せたトラックが到着する。あとはカンペールかブレストで足りないものを買い揃えればよいだろう。当面は、マットレスや寝具、それにスーツケースに入っている厚手のセーター、温かいレギンス、暇つぶしに編んだ靴下、〈デルニエール・ヌーベル・ダルザス〉紙、この新聞と同じ朝に買った〈クリスチャン〉のビスケットやクッキーがあれば十分だ。アルモリカ（ブルターニュ半島を指す古代の名称）での最初の夜を過ごす準備は整った。

4

〈沖合でのんびり読書（リール・オ・ラルジュ）〉

灰色の雲が空に広がっていた。しばらくは晴れそうもない。ブルターニュ四県（かつては五県だった）に伝えられてきた有名な格言を、幸いなことに住民や旅行者はみな知っていた。それはこういうものだった。〈ブルターニュでは一日に何回も晴れる〉。天気に関するこの知恵はおおむね正しいと言える。

その朝、ロクマリアは霧雨に煙っていた。カトリーヌ・ヴァルトは、村の中心部までの一キロを歩こうと思っていたが、結局、車に乗ることにして教会と村役場のあいだに車を止めた。思いのほか体を濡（ぬ）らす小雨にも慣れることができそうだ。広場を横切り、港へ続く道に出た。夏には観光客でごった返す場所ながら、いまはまだ落ち着いている。夜明け前に、六隻からなるトロール船団が港を出た。漁師たちは嵐で失った時間を取り戻さなければならない。係留ブイに繋（つな）がれている漁船はわずか数隻だ。

プレジャーボートが現れるのはまだ何カ月か先のことだ。

カトリーヌはしばらく歩いて船台のスロープを上り、振り返って周りの風景を見渡した。これからこの地で暮らすのだ。クリスマスマーケットの日のストラスブール大聖堂前の広場に比べると明らかに人通りは少ないが、自分が思い描いている計画は実現できる。ここは典型的なブルターニュの小村だ。花崗岩造りの家、スレートぶきの屋根、上昇気流に乗って嫌味たっぷりの笑い声で鳴くカモメ。右手にある魚屋では、毎日漁師が運んでくる活きのいいアカザエビが売られている。正面には古びた外観の〈ホテル青い波(ロテル・デ・フロ・ブルー)〉、隣接してクレープ店〈マリヴォンヌの店(シェ・マリヴォンヌ)〉、そして、店頭に洒落(しゃれ)た本を並べている書店〈リール・オ・ラルジュ〉、バー、ケーキとアイスクリームの店、食料品店がある。この食料品店の軒先には、フランスの海賊船が数多く暗躍したこの地域に挑戦するような名称〈ゴッド・セイヴ・ザ・クイーン〉の看板が掛かっている。その横は、閉店したピッツェリアだ。ブルターニュ音楽やアンデス音楽のフェスティバルのポスターと、昨夏の夜祭の際に行われたサーカスのポスターのインクが窓ガラスにくっきりと残っている。最後に左のほうを見ると、ブルターニュの服を誇らしく並べているブティックがあった。船乗りが着るようなストライプの入ったシャツ、左の襟元にボタンが三つ付いた民族衣装。このブティックには、地元の海の男たちの作業着は置いておらず、パリやヴェルサイユの人々がショッピングに出かけるときに着るようなゆったりとした上着が陳列されている。これがブルターニュの小さな港にある建物の全容だ。

カトリーヌはロクマリア村の人たちに自己紹介しようと思った。好印象を抱いてもらい、地元の人たちに溶け込みたかった。最初の訪問先はすでに決めてあった。カトリーヌは書店に向かった。小さな村の書店にしては店のなかが広いのにちょっと驚いた。入口付近の本棚はとりわけ充実していた。奥のほうには新聞や文房具もあった。朝のこの時間帯には、新聞を買ったり、運試しのスクラッチカードを購入したりするために来ている常連客数人しかいなかった。特製のショーケースに展示されたジャン＝リュック・バナレック（ドイツの作家。ブルターニュを舞台にしたミステリ作品がある）の小説が、冬のブルターニュの海岸に魅せられたひとり旅のドイツ人に手にしてもらうのを待っている。改装した屋敷の暖炉のそばに座って読む本を探しながら、カトリーヌは楽しそうに店内をぶらついた。ベストセラーの恋愛小説のページをめくっていると、だれかに声をかけられ現実に戻った。

「おはようございます。お薦めの本をご紹介しましょうか」

突然声をかけられて、年度の途中で転校してきた生徒のように気おくれしたカトリーヌは、元気いっぱいの小柄なブロンド女性に笑顔を返すのが精いっぱいだった。

「ロマンスがお好きなら、この本は肩の力を抜いて読めますよ……。刺激的なシーンがお好みでしたら、こちらの——」

「ありがとう。でもその本ならもう読みました。実はご挨拶をしたくてうかがったのです。カトリーヌ・ヴァルトと申します。ケルブラ岬邸に引っ越してきました」

書店主の顔に満面の笑みが浮かんだ。

「お知り合いになれてうれしいわ。わたしはアレクシア・ル・コール。〈リール・オ・ラルジュ〉のオーナーです」

「すばらしいお店ですね。ロクマリア村にこんなに大きな本屋さんがあるなんて。品揃えもとても充実しているわ」

「四年前に開店したんです。地域の文化交流が活発になればいいと思って。作家を招き、講演会をしたり、サイン会を開いたり、それに小学生向けの読み聞かせ会を企画したりしているんですよ」

「なんてすてきなんでしょう。わたしもぜひ参加したいわ。絶対にこのお店の熱烈なファンになりますよ」

「書店員との会話を心得ていらっしゃるお客様が自己紹介に来てくださるなんて感激

です。ケルブラ岬の屋敷の新しい所有者については、よからぬ噂が飛び交っているんです」

「そうなんですか。どんな噂ですか?」

「バブーシュを履いたサウジアラビアのアミールだとか、生まれ変わったマダム・クロード(有名なパリの高級娼館の経営者)と女の子たちだとか、ストリングビキニを着けたストリッパーだとかね」アレクシアは向かい合っている美女に笑いかけながら噂を並べ立て、くわしく説明した。

カトリーヌは背が高く上品で、乗馬ズボンと革のブーツ、仕立てのよいジャケットを身に着けている。どう見ても散策中の旅行者には見えない。特に目立つのは水色の瞳と三つ編みにしているブロンドの髪だ。

「来ていただいたお礼に、コーヒーでもいかがかしら」

「うれしいわ。でも、お邪魔ではありませんか」

「いまは忙しい時間帯ではないので気にしないでください。ナディーヌ、エミールのバーにカトリーヌと出かけてくるわ。ケルブラ岬邸の新しいオーナーよ」アレクシアは店員に言った。

滑り出しは順調だ、とカトリーヌは思った。夜になる前に、五十代のブロンド女性が故ペトロフスキー公爵の屋敷を買い取ったことが村じゅうに知れ渡るだろう。
女性ふたりは隣にあるバー〈東洋の操舵手（ル・ティモニエ・オリエンタル）〉へと向かった。

ふたりがバーに入ると、店内は一瞬静まり返った。人々を温かい目で眺めるカトリーヌにすべての視線が注がれた。ホットチョコレートで暖を取っている旅行者のカップル、見知らぬ人間が現れたためびっくりして手を宙に上げたままにしているトランプ中の四人の年金生活者、カウンターに肘をついている三人の男性。

「みなさん、おはようございます」アレクシアはバーにいる連中に声をかけた。「エミール、エスプレッソとヘーゼルナッツをお願い」

二十年ほど前からバーを経営しているエミール・ロシュコエは面倒くさそうに返事をした。アレクシアは、歓迎の拍手のように弾ける音がする暖炉の近くの小テーブルにゲストを案内した。エスプレッソマシンが唸るような音を立てた。仏頂面をしたエミールがトレーにエスプレッソをふたつ載せてやってきた。

「エミール、カトリーヌを紹介するわ。ケルブラ岬邸の新しい所有者よ」

マスターは興味深そうな様子を見せ、こう尋ねた。

「パリの喧騒を忘れるために、何日か海辺に滞在しようというのかい？」

「いいえ、ロクマリア村に腰を据えたいと思います……。きのうアルザスから着いたばかりです」

「アルザスから？」エミールは驚いて訊き返した。「アルザスのどこから？」

「もともとはサント＝オディール山の近くのアンドローの出身ですが、ストラスブールに住んでいます……。というか、住んでいました」

「おいおい、信じられないなあ。わたしはエンツハイムの百二十四空軍基地で兵役に就いていたんだ。知っているかい？」

「エンツハイム、もちろん知っています。わたしも飛行機はよく利用しますが、空軍基地は三十年近く前に閉鎖されました」

エミールは態度を一変させ、「信じられない」と繰り返した。「わたしはパイロットじゃなく地上勤務員だった。でも、アルザスで過ごした日々は人生で最高だった。ひとりのグラジックとして認めるが、あそこはブルターニュと同じぐらい世界でも美しいところだ。そんな場所はほかにはない。あんたがここに来たのを祝って、わたしの妻が昨夜作ったファールをひと切れ奢(おご)ろう。もっと話を聞かせてくれないか。さあ、ロクマリア村のうまいものを自分の舌で心ゆくまで味わってくれ」

エミールがカウンターに戻ると、アレクシアが微笑(ほほえ)みながらカトリーヌの腕に手を添えた。

「あなたはエミールをだいぶ感激させたようですね。あんなに興奮しているバーのマスターを見たことがないわ。あら、ごめんなさい。友だちのように話してもいい？」

「もちろん。でもわたしと会ったことよりも、青春時代の思い出が蘇ったことがうれしかったんじゃないかしら。兵士エミールがアルザス平原で暴れまわっていたころ、ロシュコエ夫人はまだ旧姓だったのでしょうね」

アレクシアは思わず吹き出した。

「いずれにせよ、あなたはみんなと打ち解けるのに成功したようね」

「よかったわ。ところで、ひとりのグラジックのグラジックって何？」

「グラジックの住民ということ。グラジックはカンペール付近ね」

「じゃあ、ここはどこなの？」

「コルヌアイユ地方（カトリックの司教区で分けられたブルターニュの伝統的な地方のひとつ）のラヴェンよ」

5

〈ラヴェン〉

教会の鐘が正午を告げたとき、カトリーヌ・ヴァルトは〈ル・ティモニエ・オリエンタル〉の暖かい雰囲気から現実に戻った。ブルターニュの卵菓子、ファールにあまりなじみはなかったが、エミール・ロシュコエの妻が作ったファールはとてもおいしかった。エミールは妻のアニックを、時間と資金があればすばらしいレストランを開けるだけの実力がある料理人だと紹介した。少なくともエミールの話では。

アニック・ロシュコエは、ていねいだが大げさになり過ぎないように、カトリーヌに挨拶した。村人とこれから生活をともにすることになった感じのよいブロンドの女性が夫の心を乱しかねないと思ったからだろうか。カトリーヌの夫がケルブラ岬邸にもほかのどこにも存在しないと知って、アニックは嫌な顔をし、買い物を口実に昼食前に作り笑いを浮かべて店を出た。カトリーヌが独身だということはすぐにロクマリあじゅうに知れ渡るだろう。カトリーヌは世間知らずではないので、自分の結婚生活の話題が人々の好奇の目にさらされ次から次へと伝わっていくことを経験から知っていた。

エミールは軍隊時代のできごとや、ヴォージュ山脈のブドウの木の美しさについて話し始めた。そして、カウンターに肘をついている客の話に加わらないかとカトリーヌを誘った。アレクシア・ル・コールが書店に戻ってしまったので、カトリーヌはバーにいる年金生活者たちと知り合いになるためにしばらくバーに残ることにした。この土地の美しさを微笑んで褒めただけで四人の客はカトリーヌに惹きつけられた。カトリーヌは、客のひとりが差し出した白ワインを二杯飲むと、一同に挨拶をしてバーをあとにした。

カトリーヌはとりあえず屋敷に戻ることにした。リフォーム会社は内装をていねいに仕上げてくれたが、自分の手で隅々まできれいにしたかったのだ。帰宅する途中、運のいいことに、教会広場にある小さなスーパーマーケット〈ラヴェン〉を見つけた。食料品を少しばかり、それに大量の日用品を買うのに好都合だ。これで最高の条件で自己紹介をして回ることができる。このちょっとした成果は自分の夢を実現させるために必要不可欠だった……。

アニックは、〈ル・ティモニエ・オリエンタル〉で昼食を作るために十五分以上前にミニスーパーを出ていた。ミニスーパーの店主のナターシャ・プリジャンと、買い物が終わってカトリーヌの話題について話すために残っていた三人の客の会話は弾んだ。気が強い四十代のナターシャが会話をリードした。自分を村の重要人物と考えているナターシャは、ロクマリア村にあるもうひとつのバー〈フリガート艦（ラ・フレガト）〉を経営している兄とともに、村に流れるありとあらゆるゴシップを知り尽くしていた。

「ねえ、あたしたちの村でこんなことがあるなんて、あきれるでしょう？　ドイツの隣から来た、色仕掛けで男を惑わすあの女。胸が大きいブロンド女がロクマリア村に売春宿を開こうとしているの。もうアニックの旦那を誘惑したのよ」

「ちょっと大げさよ、ナターシャ」ピラティスの講師、マリーヌ・ル・デュエヴァがたしなめた。「カトリーヌはアルザス地方の出身で……」

「あら、アルザスもドイツも一緒でしょ」

「カトリーヌにはそんなこと言わないほうがいいわよ。わたしも夫のエルヴェと二年間ストラスブールで暮らしていたの。あなたがアルザスの男と問題を起こしたいんだったら、あなたの意見をエルヴェにぶつけたらいいわ。そう言えば、アルザスとドイツのあいだには一九四〇年代に暗い過去があったわね。ノルマンディーより悲惨だったのよ」

「ねえ、関係ない話を持ち出さないでちょうだい」

「あら、持ち出したんじゃなくて、ただ歴史を説明しただけよ」マリーヌはナターシャをなだめるように言った。「それに、エミールを虜(とりこ)にするには、容姿が整っているだけじゃだめなのよ。エミールは優しいけれど、グラスで酒を飲んだり、日曜日に自転車で出かけたり、増税に愚痴をこぼしたりすること以外は興味がないんじゃないかしら」

「あんた、あたしに喧嘩を売る気なの?」ナターシャは気色ばんだ。

「わたしはナターシャの意見に賛成だわ」客の女性がナターシャに助け船を出した。「引っ越してきたばかりなのにバーに長居するなんて、ずうずうしいわ。あなたなら自己紹介をするときに村の男たちとワインを飲む?」

「大げさに言わないでよ」マリーヌはため息をついた。「午前中バーのカウンターには六十五歳より下の男はいないのよ。郵便局を退職した男や元船乗りたちの遺産目当てだとはとても思えないわ。カトリーヌと一度話してみましょうよ」

「ふん、なんてお人好(ひとよ)しなの。かわいそうな人」ミニスーパーの店主は首を横に振り、いつもの癖で豊満な胸元を整えながら、投げ捨てるように言った。

自らの意志で独身を貫いてきたナターシャは、ロクマリアとその周辺の男たちのあこがれの的だった。決して世間で言われているような尻軽女ではなかった。しかし、男性の瞳に映し出される小さな輝きが好きだった。それを見るだけで満足した。若いころ、両親が絶えず罵り合っているのを見て、結婚は決してするまいと誓った。ここ何年かは男性と暮らしていなかったが、カンペールあたりで何度かアバンチュールを楽しんだことはある。だがロクマリア村では絶対にしなかった。そんなことをすれば、自分のイメージに傷がつく。

扉が開く音がして会話が中断された。ナターシャは眉をひそめ、高解像度カメラのような正確さで、新しく店に入ってきた女性を、頭からつま先までしげしげと眺めた。少なくとも一メートル七十センチはある。ハイヒールのブーツを履いているので実際はもう少し低いかもしれないが……。ブーツも上等だ。ナチュラルブロンドの髪を三つ編みにしている。青い瞳にさり気ない化粧。男を喜ばせるいまいましい曲線がジャケットで隠されているが、この年齢にしてはまずまずだ。感じのよい顔。要するに、ひと目見たらしゃくにさわるアルザス女だ。

「こんにちは、みなさん」カトリーヌはみなに挨拶した。

「こんにちは、ロクマリア村にようこそ」マリーヌが微笑んで挨拶を返した。

ほかの女性ふたりはどうしたらよいのかわからず、ナターシャの様子をうかがった。自分たちの友人を敵に回したくはなかったが、ブルターニュ地方の伝統的なもてなし方に従えば、感じよく挨拶してくれたこの女性を無視することは許されない。ナターシャが返事もしないでぶつぶつ言い始めると、ふたりは感情を込めず「こんにちは」と言った。無作法な人たちと思われない程度にていねいではあるものの、ナターシャの味方であることを示すほどには十分、冷ややかだった。カトリーヌはカートを押してスーパーのなかを巡り、自分の家に欠けている商品を探した。

「ぐずぐずしないでよ。あと十五分で閉店だから」ナターシャが威圧するような声で言った。

「まだ三十分あるでしょう」マリーヌは、ナターシャがミコノス島から持ち帰った壁掛け時計を見て訂正した。「それでは、わたしは失礼するわ。娘たちが昼食を待ちわびているので」

カトリーヌは、店の主人と思われる女性の愛想のなさに戸惑いながら、棚のあいだを歩いて、買い物に集中した。ガレットひとつ、有機卵六個、ハム、ブルターニュのクッキーひと箱、天然シードルひと瓶。栄養的にバランスは取れていないが、ガレットを目の前にして誘惑に逆らうことはできなかった。次に今回の目的の商品が置いてありそうな場所に行った。だが、清掃用品のコーナーの品揃えは少なくてがっかりした。ほうきに雑巾、漂白剤、床拭き用の粉洗剤、ホーローを磨き上げるジェル。しかし、まだ掃除を完璧に仕上げるには足りない品物がある。もしかしたら在庫があるだろうか。カトリーヌは時計を見て、レジに向かった。カトリーヌが来たときに四人いた女性のうち三人はまだおしゃべりを続けていた。一番感じのよかった長い茶色の髪の女性は、自分が買い物をしているあいだに帰ってしまった。カトリーヌは、値踏みされているような居心地の悪さを感じながら、レジのベルトコンベアーの上に品物を載せた。

「すみませんが、次亜塩素酸水とホワイトビネガーが見当たらなかったのですけど、在庫があればお願いします」

「ストック置き場と店のあいだを行ったり来たりするのをあたしが楽しんでいるとでも思っているの？」

「どういう意味ですか？」あまりにもとげとげしい言い方に啞然(あぜん)として、カトリーヌは思わず言い返した。

「商品が見当たらないということは、そんなものはこの店には置いていないということよ。そんなこともわからないの」ナターシャは皮肉っぽく言った。

「それなら結構です」カトリーヌもきっぱり言った。「ていねいにお願いしたつもりなのですが」

「何をしたいの？　もしかして、あたしのスーパーは品揃えが悪いとみんなに触れ回るつもり？」

「あなたはお客全員にいつもこんな態度をとるのですか。それともわたしだけ特別扱い？」

「初めての店に行ったら不愉快な言動は避けるものでしょう。商品が欲しいなら、自分が来たところに帰って買えばすむ話よ」

「そんなの、無茶苦茶だわ」カトリーヌは怒った。「わたしにはこの店で買い物をする資格がないようだから、おいとまします。それではみなさん、よい一日をお過ごしください」声も出さずに様子をうかがっていたふたりの女性に向かってそう言った。

レジに商品を置いて、カトリーヌはスーパーをあとにした。三人の女性は、カトリーヌが霧雨の降る広場を横切りパン製造販売店（ブーランジェリー）に向かうのを見つめた。

「あたしがあのよそ者の女をぎゃふんと言わせたのを見たでしょう」ナターシャは勝ち誇って言った。

気まずい沈黙が流れた。

「あんたたちはあの女の味方なの？」

「そういうわけじゃないけど、あの女性の話し方はていねいだったわ」

「棚に並んでいないなんだかわからない商品の在庫をわざわざ確認してきたのよ」

「まあ、ホワイトビネガーは家でも使っているし、特段びっくりするようなものではないわ」

「わたしもそう思う」もうひとりの女性が言った。「わたしもシャワー室の壁に次亜塩素酸水を使うけど、汚れがよく落ちるわよ」

「それじゃあ、あたしがあの女に身のほどをわきまえさせたのは間違っているとでも言うの？」ナターシャが嚙み付いた。

「別に間違っているわけじゃないの。だけど……あなたの言動でロクマリアのもてなしのよいイメージに傷がついたわ。それで戸惑っているの」

「でも、村に溶け込む努力をしなければならないのはあの女のほうよ。よそ者なんだから」ナターシャは声を荒らげた。

「そうは言っても、あの女性はフランス人で、それにブロンドの髪だし……。あなたと同じね」

「もう十分。さあ、帰って。店じまいよ。このナターシャ・プリジャンを足で踏みつけようという女は許さない」

6

〝税官吏の道〟

ミニスーパーを出たカトリーヌ・ヴァルトはブーランジェリーで昼食を買い、寝室のクローゼットに服をしまってから食べた。

午後になってすぐ、厚い雲の壁が途切れて、冬の冷たい空気に日差しが降り注いだ。外に出よう。落ち着きを取り戻すには確実な方法だ。一番近いスーパーに行くのは後回しにし、帰ったら掃除だ。ジャケットを取り、日中は庭からの眺めを心ゆくまで堪能することにした。家に新しくできたばかりの庭から景色を見るのは格別だろう。海はすばらしいエメラルドグリーンで、泡が波の上を滑っている。空ではカモメたちが風に乗ってダンスを踊っていた。しばらく羽を動かさずに気流に身を任せているかと思えば、次の瞬間、稲妻のように波のあいだに飛び込み、ほどなくぴちぴちした魚を嘴(くちばし)にくわえて姿を現した。数秒間に凝縮された生と死の運命。カトリーヌは、ほとんど無駄のない動きと甲高い鳴き声がこだまして聞こえる演出に魅せられ、しばらく海を眺めていた。カトリーヌは遠くに目をやった。一海里先に小島がいくつかあった。鳥類とアザラシしか住んでいないが、理想的な砂浜もある。「マン・デュの島々は人が断然少ないことを除けば、グレナン諸島のミニチュア版です」と不動産会社の従業員は説明した。気候のよい季節には長いあいだ眺めを楽しめるだろう。カトリーヌには、照りつける太陽の下で脚や顔などをこんがりと焼く習慣がなかった。一時間もすれば飽きてしまうに違いない……。お気に入りの本があれば二時間でも過ごせるかもしれないが。しかし、沖合に見える砂浜が黄金のように反射する様子にカトリーヌはすでに惹きつけられていた。岬の端まで歩き、下の砂浜まで通じる小さな階段へと向かった。階段の踏み板は花崗岩を削ったもので、手すりは錆(さ)びてぼろぼろだった。カトリーヌは階段を下りた。突き出した岩のおかげで風が体に当たらず、太陽の暖かさが頬をなでた。水平線には一艘(いっそう)のヨットが波間を優雅に滑っていた。見ているだけでいい気持ちだった。ミニスーパーの店主との口論が遠い昔のことのように思えた。偶然なのか神の思(おぼ)し召しなのかはわからないが、この屋敷はすばらしい贈り物をくれた。一部の住民の根掘り葉掘り探りたがるような好奇心と視線を避けて、ここだけで生活を送れる。日常の行動もあまり人に見られずにすみそうだ。南側は海に面し、残る三方はエニシダの分厚い林で隠されている。夫や子どもが一緒でないことやどこから収入を得ているかについてそれとなく訊かれることを多少は覚悟していたが、そういうときは謎めいた笑みを浮かべるだけでいいのだ。

高い波が岩まで上ってきた。波しぶきが顔にかかり、カトリーヌは現実に引き戻された。あらためてあたりを見回した。右手には、故ペトロフスキー公爵が作らせた簡素な船台と退避所があった。カトリーヌは船台に飛び乗り、退避所の虫食いだらけの扉を押した。長い年月と湿気で腐食した一艘の古い木のボートが、過ぎ去った時代の記憶として、そこに横たわっていた。モーターボートを買えば晴れた日には海でクルーズができる。アルザスでの学生時代は海に行ったことがなかったが、いまはブルターニュの住民だ。自分を受け入れてくれたこの土地のすべてを知り、すべてを感じたいと思った。

カトリーヌは海を背に用心しながら階段を上り、自宅の敷地を眺めた。西側には、風に吹かれ、拷問を受けたような松の木々が自然の脅威に耐えて生き残っている。自然が厳しい環境にこんなに順応しているのに感動し、通り過ぎるときに木々にそっと触れた。オレンジ色に染まった幹、常緑の葉に注ぐ日光。木々には活力と威厳がみなぎっていて、カトリーヌの心を揺さぶった。いまは最悪の状況でも、上向きの兆しが見えているのだから、これからの人生は輝いたものになるだろう。東側は、少し土地が低くなっていた。風から守られ、より豊かな自然が育まれていた。ブナやカシ、松の木がその一角を占めていた。一番高い木の下には、塩分を含んだ風で芯まで錆びたブランコの残骸があった。長いあいだ放置されていたのだろう。庭の奥、木立の中央にあるのは有名なメンヒルだ。カルナックやロクマリアケールの巨石遺構の威容にはかなわないが、カトリーヌは背伸びしてようやくこのメンヒルのてっぺんに触ることができた。

敷地の裏側は〝税官吏の道〟に通じていた。カトリーヌはなぜか歩いてみたい衝動に駆られた。迷わず村中心部とは反対方向を選んだ。ときには木立のあいだを、ときには低木に覆われた荒れ地のなかを横切るこの小道は、商品を船から降ろした密輸業者を税官吏が追跡するために昔から使われていた。GR34という略号でまとめて呼ばれている道路のひとつだ。この道は、北はモン・サン・ミッシェルから南はサン・ナゼールまで、入り江に下りたり断崖に沿ったりしながらブルターニュ地方を巡っている。この地方の魂が宿っている道路だ。

歩いているうちに心が落ち着き、昼の並外れた言い争いの原因を考えてみた。馬鹿馬鹿しいが、決して非常識とは言えない理由。それは嫉妬心だ。ミニスーパー〈ラヴェン〉の女主人は男を弄び、誘惑するためには手段を選ばないような女性だった。魅力とは言えないまでもある種のエロティシズムをこの女性が放っていることを、カトリーヌは認めざるを得なかった。髪をブロンドに染めていて、化粧はけばけばしいが顔は端整で、何よりも、襟の大きく空いたブラウスに閉じ込められている豊満な胸を人に見せつけている。猫は爪で引っ掻いて縄張りを守ろうとする……。深紅のマニキュアを塗った爪を武器にして。馬鹿げたことだが、ミニスーパーの女主人は理性より感情を先立たせていた。

ミニスーパーの一件さえなければ、実りの多い午前中だった。すてきな書店主アレクシア・ル・コールと仲良くなれたし、エミール・ロシュコエに若いころの冒険譚を思い出させて感動を呼び起こし、バーのカウンターにいる人たちとも知り合いになった。ブルターニュも、アルザスやほかのフランスのすべての地域と同じように、ミュスカデやシルヴァーナーといった白ワインやパスティスを奢ったり奢られたりするうちに友情が芽生える。その証として、カトリーヌもすぐにロクマリア音楽隊の次のリハーサルを見に来ないかと誘われた。その一方で、アニック・ロシュコエには不信感を抱かせてしまった。夫がカトリーヌに好意を寄せていることがアニックは気に入らなかったのだろう。ミニスーパーの女店主は、アルザスから来た自分の噂話を吹聴するのが好きなようだが、これは気にしてもしょうがない。カトリーヌはこれまでの長い人生経験で、世間には親切な人だけではなく、くだらない人間も存在しているということが、わかり過ぎるほどわかっていた。新参者の自分が知り合いになるだけの値打ちがあると、カトリーヌのほうがロクマリア村の人たちに納得させなければならないのだ。すばらしい景色や荒涼とした風景が途切れることなく目の前に現れては消えていく。道が小さな入り江に差しかかったとき、突然、サビーヌの記憶が蘇った。石蹴り遊びをしようよと、少女が笑いながら呼びかけてくる。カトリーヌはブロンドだったが、サビーヌの髪は茶色だった。ふたりは〈いつも一緒〉と呼ばれていた。子ども時代の幸せそうな妹の顔を思い出し、カトリーヌは深い悲しみに襲われた。サビーヌは永遠にいなくなってしまった。サビーヌ、あなたがロクマリア村に連れてきてくれたのよ。太陽と風に酔い、新しい生活の心の高まりに疲れ果てて、カトリーヌは岩の上に腰を下ろした。一年以上胸の内に秘めていた涙がとめどなく頬を流れた。

引き返そうとして、カトリーヌは顔を上げた。ひとりの男性がこちらをじっと見つめていた。いつからだろう。遠くから見る限りは、危害を加えられることもなさそうだ。カトリーヌは小道を戻った。男性は動かない。近づいていくと、男性も数歩歩み寄り、カトリーヌに手を差し伸べた。

「散歩していたら、途方に暮れているようなあなたを見かけたのです。何かお助けできたらと……」

カトリーヌが黙っていると、男性は付け加えた。

「エルヴェ・ル・デュエヴァといいます。ロクマリア村に住んでいます」

カトリーヌはわれに返った。きょう、自分はどうしてしまったのだろう。だれもが気丈な女だと思っていた自分がなぜこんなに感傷的になってしまったのか。

「大丈夫、ありがとうございます。わたしはカトリーヌ・ヴァルトと申します。お知り合いになれてうれしいです」笑顔で自己紹介した。「ケルブラ岬の屋敷を買ったのはわたしです」

「ああ、あなたでしたか。ようこそロクマリア村へ、マダム・ヴァルト。こちらこそお近づきになれて光栄です。村の中心部までご一緒してもよろしいですか」

「もちろんです。おしゃべりしながら行きましょう」

一時間ほど歩いて、カトリーヌはエルヴェ・ル・デュエヴァの経歴をひととおり把握できた。

歴史学を専攻し、ロクマリア村生まれで、六歳のときに両親とともにレンヌに引っ越した。系図学者となりパリに移り住んだ。そこで自分と同じブルターニュ出身のマリーヌと出会った。結婚して、気がついたら娘三人の父親になっていた。十年前にブルターニュに戻った。転職し、多感な青少年を少しでも歴史好きにさせようと教職についた。第二次大戦後の〈栄光の三十年間（トラント・グロリユーズ）〉がミス・フランス・コンテストの優勝者三十人のことではないと生徒たちに説明するのには忍耐強さも必要だ。しかし、教えることは楽しかったし、ブルターニュに伝わる伝説を研究する時間もあった。エルヴェはカトリーヌに、ビグダン地方（半島南西部（ブルターニュ））の〈死のしもべ（アンクー）〉についての最新刊を差し出した。別れ際にエルヴェは、翌々日夕食に来ないかとカトリーヌを感じよく誘った。

　屋敷に帰ってすぐ、カトリーヌはアールグレイティーを淹れた。飲み物を持って、くつろげるように改修した一階のスペースに行った。サウナのヒーターを点け、服を脱いで長めのシャワーを浴びるとサウナ室に入った。乾いた暑さのおかげで、夕方にかいた汗がまたたく間に引き、紅茶が喉の渇きを癒してくれた。

7

引っ越し

疲れたが充実していた。時速百キロで飛ばしたような二日間のあと、カトリーヌはようやく自分の家にいるという実感が湧いた。満足のいく内装になった。あとは最後の仕上げを残すだけだ。

きのう、設計士や各部門の担当者から屋敷の引き渡しを受けた。少しばかり微調整するところがあった。カトリーヌは価格交渉をほとんど行わなかったが、深刻な工期の遅れが出た場合には違約金が発生し、期限までに受注条件どおりに仕上がったら多額のボーナスを与えると契約書に明記した。ニンジンの魅力が鞭(むち)の恐怖を上回った。カトリーヌたちは屋敷じゅうを一か所ずつ点検して回った。分岐器、配線、配管などひとつ残らずチェックした。屋内プールも、きちんとできているか確かめるため水を入れた。

カトリーヌは自分への褒美も用意した。一階にくつろぐためのスペースを確保し、流水プールやジャグジー、サウナ室、休憩室、トレーニング室を作った。気分が落ち込んでいた人生の一時期にはスポーツをやめていたが、四年ほど前には体を動かすことのメリットに再び気づいた。このほか一階には、キッチンの隣に暖炉を備えた広い応接間を設け、寝室にバス・トイレも付けた。天候に左右されず美しい景色を楽しめるようにテラスとヴェランダも作らせた。二階はカトリーヌのためのスペースであると同時に、友人や子どもたちが訪れたときのためのものでもあった。娘のアンナと息子のグザヴィエはリヨンとグルノーブルで暮らし、アンナはファッション関連、グザヴィエは警察で働いていた。

きのうカンペールに着いた運送業者は、ストラスブールのアパルトマンの荷物や新たに買い足したものを満載して、朝の七時に到着していた。不測の事態がないように、アルザスの小さな運送会社を選んだ。社長とふたりの従業員が、家具や工芸品を運ぶためフランスじゅうを飛び回っていた。彼らはカトリーヌの指示を忠実に守り、午後五時、チップをたんまりポケットに入れて引き上げた。

カトリーヌは午後七時にル・デュエヴァ夫妻の家に行く約束をしていた。出かける支度をする前に、少し泳ぐ時間があった。

カトリーヌがチャイムを押すと、ザ・クラッシュの《ロンドン・コーリング》の始めの数小節が流れた。チャイム音にしてはちょっと変わっているが独創的だ。ドアが開くと、背の高いほっそりとした小麦色の肌の女性が立っていた。ミニスーパー〈ラヴェン〉で温かく迎えてくれた女性だ。

「ようこそ、カトリーヌ。早くこちらへ。霧雨で濡れてしまうわ」

カトリーヌがコートを脱ぐと、女性は自己紹介した。

「マリーヌ・ル・デュエヴァです。エルヴェの妻です……」

「お招きいただいて、どうもありがとう、マリーヌ」

「来てくれてうれしいわ。あなたは本当に評判がよいから」

「スーパーでは評判が悪いでしょうけど」カトリーヌはしかめっ面を作って言った。

「気にしないほうがいいわ。わたしたちはナターシャの癇癪（かんしゃく）には慣れっこよ。悪い女性ではないのだけれど、自分のライバルになりそうな女性に出会うと、たちまち顔を真っ赤にして手に負えなくなるの。言ってみれば、村の瞬間湯沸かし器ね。だから、彼女の判断力は信用できないのよ。美女が絡んだときは特にね」

「そう言ってくれて、ほっとしたわ。手ぶらで来るべきではなかったけど、買い物をする暇もなかったの。きょう運送業者が来たから荷物の箱からこれを出して持ってきたわ」カトリーヌは包みを差し出しながら言った。

「わあ、ゲヴェルツトラミネール（アルザスなどで作られる白ワイン）ね」包装をほどきながら、マリーヌが喜びの声を上げた。

「ご存じなの？」今度はカトリーヌが驚いた。

「結婚後二年間はストラスブールに住んでいたんですよ。わたしとエルヴェはおいしいものに目がないんです。この週末は楽しくなるわ。玄関での立ち話はこの辺にしましょう。娘たちもあなたに会いたがっているの」

趣味よく改修された歴史のある家の暖炉で、乾いた音を立てて火が燃えている。革張りのソファーに座った三人の娘が客の到着を待っていた。長女は携帯電話でメッセージを送っていて、次女はセレブ雑誌に夢中で、末っ子はコーヒーテーブルに置かれたソーセージやパテの載った皿を食い入るように見つめていた。

「わが家の妖精たちを紹介します……。十四歳のヴィヴィアーヌ、十二歳のモルガーヌ、そして八歳のグウェンドリン」

「こんばんは、カトリーヌです。カティでもカットでも好きに呼んでね」

「こんばんは、カティ。これでいいよね、ママン」ヴィヴィアーヌが皮肉な笑みを浮かべてため息をついた。わが家の妖精という単語は、子どもたちが幼いころにはすてきな表現だが、大きくなると嫌味に過ぎなくなり憐れっぽく感じる。

「あたしは妖精さんって呼ばれるのが好きだな」末っ子がことばを返した。「ねえ、おばさんの髪、お姫さまみたい。すてきだわ」カトリーヌの三つ編みに目を留め、末っ子はねだった。「あたしにもやり方を教えてちょうだい」

「もちろんよ。お望みならお花も添えましょう」

「わあ、とってもすてき……。ママン、カティが来たんだから、もうサラミとソーセージを食べてもいい？　あたし、お腹ぺこぺこなの」

「おまえの言うとおりだね、グウェン。大切なことを忘れないで、ヴィヴィアーヌ。オーブンからパイを取ってきて、シードルもね」

「わかった。でも、手は四本もないから、モルガーヌにも手伝いに来るよう言ってちょうだい」

「はいはい、行くわよ。お嬢さまひとりでは無理でしょうから」次女はしぶしぶ承知した。

「ふたりはいつも口喧嘩しているの」マリーヌが口を挟んだ。「でも、本当は仲がいいのよ」

「わたしも妹とよく口喧嘩したわ」サラミを両手に持ち口にくわえている末っ子を楽しそうに見ながら、カトリーヌは言った。

「エルヴェは数十分遅れるそうなの。学級評議会が長引いているみたい。アペリティフから始めましょう。マドモアゼル・グウェンドリンが食べ物を残してくれるといいのだけど」

ふがふがと、はっきりしない返事のようなものが聞こえてきた。

8

ロクマリア紳士録

暖炉の前に置いてある肘掛け椅子に座り、カトリーヌは心地よさそうにこの家の主人たちの話を聞いていた。アルザス地方とブルターニュ地方を完璧に調和させたシュークルート（発酵させた塩漬けキャベツ。ソーセージや豚の塩漬け肉などと一緒に辛口の白ワインで煮込んだ料理も指す）はほろ酔いのマリーヌが作ったもので、ここでは魚と一緒に煮込んでいる。それに、メヌトゥー・サロンワイン二本、クイニーアマン（ブルターニュ地方の焼き菓子）。これらの料理と酒はカトリーヌの憂鬱を解消してくれた。夕食時の会話は和やかに進み、三人の娘たちもときどき会話に加わった。上のふたりの娘は辛辣な発言を繰り返したが、この家族は互いに思いやりの気持ちで繋がっていると、カトリーヌはすぐに感じた。

夕食が終わると、娘たちは二階の寝室に上がり、大人はそのまま暖炉の前に残った。近所の人が作った梨のリキュールを飲み終えたあとも、しばらくこの家にいたいとカトリーヌは思った。

「では、カティ、子どもたちも寝たことだし、わたしたちの村の第一印象を聞かせてくれないか」エルヴェが促した。

「安心してください。嫌なことは何もありませんから」カトリーヌは微笑んだ。

「そんな他人行儀な話し方はやめましょうよ」マリーヌが口を挟んだ。「お酒を一緒に飲んだ仲なのだから、もうわたしたち、同じ軍隊の仲間も同然よ」

「わかったわ」カトリーヌは言った。「実はこっちに来てから村の中心部にはあまり行ってないの。初めての体験がとてもひどかったから、なかなか足が向かないのよ……」

「ナターシャはカティに向かっていつもの台詞(せりふ)を言ったの。〈あたしの縄張りを侵さないで〉って」マリーヌはエルヴェに説明した。

「本当に最初からひどい目にあったんだね」エルヴェはうなずいた。「だけど、心配する必要はない。何人かは例外だが、この村の人たちは礼儀正しくて、人を温かく迎えてくれるから」

「わかっているわ」

カトリーヌは初めての朝に〈ル・ティモニエ・オリエンタル〉に行ったことをくわ

しく話した。

「そう、それこそが本当のロクマリア村の顔なんだよ」エルヴェは声に力を込めて言った。「どこに行っても、嫌なやつとか常識外れの人間はいる。きみは地元のミス・ワールド、ナターシャ・プリジャンにたまたま出くわしてしまったのだ。ときが経てば、ナターシャも自分の容色の衰えを自覚するだろう」

「言い過ぎよ、エルヴェ」マリーヌがたしなめた。

「おいおい、きみが教えてくれたんだぞ。ナターシャがピラティスのクラスで若い男の子を誘惑しようと胸を半分露出していると」

「そういうふうには言わなかったけど、おおむね正しいわ」

「カトリーヌもナターシャの気性の激しさを知ったわけだ。プリジャン家には兄のジェラールもいる。ジェラールはミニスーパーの隣でバー〈ラ・フレガト〉を経営している。妹と結婚できるものなら、そうしていただろう。ジェラールにとってナターシャは最高の女性なのさ。ナターシャは、狩猟の女神（ディアナ）と愛と美の女神（アフロディテ）を混ぜ合わせたような、あるいはナビラ・ベナティア（フランス出身のタレント・モデル）とスカーレット・ヨハンソンを混ぜ合わせたような女性だ。ジェラールは、ナターシャの悪口を言うやつに目を光らせている」

「つまり、わたしがそのバーに行っても歓迎されないということ?」

「何を注文するのかによるね。きみはブルターニュの人間の性格を知っているかい?」

「いいえ」

「〈ポケットにウニを詰め込んでいる〉のさ。使い古された言い回しだが、しみったれという意味のこのことばはジェラール・プリジャンにも当てはまる。バーに入って客に二、三杯奢ってやれば、きみと妹が口喧嘩したことなんて水に流してくれるよ……。客がグラスを飲み干すころにはね」

「友情をお金で買うために行きたいわけではないの」

「確かにきみの言うとおりだ。友情は金で買うものではない、育むものだ。それでは、村の人物紹介を続けよう。プリジャンきょうだいの亡くなった母親の従兄弟にジャン＝クロード・ケレという男がいるけど、何か思い当たらないかい?」

「いいえ、何も」

「ケレは県会議員をしていて、何十年もロクマリアで最重要人物だった。三十年ものあいだ村長も務め、前回の選挙でその座を奪われた」

「そうなのね。でもなぜ?」

「ケレはアトランティス缶詰工場のオーナーだった。港を散歩しているとき見かけたかもしれないけど。戦後間もなくケレの父が創業した会社だ。最盛期には、ロクマリア村やその周辺の人々を六十人以上も雇っていた。十年前もまだ二十人ほど働いていた。缶詰工場の経営は傾いていたが、従業員と村が協力して資金を出し合い倒産の危機から救い、最新のバイオ技術も導入した。言ってみれば、アトランティス缶詰工場はみんなの財産だ。ロクマリア村の住人は工場に頼って生計を立てていたといえる。再建から三年経って、ケレは密かに工場を外国企業に売ってしまった。この情報が村じゅうに知れ渡ると、みんなが騒ぎ出した。すべての従業員の雇用は守るという契約を外国企業と結んだと、ケレは神にかけて誓った」

「あとは想像できるわ。フロランジュのミタルスチール社やベルフォールのゼネラル・エレクトリック社の従業員たちと同じように悲惨な末路をたどったのね」

「そうなんだ。二年後、業績は好調だったのに、会社は大規模な人員整理と工場の閉鎖を発表した。まったく無茶だ。従業員たちはロクマリア村と周辺の全住民の支持を受けストライキに突入した。パリからやってきた人事部長をケレのヨットのマストに縛り付けて、村じゅう大騒ぎさ。なにしろ人事部長をパンツ一丁にしてしまったんだから」

「ずいぶん派手にやったものね」

「でも、缶詰工場の閉鎖は防げなかった。最初、経営陣は従業員たちにモーリシャスの工場への転勤を提案した。結局、従業員たちは補償金をもらったが、いまでも三人が職を見つけられないでいる」

「それが村長選の直前だったのね」

「そのとおり。その結果、若いアントン・マナクが村長になった。マナクにとっても予想外だったが、いまでは村をよくしようと全力を尽くしている」

「で、ケレはどうなったの？」

「多くの人が裏切り者とみなしている。それでも、ケレ一家は村にいっぱい土地を持っていて、たくさんの人に金を貸している。村民の何人かは借金のためにケレに頭が上がらない」

「お世辞にも感じのいい話とは言えないわね」

「自分の権力を振りかざそうとしなければ、いまでも村の代表として活躍できたはずだ。いずれきみもケレに会う機会があるだろう」

「ケレは美しい女性が好きなのよ。六十八歳で頬も皺々（しわしわ）のくせに、いまだにアポロンのような体型を保っていると信じている。臆面もなく下品に口説こうとするの」マリーヌが付け加えた。

「それって、もしかしてあなたが実際に体験したの？」

「ケレはすぐにわたしには手を出さないほうがいいと気づいたの。でもほかの女性たちを下品なことばで口説いているのを見かけるわ」

「本当にそんなにたくさんの女性に言い寄っているの？」カトリーヌは思わず眉をひそめた。

「わたしは、ケレが一番近づきたくない男だけどね。二番目はジョルジュ・ラガデック」

「ジョルジュはどんな人？」

「金持ちの農場経営者で、頼みごとがあるときだけ向こうから挨拶してくるような人間よ」

「ジョルジュがわたしを必要としているとは思わないわ。ほとんど関わることはないでしょうね」

「でも、ジョルジュはあなたを知っている」

「まさか。気がつかないうちに、わたし、何かしたかしら？」

「ケルブラ岬邸の所有者になったでしょう」

「でも、それが何か？」

「ペトロフスキー公爵の子孫が亡くなってから、ジョルジュは屋敷を手に入れることをずっと夢見ていたの。それがロクマリア村で成功したという最高の証だと思っていたから」

「どうして買わなかったの？」

「価格が下がるのを待っていたの……。そこへあなたがやってきた」

「それでわたしを憎んでいるのね」

「そう。屋敷を買うことによって、息子のエルワンの素行不良を帳消しにできると思ったのね」

「息子も嫌なやつ？」

「いいや、ただの落ちこぼれだよ」エルヴェが説明した。「もう三十歳になるけど、村でぶらぶらと過ごしている。あちこちで駄賃仕事をもらってわずかな金を稼いでは、夜な夜な仲間と飲み歩いている」

「そんな人はフランスじゅうの村にいるわよ。もっと評判のいい人はいないのかしら？」

「たくさんいるわ」マリーヌがきっぱりと言った。「特にあなたを温かく迎えてくれるのはエミール・ロシュコエと音楽隊のビニウ（ブルターニュ地方のバグパイプ）奏者たち。音楽隊のリーダー、アレックス・ニコルはあなたを褒め称えているわよ」

「ありがたいことだわ」

再び静寂が訪れた。暖炉の薪（まき）が崩れ落ちて燃える音が聞こえてくる。

「今度はわたしが訊いてもいいかい？」エルヴェが尋ねた。

「喜んで答えるわ」

「ぶしつけな質問だと思ったら答えなくてもいいのだが……。どうしてフィニステール県の端っこに来たんだい？　ストラスブールに住んでいて、この土地には縁もゆかりもないのに」

「ひとつ計画があるの」

「教えてくれるか？」

「もちろんよ。すぐにみんなにわかることだし。港に閉店したピッツェリアがあるでしょう」

「よく知っているよ」

「その土地と建物を買ったの。アルザスの郷土料理のレストランを開くのよ」

「タルト・フランベ（薄く伸ばした小麦粉の生地にチーズを塗って具材を載せ、ぱりぱりに焼くアルザス風ピザ）も出すのね」マリーヌは興奮気味に言った。

「ええ、フラムクーへは目玉料理にするつもりなの」

「ねえ、フラムククって何？」二階から小さな声が聞こえた。

9

開店準備

カトリーヌ・ヴァルトは仕事着に付いた埃を振り払った。改装工事は二週間前に始まり、カトリーヌの納得のいく内装に仕上がった。客席はあまり広くはなかったが、最初はこれでいい。一度に二十五人分の席を用意できる。もしお客さんがたくさん来てくれるなら、夏の観光シーズン向けにテラスにいくつかテーブルを出すつもりだ。だけどそんなことを考えるのはまだ早い。石窯に関して言えば、フラムクーへを焼くのに最適のものだ。アルザス人以外の人たちにもわかるようにアルザス語のフラムクーへではなくメニューにはタルト・フランべと載せた。火曜日から土曜日まで週五日の夜に営業する。毎晩、タルト・フランべと冷製料理を提供する。前日下ごしらえをして当日午後に作ったフルーツ・タルトなどのデザートは食通のお客さんにも喜んでもらえそうだ。そして、毎週金曜日にはシュークルートを含むスペシャル料理を提供する。

カトリーヌは冬のあいだじゅう、ライン川支流のイール川のほとりにある田舎風ホテル（オーベルジュ）を経営する友人のもとで、工夫を凝らしたメニューを作り上げ、料理の修行をした。毎日提供する冷製料理のリストも考えた。サラダは、緑の野菜、トマト、スイス産のグリュイエールチーズ、ベーコンまたはソーセージのジャガイモ添え。ていねいに作ると時間がかかるが、お客さんが喜んでくれるできばえにしよう。さらに、メニューにはソーセージやハムのパイ包み焼きの盛り合わせも載せた。アルザスと同じようにブルターニュでも喜ばれるに違いない。そして、最後により豪華な料理を。ストラスブールの西にあるコシェルベールで育てられたガチョウやアヒルのフォアグラを低温調理したものを出す。

ワインについては、コルマールから二軒の業者を選んでいた。リースリング、ゲヴェルツトラミネール、シルヴァーナー、エデルツヴィッカーをワインリストの最初の目立つ位置に提示する。より繊細なピノ・ノワールも入れよう。夏にはプロヴァンスのロゼが欠かせないし、タンニンの強いワインが好きな人向きにはしっかりしたコート・デュ・ローヌがいいだろう。そして、ビールも忘れてはならない。アルザスにはクラフトブルワリーがたくさんあり、カトリーヌもビールが大好きだ。アルザスの豊かな食の遺産をブルターニュの友人たちは楽しんでくれるに違いない……。

ロクマリアに着くと、カトリーヌは高品質の食材を卸してくれる信用の置ける生産者をすぐに探し始めた。村長のアントン・マナクは、妻と一緒にフルーツと野菜を有機栽培で育てている。マナク夫妻とたちまち友だちになり、夫妻はカトリーヌに新鮮な作物を売ってくれることになった。また、マロ・ミコルーは、未亡人の妹セシルとふたりの姪の助けを借りて、豚を飼育し、おいしい加工製品を自ら作っていた。カトリーヌはミコルー一家とも仲良くなった。マロはさらにアルザスの燻製豚肉のレシピを学び、カトリーヌのために特別に作ってくれることになった。

あとはシェフが見つかれば言うことはない。三週間前からすべての媒体に募集広告を出したが、返事はほとんどなく、応募してきた者もぱっとしなかった。週五日、十五時間から二十三時間の勤務で、この仕事としては平均を上回る給与を提示したにもかかわらず、この地域のコックたちは食いつかなかった。失業中のコックはいないのだろうか。臨時に一カ月だけ雇うことはしたくなかった。レストランで出す料理は素朴でも、シェフにはアルザスの郷土料理の技術をしっかり身に付けさせたかった。また信頼できる人物でなければならなかった。少なくとも初めのうちはふたりだけで店を切り盛りすることになる。思いがけずひとりが休むことにでもなったらレストランは立ち行かなくなる。もしぴったりの人材が現れなければ、開店を延期するしかない。

電気工事士が配線を規格に合わせようと汗を流していた。厨房（ちゅうぼう）では、設備全体を新しいものに取り替えるため取り付け業者が採寸していた。ピッツェリア〈シシリーの太陽〉の改修は予想より高く付いたが、シェフにはよい設備で腕を振るってもらわなければならない。

10

聖テルノック

春の訪れから三度目の日曜日。およそ七世紀から毎年、ロクマリアは聖テルノックを祝っていた。ミサに通い慣れていない人たちも、村人たちが守護者と崇める聖テルノックを讃えに来た。聖テルノックは、ブルターニュの地にキリスト教を広めるために来た多くのアイルランドやウエールズの宣教師のひとりだ。この聖人がどんな人物か本当のところはだれも知らないが、その伝説は何世紀にもわたって語り継がれ、ときとともに脚色されてきた。聖者はブルターニュの人々をキリスト教に改宗させ、多くの奇跡を起こした。最も有名なものは一三四八年のできごとだ。黒死病（ペスト）がヨーロッパを席巻（せっけん）していたころ、聖テルノックは村の周囲に祝福を受けたカシの木の十字架をいくつも立てた。たまたま聖人と出会ったひとりの女性が「あなたはだれで、何をしているのですか？」と尋ねた。その答えは一本の柱に刻まれていた。《わが名はテルノック。汝らを救うため、われらが主が遣わされた。祈りなさい。そうすれば災いから逃れられるだろう》どんな歴史家も説明できないような理由でロクマリア村は本当にペストから守られた。五年後、聖人を顕彰して住民たちは教会を建てた。いまでもその有名な柱は教会に大事に保管されている。

正午。小教区のロイック・トロアグ主任司祭は信徒たちが三々五々教会から出ていくのを微笑んで見ていた。ミサが終わると、一八八七年の難しい交渉の結果、合意された伝統に従って、民衆の家と神の家との中間に設置されたビュッフェのテーブルに人々は殺到した。一年に一度、教会は活気を取り戻す。トロアグ主任司祭は長年の経験から、神の恩寵がその日に信徒を感動させるとは思わなかったが、普段は口も利かない者同士が並んで座っているのを眺めるのが好きだった。この守護聖者の祝祭で、少しでも人々が仲良くなれば、聖人の務めは果たされたと言えるだろう。

主任司祭は聖具室に向かい、焼き上がった子豚によだれを垂らして焦れている侍者ふたりが続いた。

「おまえたちはよくやってくれた。もう行ってもいいよ。あとは、わたしが片付けておくから」

「司祭さま、ありがとうございます」

ふたりは急いで祭服を脱いだ。

トロアグ主任司祭は、復活祭用のろうそくや聖句集、聖体器をもとの場所に戻した。音楽隊のなかで最も演奏が上手なアレックス・ニコルとアントン・マナク村長が奏でる《アメージング・グレース》のビニウの音色がまだ耳に残っている。聴衆の何人かは必ず涙を流す曲だ。すべての道具を片付けると、トロアグ主任司祭も着替えた。身長一メートル九十五センチ、体重百キロで、神のことばを信じない人たちの尊敬も集めていた。トロアグ主任司祭は火の付いたふたつの古い燭台(しょくだい)のあいだにある鏡に映った自分の顔を見た。太陽と風にさらされ深い皺の刻まれた顔。ロイック・トロアグは司祭というよりもベテランの船乗りの風貌だった。だから小教区の信者の何人かはトロアグ主任司祭が村に赴任してきたとき歓迎したのだろう。まあ、そんなことはどうでもいい……。主のお導きはうかがい知れない。

「アルザス女の店の改装はどんどん進んでいる」タルティーヌ(たっぷりと田舎風パテを載せた薄切りパン)を手に、ジョルジュ・ラガデックは言った。「きのう元ピッツェリアの前を通ったら、急ピッチで工事をしていた」

「土曜日に働くなんて。あきれるな」コート・デュ・ローヌを数杯引っかけて顔を赤くした禿げた小男が甲高い声で言った。「あの女が週末に働く馬鹿者を見つけたのは最悪だよ」

「ああ、郵便局をお払い箱になったアルベールにとっては、さぞかしショックだろうな」どんな天気のときも畑仕事を欠かさないことを信条にしているラガデックがからかった。

「郵便局がなんと言ったか覚えていますか?」

「勤務時間内に仕事がこなせないおまえに対して、お偉方はたっぷり考えておまえを辞めさせることにした。なにしろフィデル・カストロの演説みたいに長々と仕事をしていたんだからな」

「みなさん、聖テルノックを祝う日曜日にこんなことを話していて聖人は喜ぶでしょうか」笑いをこらえながらトロアグ主任司祭が言った。

「司祭さま、あなたの言うとおりだ。きょう話すようなことではありません。なあ、アルベール」ラガデックは元郵便局員に言った。「聖テルノックを祝してエデューを一杯奢ってやるよ」

アルベールは再びうれしそうな顔をして、カンペール近郊で蒸留されたそば粉のウイスキーを受け取った。

「司祭さまも一杯どうですか」

「仲直りの酒なら、喜んでいただくとしましょう」トロアグ主任司祭も快く受け入れた。「で、この騒動のきっかけは？」

「大したことではありません。港にあった元ピッツェリアの工事の進み具合について議論していたのです。話は変わりますが、もうカトリーヌ・ヴァルトにはお会いになりましたか。そう言えば、きょうは見かけないな。本物のロクマリア人になりたければ、わたしたちと一緒に聖テルノックを祝福しに来る努力をするべきですよ」

「カトリーヌなら先週挨拶に来てくれましたよ。いろいろな話をしました。感じのよい女性で、村の生活に溶け込もうと努力しています。もちろん、この祭りがあることはカトリーヌに話しましたが、リヨンにいる子どもたちを訪ねることをすでに決めていたそうです」

「そう言えば、カトリーヌは離婚経験者ですものね」アニック・ロシュコエがしたり顔で言った。

「何を言いたいのだね」トロアグ主任司祭は心外そうに訊いた。「それのどこが気になるのですか」

「司祭さまは、カトリーヌがお尻を振りながら気取って歩いていたのに気がつきませんでしたか。ナターシャもあきれていましたよ」

「ナターシャ・プリジャンをあきれさせたって？　それこそあきれるな」

「こう申してはなんですが、司祭さまは世間を知らな過ぎます。あのアルザス女は司祭さまを惑わせているのです」

　トロアグ主任司祭はアニックをじっと見つめた。

「アニック、隣人の悪口なんか吹聴しないで、もっと隣人を知る努力をしなさい。こんな陰口はあなたにふさわしくありませんよ」

アニックはうつむいて、ぶつぶつ言いながら立ち去った。ナターシャ・プリジャンと取り巻きたちなら、自分の鋭い分析を好意的に受け止めてくれるのに。主任司祭がよそ者の魔性に目をつぶっていると言ったら、みんなは自分のことを支持してくれるに違いない。

「ああ、嫉妬深い女たちよ」アルベールはドン・ファンを気取って言った。

「カトリーヌは仕事について何か言っていましたか」ラガデックは尋ねた。

「ええ、計画を話してくれました。工事はもうじき終わるそうです」

「レストランは間もなく完成するでしょう」ジャン＝クロード・ケレが会話に加わっ

た。「内装の仕上げを終え、冷蔵庫を食材でいっぱいにすれば、五月中旬には開店できると思います」

「それなら、もうすぐロクマリアでアルザス地方の名物料理を味わえそうですね」トロアグ主任司祭はほかのグループに向かっていった。

「司祭さまは考え違いをなさっている」トロアグ主任司祭が去ったあと、ラガデックは不満そうにつぶやいた。

「どういうことだ？」仲間たちはラガデックに近づいて尋ねた。

「そのうち教えてやろう。だが、豚肉料理が売り切れる前にカトリーヌのレストランで味見してこようじゃないか」

11

守護聖者の祝祭

雨の日が続いたあと、ブルターニュにようやく暖かな春が訪れている。この一週間ほど、天気予報がこれほど注目されたことはなかった。フィニステール県の海岸にとどまり続けた低気圧は村から去っていった。聖テルノック自らが祝祭を見守ってくださったのだろう。

太陽の光とアペリティフで人々の顔がほころんだ。中央広場では、住民が長テーブルの周りに集まり一緒にごちそうを食べていた。ロクマリア村はまさに祝祭がたけなわで、ボランティアが運営する屋台ではおいしい料理が振る舞われた。鉄板の前では、数人の女性たちが小麦粉のクレープやそば粉のガレットを休むことなく焼いていた。卵やハム、ソーセージを注文に応じて生地の上に載せ、お腹をすかせた村人たちに提供した。お菓子やサラダを作る人たちもいた。シーフードが大好物な者は、牡蠣と一緒にミュスカデを一杯引っかけることもできる……。料理の種類はまだたくさんある。しかし、一番忙しかったのは明らかに養豚家のマロ・ミコルーだった。二週間かけ、ハムやソーセージを山ほど作り、妹や姪たちと夜明けから子豚の丸焼きを焼いた。

小教区の祝祭の収益は、救命艇の整備費と百年以上前に建てられた礼拝堂の改修費に充てられた。その結果、反聖職者主義者たちも、自分たちの分担金がバチカンの秘密資金に流用されているなどとは勘ぐらなくなり、素直に分担金を払うようになった。シードル、ビール、ワイン、地元の食後酒などの飲み物はたっぷり振る舞われ、時間が経つにつれ笑い声も大きくなった。カモメたちが刺すような目で空から酔っ払った客たちを見つめ、隙あらば急降下して料理のひとつも横取りしてやろうと狙っている。少し離れたところでは、午後の祝典に華やかさを添えようと、民族舞踊の愛好家たちがすでに食事をすませ、音楽家連中はウォーミングアップとチューニングをしていた。

ラガデック、ケレと仲間たちは、子どもたちが不平を言うのを押しのけて、スライスした子豚やソーセージが山盛りになっている皿を取った。そして、赤ワイン二本を買って、六人は木のテーブルを囲んだ。

「ところで、おまえのスクープというのは？」ポークチョップをむき出しの歯で嚙みちぎり、指じゅう油まみれになっているのも構わず、ジャン＝クロード・ケレは尋ねた。

「ちょっと待ってください。まだこのボルドーを味わっていないんですから」ジョルジュ・ラガデックは文句を言った。「あなたには六十四ユーロもしたサン・テステフのワインを奢ったじゃありませんか」

「なあ、ジョルジュ」ケレは言った。「おまえがこんなに贅沢をするとはどういう了見だ？　この二本のボトルで何に乾杯するんだ？」

「復讐ですよ」

「いったいだれに仕返しするというんだ？」仲間のひとりが訝しげに訊いた。

「わたしの夢を打ち砕いた女だ。友たちよ、わたしからケルブラ岬邸を奪ったあのアルザス女の破滅に乾杯しよう」

「でも、なかなか感じのよい女性ですよ」元郵便局員が言い返した。

「おまえはまた蒸し返すのか」ラガデックが怒鳴った。「よそ者がわたしからペトロフスキー公爵の屋敷を盗んだのに、おまえはショックじゃないのか」

アルベールは言い争いを避けたかったが、ショックは受けていなかった。あの感じのよい女性は道ですれ違うたびに温かい笑顔で挨拶してくれる。しかし、ボトル二本を買ったのはジョルジュ・ラガデックであり、ジョルジュはみんなで乾杯したかったのだ。

「おまえは復讐と言ったな」ケレが話題を戻した。

「そうです。あの女はレストランで働くシェフが必要なはずです」

「もちろんだ。客席と厨房にひとりが同時に立つことはできない。整った顔立ちを活かして客を惹きつけサービスを定評あるものにしたいに決まっている。あの女が料理を運んできたら、おれはシュークルート（俗語で太い脚という意味もある）を食うと言ってやる」ケレは口を大きく開けて笑った。

「あなたの発言はセクシャルハラスメントに当たりますよ」ラガデックはケレがちっとも自分の話に注目してくれないので、大声を上げた。「わたしのスクープなんてどうでもいいと思っているんでしょう」

「いや、知りたいに決まっているじゃないか」ケレがなだめる。「それで、どんなスクープなんだ？」

「カトリーヌは高名なシェフを雇ったのです。間抜け女は間抜けの世界チャンピオンを選んでしまったのです。これを最悪と言わずして何が最悪でしょう」

「もったいぶるんじゃない、ジョルジュ。そいつはおれの知っているやつか」

「わたしの馬鹿息子です」

大爆笑がテーブルを揺らした。食べたばかりの大きなパテが気管に入ってケレは喉を詰まらせ、元郵便局員はボルドーのワインを鼻から吹き出した。

「確かにエルワンのようなたわけ者が厨房に立っていたら、アルザスの名物料理を味わうどころじゃないわな」ケレは高笑いした。

「絶対に五月中旬には店を開けられませんよ。どっちみち、その前に失敗させてやる」ラガデックは脅すように言った。「収入がなければ、村を出ていくしかない。そしてケルブラ岬邸は再び売りに出されて……。わたしのものになる」

「おれもおまえを助けてやるぞ、ジョルジュ」ケレはジョルジュの肩に手を置いて励ました。「六十年以上にわたる友情の証として力になってやる」

12

修行

カトリーヌ・ヴァルトは厨房を出てダイニングルームを通り抜け、外の空気を吸うためレストランを出た。鼻の付け根をつまんで何度も息を吐き、漁から帰ってきたトロール船の周りで興奮の絶頂にあるカモメたちを目で追った。落ち着きを取り戻し、新しい従業員のところに戻った。石窯の前で格好をつけている男は、ブロイシュヴィッカースハイム（アルザス地方の町）で営業している飲食店のマスターからカトリーヌが教えてもらったレシピをもとに、ミートパイ作りの練習をしていた。

男はカトリーヌが命じたとおりに白いエプロンを着けていた。ぼろぼろのジーンズを穿いているが、これはクリエーターとしてのプライドからそうしているのではなく、手入れをしていないだけというのが明らかだ。オランダのビール会社のマークの付いたTシャツを着、昔は高級品だったと思われるバスケットシューズを履いて、前かがみになってパイ生地を折り込んでいる男こそエルワン・ラガデックだ。無精髭(ひげ)と脂ぎった長髪のせいで、カトリーヌはたびたびエルワンを叱った。誇りを持っているレストランの厨房が清潔でないのが我慢できなかったのだ。カトリーヌはエルワンの上達具合を確認した。

「うまくはなっているけど、まだまだね。こつが摑めていないわ。パイ生地のできばえは、使用するバターや小麦粉さえ上質ならいいというものではないのよ。そんなことより、生地の叩き方や薄く伸ばすことのほうが大事なの」

「そんなこと、わかっているっす。初めてじゃないんだから」

「そうかもね。でもわたしが頼んだとおりにやっていないじゃないの」

「落ち着いてくださいよ。何も忘れていないっすよ」

「あら、忘れているわよ。きのう帰るときにレシピをちゃんと読むと約束したじゃない。はっきり言って、あなたは嘘つきね」

「嘘つきは言い過ぎでしょう。友人(だち)と出かけていたんすよ。祝いごとがあって」

「8・6(ユイット・シス)（フランスの男性に人気のオランダのビール。アルコール度数が八・六%と高い）を飲んで港で友だちと遊んでも構わないけれど、約束はちゃんと守ってほしいの。もう一度繰り返すわ。百年前のレシピを大事にしてちょうだい。生地は絶対に極薄でなければならないの。ところで、ウイーンのシェーンブルン宮殿をいつか訪れるチャンスがあったら、アプフェルシュトゥルーデル（リンゴをパイ生地で巻いた菓子）作りのデモンストレーションに参加してね。これ知ってる？」

「ウイーンを？　シェーンブルン宮殿を？　それともアプフェルシュトゥルーデル？」

カトリーヌは苛立ち（いらだ）を爆発させないよう懸命にこらえた。

「全部知っているっすよ」エルワン・ラガデックは答えた。「いまでこそブルターニュの奥地でくすぶっているけど、これでもあちこち旅をしてきたんだ。驚くかもしれませんが、あのハプスブルク家の宮殿に行き、そのリンゴのお菓子も食いました。でも観光客向けのお菓子講座には金をかけてまで参加しなかっただけの話っすよ」

「ああそう、でもあなたは間違っている。実演した人たちがどんなに手際よく生地をこねているかよく見ておくべきだったわね。生地を透かして新聞が読めるほどの薄さなのよ」

「あんたはおれにパイをこねさせたいんですか、それともサーカスの真似ごとをさせたいんですか」

「もういいわ、エルワン。あなたはここで料理を作りたいの？　それとも作りたくないの？」

エルワンは肩をすくめ、カトリーヌの監視のもとゆっくり作業に取りかかった。カトリーヌはシェフの候補者を見つけるのに苦労した……。エルワン・ラガデックの履歴書が届いたのはかなり遅い時期だった。もしエルワンの母方の祖母イヴォンヌ・ル・モアルが会いに来なかったら、カトリーヌは、いまでもエルワンが村の若者たちと港でたむろしているのをしょっちゅう見かけることになり、レストランを計画どおり開店できなかっただろう。白髪を束ねた祖母は、穏やかな声で孫を使ってくれと頼んできた。祖母が言うには、エルワンは幼いころから料理を作るのが好きだったという。プロのシェフになりたいと望んでいたが、父親のジョルジュは聞く耳を持たなかった。ポール・ボキューズが有名なシェフになって久しいが、キッチンに立つことなんて男の仕事ではないと、無骨な農場主の父親はいつも言っていた。エルワンには機械技術を学ばせ、ゆくゆくは農機具の手入れをしてほしいと思っていた。激しい口論の末、少年は父親に屈服した。卒業証書を手に入れてからも、エルワンはシェフになりたいという気持ちを持ち続け、父親も最後には自分の夢に賛成してくれると思っていた。だが、その答えはすぐに出た。いまでもそのときの光景は覚えている。エルワンは自分を抑えつける父親と一緒に暮らすのに見切りをつけ実家を離れることを決意した。二カ月間祖母のもとで暮らし、祖母から料理の秘伝を受け継いだ。

その日から、ジョルジュ・ラガデックは、自分の命令に従わず反抗的な態度をとった息子に、ロクマリア村の住民の前でも辛く当たるようになった。しかし、ジョルジュが木こりのような体格と威圧するような物腰で村民の一部の人々を威嚇できたとしても、イヴォンヌ・ル・モアルはまったく媚に動じなかった。一メートル六十センチにも満たないこの愛想のよい女性を、ジョルジュは四十年も前から屈服させようとしていたが、いざイヴォンヌの前に出ると何もできなかった。

こんな家族のいざこざを受けて、エルワンは四年のあいだロクマリア村を離れた。ヨーロッパ各地で修行を積み、帰ってから自分のレストランを開こうと決めたのだ。父親はいつも自分をろくでなしと言っていたが、自分のレストランを持てばみんなは見直してくれるに違いない。特に十歳ごろから恋心をいだいているジュリー・フゥエナンには振り向いてもらいたかった。

エルワンが故郷を離れているあいだ、連絡をとっていたのはイヴォンヌただひとりだった。エルワンは、ブルターニュで働き始め、スペイン、イタリアと渡り歩き、最後はコート・ダジュールにあるレストランに勤めた。ある日、エルワンはイヴォンヌとの連絡も突然絶ち、その四カ月後になってブルターニュに姿を現した。同じ若者とは思えなかった。希望いっぱいに出発し、絶望して帰ってきた。何が起きたのか決して語ろうとはしなかった。

ジョルジュ・ラガデックは、自分がいつも息子のことを正しく評価していると思い、要するに息子はくだらないやつだ、と触れ回った。エルワンは、自分でも言っていたように、憐れな存在になっていた。希望もなく、祖母は自殺するのではないかと何度も心配した。何年も前から、孫を救おうと試みたが、できなかった。「喉が渇いていないロバに水を飲ませることはできないのさ」と、ジョルジュは嘲るように言った。しかし、イヴォンヌにとって、愛する孫が社会からのけもの扱いされるのを日々見ているのは忍び難いことだった。カトリーヌがシェフの募集広告を出したと知ったとき、どうしても孫を採用してほしいと訴えた。エルワンにとっては、自分を取り戻すまたとないチャンスとなる。「エルワンには料理人の血が流れているのです」イヴォンヌは未来のレストラン経営者に向かって力説した。「孫より適任の者がいるはずはありません」

カトリーヌは長いあいだ迷っていた。確かに、自分の祖母を彷彿(ほうふつ)させるこの愛らしい老婦人は、優秀な弁護士のように熱心に孫を薦めるが、この若者に対して気の乗らなそうなマリーヌとエルヴェのことばが脳裏に残っていた。犯罪を犯すほどではないが、情けない男で、見るからに信用の置けないやつだ。イヴォンヌ・ル・モアルのたっての望みであり、ほかに志願者もいないことから、試しに使ってみることにした。この若者に才能があるのは間違いない。そんなに賢くはないかもしれないが、この男を怠惰な生活から抜け出させるために、一か八（ばち）かの賭けに出た。しかし、カトリーヌはすでに後悔し始めていた。この料理人はまさにコントロールが利かない。どう説得すれば、自らを律することを受け入れてくれるのかはわからなかった。しかし、すでに時限爆弾は仕掛けられた。開店の日までに新しいシェフを見つけて、訓練する時間はない。だから、イヴォンヌ・ル・モアルのことばを信じ粘り強くエルワンに教え、あとはすべてがうまくいくように……あるいはそれほど悪くならないように、静観するほかはない。

13

チャールズ

四月も終わろうとしている土曜日の朝、〈四月は一糸たりとも脱ぐな〉ということわざにもかかわらず、ワンピースやTシャツ、半袖ブラウスが飛ぶように売れていった。暴風雨の多かった冬と曇りがちな春の訪れのあとに、ロクマリア村は急に暖かくなってきた。カトリーヌはバー〈ル・ティモニエ・オリエンタル〉の友人が猛暑だと言っているのを初めて耳にしたときはびっくりした。温度計の目盛りが二十五度をかろうじて超えたところなのだ。ブルターニュの天気について地元の人としゃべるときは注意しなければならない。アルザスの厳しい大陸性気候に慣れているカトリーヌは極寒や酷暑についてこの村の人たちとは異なる感覚を持っていた。相手の言うことがもっともだというように、大きな笑みでうなずくのが、一番賢い対処法なのだ。たとえロクマリアの気候が周囲の村よりも快適だとわかっていてもだ。

カトリーヌは、ペンキのしみがあちこちに付いた作業着を着て、自分のレストランのテラスでくつろいでいた。内装はほぼ終わっていた。最も楽観的な予想よりもはるかに早くすべて順調に進行した。カトリーヌは、ケルブラ岬邸の改装をした工事業者に再び声をかけた。それに加え、ロクマリア村の電気工事士、ムッシュー・エストゥリオにも頼んだ。この陽気な男は働き者だ。レストランの電気設備はひどい状態だった。エストゥリオは夜まで残業し週末も働いて、設備を使えるようにしてくれた。報酬は契約のときよりもかなり上乗せして支払った。感謝の印に評判のいいカンペールのレストランにも招待した。優秀な職人と仲良くしておくと、今後も必ず役に立つ。

カトリーヌは港や商店の賑(にぎ)わいを眺めていて、こちらに近づいてくる男に気がつかなかった。

「ミセス・ヴァルトでいらっしゃいますね(アィ・プリジューム)？」

カトリーヌは驚いて見知らぬ男に顔を向けた。ハンサムな人だわ、と思いながら英語で話しかけてきた男を見た。ネイティヴの発音だ。カトリーヌは、食料品店〈ゴッド・セイヴ・ザ・クイーン〉のオーナー、チャールズ・ハイベリーと向かい合っていた。ロクマリア村の女性たちがチャールズの外見について噂していた話は決して大げさではなかった。もみあげに白髪がところどころ交じった豊かな髪、日焼けした面長の顔、気の強いフェミニストさえも惑わせる緑の瞳……。身なりも申し分ない。マリンブルーのジャケット、白い開襟シャツ、完璧にプレスされたズボン、丹念にワックスで磨いた靴。ワーオ！　この男のことが話題に上ると必ず黄色い声が上がり、ため息が出ることに、カトリーヌは納得した。

「ミスター・ハイベリー？」カトリーヌは言うと、立ち上がって握手を求めた。

チャールズは差し出された手を握り、地球温暖化に積極的に貢献するようなすてきな笑顔を見せた。

「はい、そうです。お会いできて光栄です（ナイス・トゥー・ミート・ユー）。きのうロンドンから帰ってきたばかりですが、もう何度もあなたの噂を聞いています……。それでご挨拶にうかがったわけです」チャールズは、感じのよい英語訛りで答えた。

〈落ち着くのよ、カトリーヌ〉カトリーヌはまだ握手した手を離していないことに気づき、自分を戒めた。

「ブルターニュよりロンドンのほうがずっとよい天気だから、こんなに日焼けして帰っていらっしゃったのですね」

チャールズは、今年一番微妙なジョークを聞かされたかのように苦笑した。

「とんでもない、ロンドンに霧（フォッグ）がなければ、魅力も神秘性もなくなってしまいますよ。もし太陽がロンドンの街じゅうに降り注いだら、暖かいパブに避難して一パイントのビールを飲みフィッシュ&チップスを食べたいなんて、だれが思うでしょうか。でも、われわれの先祖が世界征服に乗り出したのはフォッグから逃れるためだったのかもしれませんね。ぼくはビタミンDを体のなかで作ろうと、これまでセーシェルに二週間滞在していたのです」

「わたしに挨拶をするために時間を作っていただき、どうもありがとうございます。有名なチャールズ・ハイベリーさんとお近づきになれてうれしいですわ。村のみなさんがあなたのことを噂していますよ」

「本当に（リアリー）？　ぼくの店のイギリスの食べ物が評価されて大満足です」チャールズはいたずらっぽく笑った。

この男は勘違いしているようだが、カトリーヌは気を取り直して、あえて少女のように無邪気に振る舞った。

「あなたの店の食品があれば、もうじき開店するわたしの店のアルザス地方の郷土料理も引き立つことでしょうね」

「わあ、うれしいな。あなたのレストランにお招きいただければもっとうれしいのですが」

「もちろんですわ」カトリーヌは即答して、チャールズについてくるように言った。

チャールズ・ハイベリーは驚きを隠せなかった。著名な絵本作家アンシの水彩画と一緒にアルザスにテレポートしたような錯覚に見舞われた。レストランには、ヴィンツェンハイム＝コシェルベールの農家で使われていた骨董品のような古い農機具も飾ってあった。すべて完璧な内装だった。

「テーブルと椅子はアルザスから来週届くことになっています。最大二十五人まで収容できます。まずはこれで十分でしょう」

「すばらしい」イギリス人は声を上げた。「提供する料理がこの内装のようにすばらしければ、成功は間違いなしだ」

「そんなことをおっしゃるのは、仕留める前に熊の皮を売ると言うようなものですよ」

「いや、成功を疑う理由などありません」

「だけどまだ料理人のトレーニングが終わっていないのです」

「やはりアルザスから連れてきたのですか？」

「いいえ、ロクマリア村の出身者です」

「本当に？　その高名なシェフとはだれですか」

「エルワン・ラガデック」カトリーヌは少し不機嫌そうな顔つきをして言った。

「ぼくの心に最初に浮かんだ名前ではないが、あなたのようなコーチが付いていれば、きっと期待に応えてくれますよ」チャールズ・ハイベリーは言った。

「神さまが願いを聞いてくれますように。ところで、あなたのお店も見せていただけませんか」

「もちろん、喜んでお見せしますよ（ウィズ・グレート・プレジャー）。ついてきてください」

イギリス人の店はカトリーヌのレストランのすぐ隣にあった。チャールズ・ハイベリーは、カトリーヌがロクマリア村に到着する四十八時間前に村を出ていた。二年前にブルターニュにやってきて以来、チャールズは夏の終わりと冬の二カ月間、必ずロクマリア村を離れることにしていた。チャールズについての噂はいくつか流れていて、特に王室に連なる家の出自だとか、エリザベス女王の遠い親戚に当たるとかいう話は……。やはり、火のないところに煙は立たないと言うではないか。しかし、食料品店の商品に対する評価は人さまざまでも、この四十五歳だという独身男にだれも無関心ではいられない。女たちは、この男の誘うような微笑みやイギリス訛り、巧みな褒めことば、美しい顔立ちに夢中になった。男たちはチャールズを嫌い、ホモセクシャルに違いないとほのめかしたが、それがチャールズをますますミステリアスで魅力ある者にしていることに気がつかなかった。

「ようこそ、リトル・ロンドンへ（ウエルカム・イン・リトル・ロンドン）、カトリーヌ！　カトリーヌと呼んでもいいですか」

「ええ、もちろんです。わたしもチャールズと呼ばせてもらいます」

「お茶でもどうですか。よろしければビールでも」

「ちょうだいします、チャールズ。この時間ならビールでも大丈夫ですよ」

カトリーヌは売り場に向かい、棚のあいだを歩いてみた。食品中心の小規模な店だ。ケーキ、レモンカード、缶入りスープ、ポテトチップスなどイギリスから直輸入したものが多い。店の奥にはウイスキーやビールが並んでいた。イギリス風の衣類やイングランドのラグビーチームのユニフォームも隅に飾られていた。窓のそばには、イートイン用のテーブルが三つあった。そして、レジの横の目立つところには、王室の人々の肖像画がついたどこか怪しげな土産品が並べてあった。

「店を再開するのはあしたになるし、いまはサンドイッチを作ったりクッキーを焼いたりする時間がないのです」チャールズはボトルを二本持ってきて言った。

「本当に申し訳ありません（アイ・アム・リアリー・ソーリー）。よろしければ、最初のビール一杯と一緒においしいポテトチップスでもいかがですか」

「いいですね」

ふたりはカウンターに腰掛け、一時間以上もブルターニュへの新参者としての心得を語り合った。カトリーヌはチャールズのユーモアあふれるアドヴァイスに耳を傾けた。読書や乗馬など共通の趣味もすぐに見つかった。カトリーヌはこんなにすばらしい隣人がいることがうれしくなり、笑顔で自分のレストランに戻った。

14

〈プレッツェルと有塩バター（ブレットゼル・エ・ブール・サレ）〉

土曜日。新しいレストラン〈ブレットゼル・エ・ブール・サレ〉の開店披露パーティーの日だ。

ロクマリア村の人々は、レストランで開かれるパーティーを待ち望んでいた。カトリーヌ・ヴァルトはテーブルを壁際に寄せ、できるだけ大勢の人が入れるようにした。天候に恵まれ暖かかったので、テラスに追加のテーブルを置いた。メニューはハム、ソーセージ、カットしたタルト・フランベ、デザートのタルトとビール。ひとり十ユーロで好きなだけ食べることができるようにした。儲（もう）けはかろうじて赤字にならない程度だったが、このパーティーはカトリーヌのことを知ってもらうための絶好の機会だ。直前の二日間はカトリーヌ自身が石窯の前で過ごした。きのうはエルワン・ラガデックとの関係が一層ぎくしゃくしていたが、彼もきちんと調理はしていた。養豚業を営んでいるマロ・ミコルーはおいしいカッセラーを作ってくれた。あとは注文に応じて目玉のタルト・フランベを焼くだけだ。すべてが予想以上のできばえでなければならない。タルト・フランベは熱いうちに出すべきで、冷えてしまったら目も当てられない。それは、タルトを次々と石窯に入れるという集中作業が必要なことを意味していた。焼き上がるまでちょうど二分半かかり、三枚いっぺんに焼くことができた。こうして見ると、ずいぶん多く焼くことになるが、タルト・フランべはがつがつ食べるものなのだ。この日、カトリーヌはエルワンに午後二時に店に来るよう伝えていた。

午後四時。カトリーヌはエルワンが来ないことを知って、テーブルに座り頭を両手で抱えた。エルワンは電話にも出なかった。困り果てて、祖母のイヴォンヌ・ル・モアルに連絡をとって、村じゅう孫を探してもらった……。しかし、見つからなかった。あの卑怯(ひきょう)な男は、最も必要な日に自分を見捨てた。悲劇的な状況だ。ふたりで力を出し合ってやれば立派な仕事ができるが、ひとりでは絶対に無理だ。何カ月も前から、カトリーヌはこの計画にすべてのエネルギーを注いできた。それなのに、計画が山場を迎えるはずのわずか数時間前に崩壊してしまう。またしても、すべては信用に値しない人物を信頼してしまったのが原因だ。自分はなんて馬鹿なのだろう。学ぶことのできない人間なのか。カトリーヌは喉を締め付けられる思いで立ち上がった。いま何ができるだろう。開店を一週間延期して冷蔵庫に入っているものをすべてだめにするのか。予定どおりパーティーを開いて、みなが好奇心いっぱいで待っていた目玉のタルト・フランベは出さないですますのか。確実に失敗だ。もうだれもこんな店を予約してくれないだろう。

四年間戦ってきた。始めは自由を取り戻し、離婚によって落ちたどん底から這い上がるためだ。妹のサビーヌに与えられた試練に寄り添うことが、それに続いた。そして、このレストランを立ち上げて妹との約束を守らなければならない。確かにカトリーヌには莫大なお金があったが、この計画に心血を注ぎ、絶対に成功させようと思っていた。

カトリーヌは、テーブルに着いたまま、地元の人たちやシーズン初めの観光客が窓ガラスの向こうを通り過ぎていくのを眺めていた。〈ブレットゼル・エ・ブール・サレ〉！　今夜は開店しない……。おそらくは永久に開店しないレストランの名を口にして引きつった笑いを見せた。意に反して苦い涙が頬を伝って落ちた。望みはひとつだけだ。自分の邸宅に逃げ帰ること。もっと正確に言えば、多くの岩に囲まれた邸宅の下にある小さな入り江に身を投じてしまいたい。だれも自分を発見することはできないだろう。

窓を叩く音がしてカトリーヌははっとした。目を細めて、入ってくるのがだれか見極めようとした。輪郭から女性だと思った。相手は動かなかった。不安が募った。カトリーヌはようやく立ち上がり、よろよろとドアまで行った。マリーヌ・ル・デュエヴァだとわかり、ドアを開けた。

「何かあったの？」友人の落ち込んだ顔を見てマリーヌは心配そうに尋ねた。

「中止するの。今夜の開店披露パーティーは取りやめよ」

マリーヌはカトリーヌの顔を見つめたあとカウンターの裏に回り、コーヒーを二杯淹れた。

「さあ、何があったか教えてちょうだい。きのう、わたしが引き上げるときにはとても忙しそうに準備していたのに、きょうはとても落ち込んでいるわ」

「エルワンが来ないの。わたしひとりでは料理は作れない」

「あの馬鹿のちびすけのせいね」

「エルワンは馬鹿のちびすけかもしれないけど、わたしのレストランのシェフよ。下手くそな駆け出しを雇ったつもりはないわ。いずれにせよ、ロクマリア村の人たちはいままでもアルザス地方の郷土料理のレストランなんかなくても生活してきたのよ。だからパーティーを開かなくても、みなさんの暮らしになんの影響もないでしょう」

マリーヌは話の最後のほうをほとんど聞いていなかった。

「あなたはタルト・フランベの作り方を知っているの？」

「もちろんよ。わたしがエルワンに教えたのだから」

「そう、それなら大丈夫よ」

「どういうこと？」カトリーヌは友人の熱意に気おされて訊いた。

「七時半にパーティーが始まるのでしょう。戦闘状態に入るまで三時間以上あるわ。そしてあなたは厨房にいてちょうだい。エルヴェが手伝うわ。火をおこすのも夫よ。そして生地を練って、タルト・フランベに具を入れる。わたしは書店に行ってアレクシアを呼んでくる。書店は七時で閉店なの。それから着替えてふたりで盛り付けを手伝うわ。本は心の糧と言うけど、こっちは胃袋の糧ね。どちらも尊いわ。ロミー・ミコルーにも電話する。養豚場で母親や伯父と働く前は、レンヌのシックなレストランでフロアスタッフをしていたの。今夜はまたレストランで働いてもらうわ。それまでのあいだに、わたしはビュッフェのセッティングを手伝えば、開店の準備はすべて整う。わたしの娘たちは……」マリーヌは同じペースで話し続けた。「近所の人に連れてきてもらうわ。グウェンドリンは一週間も前から大親友カトリーヌのタルト・フランベを味わえる日を指折り数えてきたのよ。失望させるなんてありえない。とてもがっかりするわ。おわかり、カトリーヌ？　ロクマリア村の人々はきょうの開店披露パーティーをいつまでも覚えているわ。絶対よ」

カトリーヌは胸がいっぱいになり、マリーヌを抱きしめた。

「ありがとう……。もうこんな時間だわ。ご主人も来てくれるのね」

「あと三十分足らずで着くでしょう」

「でも、もしわたしが厨房に立っていたら、みんなはがっかりするんじゃないかしら」

「心配しないで。エルヴェがすべてやるから。夫はだれもがっかりさせたことなんてないのよ」

15 開店披露パーティー

「さあ急いでちょうだい、タルト・フランベを」マリーヌが叫んだ。「大当たりよ。このペースだとお腹をすかせている人みんなを満足させるのは無理だわ」

「できたぞ（アリーヴォ）、できたぞ（アリーヴォ）、わたしの愛しい人よ（アモーレ・ミオ）」ピザ職人用のシェフコートを着て石窯の前で忙しく働いているエルヴェ・ル・デュエヴァもイタリア語で叫んだ。

カトリーヌにしばらくのあいだタルト・フランベを焼くのを任されたエルヴェは、顔を汗だくにしてみごとにその大役を果たしていた。エルヴェは石窯から二枚のタルト・フランベを出し木の台に滑らせた。マリーヌはすぐにそれらを手に取り、八等分して満員の客席に戻っていった。エルヴェがタルト・フランベをもう二枚石窯に入れようとしたとき、アレクシア・ル・コールがやってきて今度は自分にやらせてちょうだいと頼んだ。

九時になった。カトリーヌは、ロクマリア村の全住人がこのレストランに集まっているような印象を受けた。マロ・ミコルーとチャールズ・ハイベリーはバーテンダーになって、次から次へとビールを注いでいた。エルワンは現れなかったが、なぜ一瞬でも思ったのだろう。エルワンの助力だけでなんとかなると、カトリーヌはもう気にしていなかった。一日の労苦は一日にて足れりだ。二日前にエルワンと一緒に、山ほどのパイとタルト・フランベの下ごしらえをしていたとき、カトリーヌは作り過ぎたのではないかと心配していた。だが、いまやパーティーの終わりには何も残っていないとわかっていた。食べ放題のビュッフェにしたら、あれもこれもと食べたくなる……。料理がおいしければなおさらだ。来た人の数はカウントせず、食事の代金十ユーロを入口に置いた〈貯金箱〉に入れてもらった。カトリーヌは、開店を祝福する招待客の声に応え、石窯の前から離れた。テラスに移動すると、突然、一本の腕に肩を抱き寄せられるのを感じた。

「お集まりのみなさん、言っておきますが」エミール・ロシュコエが周りの雰囲気に興奮してもったいをつけて言った。「われらがカティのタルト・フランベは、わたしが昔たびたび行っていたシュトゥッツハイム＝オッフェンハイムの小さなレストランのものより格段においしい。嘘ではありません。あなたたちはアルザス地方の郷土料理の真髄を味わったのです。さあ、みなさんご一緒に、カティ万歳！」

招待客から上がった万歳の声も、〈ル・ティモニエ・オリエンタル〉の主人の熱烈なスピーチも、カトリーヌを感動させた。あちこちにできたグループを回って、村人たちの賛辞を受け、見知らぬ土地で打ち解けたパーティーを開けたことを心の底から喜んだ。以前、何度か見かけたことのある男がカトリーヌを呼び止めた。

「お忙しいなか大変恐縮ですが、ひとつお願いがあります」

「なんでしょうか」カトリーヌは驚いて尋ねた。

「わたしはヤン・ルムールと申します。〈ウエスト・フランス〉紙の記者です。〈ブレットゼル・エ・ブール・サレ〉開店の取材を会社に提案しました。あなたの出した料理とこのパーティーの雰囲気に感銘を受けました。この種のイベントはたいてい堅苦しくて居心地が悪いものですが、ここにいると親しい仲間に囲まれているような気分になります」

「わたしを助けてくれた友人たちのおかげです」

「おっしゃるとおりですね。この団結力はわたしも好きです。あしたインタビューの時間を少し取っていただけないでしょうか」

「喜んでお受けしますわ」つい数時間前の心境を考えると、カトリーヌはとても幸せだった。

少し離れたところで、ジョルジュ・ラガデックとジャン＝クロード・ケレが、ビールを片手にこの様子を眺めていた。

「結局、おまえの息子は最後まで厨房にいたほうがよかったな。途中で逃げ出すよりましだった」元村長のケレが言った。「あのアルザス女はこれ以上望めないというほどの成功で開店にこぎつけた」

「わたしにはまったく関係ないことだが」ラガデックがつぶやいた。「今後はどうするのだろう？　ピラティスの講師に書店主と一緒にはレストランの経営は続けられないに違いない」

「難しいだろうな。だが、ロミーをフロアスタッフ兼調理助手として雇うことはできる。愛想がよくてみごとな体つきだからな、あの養豚屋の娘は」

「非の打ちどころがないですからね……。思うにあのアルザス女のほうは、毎晩石窯の前に立つつもりはないようです。開店ブームが去ったら暮らしに困るでしょう。新しい料理人を見つけて育てるにも時間がかかる。そのあいだ、金は入ってこないですからね」

「そうかもしれないが、あの女がペトロフスキーの屋敷を手に入れるための資金をどこから調達したのかだれも知らない。だから、もう一度売りに出させるにはもっと大胆な行動に出なくてはならない」

「いい考えでも？」

「任せておけ。おれをよく知っているだろう。おれは汚い手を使うのが得意なのだ……」ケレは意地悪そうに笑った。「それはそれとして、タルト・フランベを取りに行こうか。本当にうまいからな。おれはまだ食い足りない」

十時。ロクマリア音楽隊のビニウ奏者数人が、〈ブレットゼル・エ・ブール・サレ〉の開店を祝って披露した即興演奏が終わった。客席もテラスも満員だった。タルト・フランベの最後のひと切れがなくなっても、村人たちは気さくな雰囲気と和やかな空気を楽しむため残っていた。太陽のほのかな輝きは水平線の向こうに消えていこうとしていた。その手前の係船柱(ボラード)に座ったひとりの男が、肩を落としてその様子を静かに見ていた。

安い缶ビールを片手に、エルワン・ラガデックは、レストランの照明に照らされた客たちをじっと見つめた。店の近くには来るまいと決めていたが、いても立ってもいられなかった。十五分ほど、人目を避けてそこにいた。ほぼすべての人が来ていた……。自分以外は。十分ほど前、祖母の小さい影がレストランに入るのを見たものの、駆け寄って許しを請うことはできなかった。どうして許してもらえるというのだろう。何年も前から自分を助けようと奔走してくれた。自分を信頼してくれたのは祖母ひとりだけだった。自分は何をしただろうか。糞みたいな行動しかとれなかった。祖母はおそらく、自らの意志で窮地を脱し石窯の前で働く自分の姿を見に来てくれたのだ。胸が引き裂かれるような思いを再び味わわせることになるなんて。自分がこんなに愚かでなければ、喜んでいる観衆のなかでヒーローのひとりになっていただろう。自分もやる気を出せば人の役に立つことを、父親に見せつけることができたはずだ。子どものころ一緒に遊んだジュリー・フゥエナンの同情を買うのではなく、道を踏み外した札付きのあんちゃんと自分を嘲っているやつらを見返すことだってできたのに。日ごとに美しく近づき難くなっていくジュリーを自分はただ見ているだけだった。兄貴がジュリーにつきまとうのを見ると胃がむかついた。

カトリーヌはどうする？　きょうの午後は料理を作りに行くまいと決めていた。カトリーヌに命令されたり、叱責されたりするのに耐えられなかった。しかし、カトリーヌは自分にチャンスを与えてくれた。ありったけの力を自分から引き出そうと努力してくれた。何回も遅刻していつもふてぶてしい態度をとっていた自分に、どれだけの人間が匙(さじ)を投げたことか。パーティーのあいだじゅう、ここ数週間の記憶を思い起こし恥ずかしかった。これまでになく恥ずかしかった。酒を浴びるほど飲み側溝で目を覚ましたときより恥ずかしかった。自分を信頼してくれた数少ない人たちを裏切ってしまった。

エルワンは缶を港の暗い水面に投げ、沈んでいくのを眺めた。そうだ、やらなければならないのは明らかだ。しくじるのはこれで最後にする。もうやるしかない。それしか道はない。

16

翌日

レストランに入ったカトリーヌは、ドアの前で凍りついてしばらく動けなかった。膨大な量の片付けものが待ち受けていた。

昨夜〈貯金箱〉を開けると、二千ユーロ以上入っていた。うれしい驚きだ。みなが代金を払ってくれたし、明らかに要求された以上の金額を入れてくれた人もいた。カトリーヌは、雲に乗ったような心持ちで、海沿いを歩いて屋敷に帰った。心地よい興奮が収まらないまま短い夜を過ごしたあと、午前中はのんびりした。三十分間サウナを楽しんだあとは、エッセンシャルオイルの香りが漂う熱い風呂でリラックスする。焦ることはなかった。正式なオープンは一週間後の予定だ。エルワン・ラガデックに代わる料理人を見つけなければならない。自分が石窯の前につきっきりで、フロアスタッフを雇うという手もあるが、それは思い描いていた理想とはかけ離れている。そのような布陣ではお客さんとのコミュニケーションがとれない。コミュニケーションは重要だ。

調理器具販売業者のアドヴァイスに従い、大型の業務用食洗機を導入してよかった。ナイフやフォーク、グラス、皿を素早く洗ってくれるなんて夢みたいだったが、いまは導入してよかったと思っている。シンプル・マインズの曲のイントロが流れて、食洗機が動き出した。

カトリーヌがかがんで床を磨いていると、ドアをノックする音が聞こえた。立ち上がって、だれが来たのかを確認した。髭を剃り、頭髪も短く刈った男で、革ジャンとコットンのズボンを身に着けている。窓に反射する日光のせいでそれ以上はわからない。入口に向かい、ドアを開けた。男は頭を下げて戸口に立っていた。

「入ってもいいですか」消え入りそうな声で男は訊いた。

「エルワン？」よく知った声に、カトリーヌは息を詰まらせた。

男は何も言わずにうなずいた。けさも、今度この男に会ったら言ってやることばをいくつか考えていた。ヒステリックになじろうか、からかってやろうか、それとも突き放すような声で……。しかし、外見がすっかり変わってしまったエルワンを前に、怒りをぶつけるよりも好奇心が勝ってしまった。

「なかに入ってちょうだい」素直に脇に寄って通り道を空け、以前のように親しみを込めたことば遣いをした。しかし、もう雇い主ではない。「未払いの給料を受け取りに来たのね」思わずこう付け加えた。

エルワンは客席の真ん中で立ち止まり、ようやく顔を上げた。目つきが変わっていた。反抗的な態度はすっかり消えていた。

「いいえ。おれのほうこそ、これまでもらった給料を返さなければならないのです」

このことばを聞いて、カトリーヌは意外に思った。

「そこら辺に座ってちょうだい。コーヒーを淹れるから」

「ここにいてください。おれが淹れます」

「店の関係者しかエスプレッソマシンを使ってはいけない決まりなの」コーヒーを淹れるのは単なる礼儀からで、決して許していないと言いたかった。

エスプレッソマシンの唸る音がそれまでの静寂を破った。カトリーヌはカップと、奇跡的にロクマリアの人々の胃袋に収まらなかった二切れのタルトをトレーに載せた。

ふたりは黙ってコーヒーを飲みタルトを食べた。

「何があったの？」皿が空になって、カトリーヌは尋ねた。

エルワンは二度唾を飲み込み、震え声で話し始めた。

「謝りに来たんです。最初に会ったときから……おれは馬鹿な振る舞いをしていました」

そう言うと、エルワンはしばらく沈黙したが、カトリーヌはそのあいだじっと待っていた。エルワンが心の底で何を考えているのか知りたかった。エルワンは話の続きを始めた。

「最初から、あなたはおれにチャンスを与えてくれたのです。自分がどんな人間かや村での評判は知っています。あなたには勇気をいただきました。それから、おれの一番好きなことをやらせてくれました。料理です。作り方を教えてくれ、糞みたいな性格にも我慢してくれました。やり直すためのすべてを与えてくれたのです……。それなのに、あなたがおれを必要としているときに見捨ててしまった。おれは最低の人間です。おやじよりたちが悪い。少なくとも、おやじは自分の信念には忠実です。これが、おれが言いたかったことです……。そして、おれが知る限り、あなたが開いたパーティーはロクマリア村で最高のものでした」

「あなた、パーティーに来ていたの？」

エルワンはうなずき、港のほうを指差した。

「あそこにいました。船台の近くです。自分がくだらない人間だと自覚しているが、こんな卑怯なことをしたことはなかった。いけないとは思いました。でも、こっそり見に来たんです……。たぶんマゾヒスティックな気持ちもあったのかもしれません」

エルワンは、すべてをさらけ出すのをためらい、カトリーヌのほうに視線を向けた。カトリーヌは自分の話に関心を持って聞いてくれているようで、話を続ける勇気が出た。

「パーティーの暖かそうな雰囲気を見たとき、あなたのためによかったと思いました。しかし、同時におれ自身は底なし沼にはまり込んだような気がしました。あそこにいるみんなは幸せそうだった……。そして、イヴォンヌばあちゃんが背中を丸めて家に帰っていくのを見てしまったんです。こんなに切ない体験をしたことはいままでない。またしても、ばあちゃんを失望させてしまった。十缶のうちの最後のビール缶を手に、おれはただぼろ切れのように突っ立っていました。港の暗い水面を見て、そこだけが自分の恥辱を隠してくれると思いました。飛び込もうとしたとき、ちょうど教会の鐘が鳴ったんです。そのときです、閃(ひらめ)いたのは……」

エルワンは長いこと押し黙ったままだった。ドアをノックしたときには、これほど本音を打ち明けることになろうとは思わなかった。苦痛と同時に解放感もあった。父親に逆らってさまよい歩いた八年間からの解放、つまり意味のない自分の存在から解放されるのを感じた。

「何が閃いたの?」カトリーヌが優しく訊いた。

「教会のミサが終わったときの自分の姿が見えたんです。おれは九歳で、ジュリー・フゥエナンと手をつないでいました。初聖体拝領式がすんで、陶酔の表情を浮かべていました。教会前の広場で、ジュリーはおれの耳元にささやいたんです。『大人になったら、あなたはわたしのお婿さんになるの』おれは馬鹿みたいに笑いこけ、身体が熱くなった。顔じゅう真っ赤だったんでしょう。そのときのことは何度も思い出す……。だけど、あのときのような幸福感は二度と味わっていない。聖テルノックのお告げだとは思いませんか」

「わたしはその偉大な聖人のことはよく知らないけれど」カトリーヌはまじめな顔で言った。「お告げに間違いないと思うわ」

「それで、おれはがむしゃらに自分のアパルトマンまで走りました。まず、たっぷりシャワーを浴びて、髭を剃ってバリカンで髪を短くしました。八年間寄り道をしたあと、本物のエルワンとなって生まれ変わったのです。おれは夜通し海岸沿いの道を歩き続けました。若いころはよく歩いたものですけど。それですっきりしたんです。幸せを取り戻したいのです。人の役に立つ男になりたいのです。不快な目を向けられたり、憐れみの目で見られたりする男ではなく」

エルワンのことばはカトリーヌの心に刺さり、結婚生活の最後の数年を思い出させた。カトリーヌは立ち上がった。

「コーヒーをもう一杯どう？」

「いただきます」

「そうじゃなくて、自分で淹れるのよ」

エルワンは大きな笑みを浮かべて、エスプレッソマシンに向かった。

「で、今後はどうするの？」

「簡単ではないけど、きちんとした履歴書を書こうと思っています。豚小屋のようなアパルトマンを掃除して、アルコールの瓶もくずかごに捨てて、仕事を探します」

「すばらしい考えね。今度こそがんばるのよ」

「ありがとうございます。それから、おれの話を聞いてくれて感謝します」

カトリーヌはエルワンの様子を注意深く見ていた。目の前にいる青年は、一時間ほど前まで知っていて非難した青年とはなんの共通点もない。きちんとした身なりで、髭を剃った顔は十歳も若返ったようだ。何より胸を張り、瞳の奥に輝いているほのかな光は魂が復活したことを物語っている。

「わたしがまだシェフを探していることを知っているわよね」カトリーヌは言った。

エルワンは突然動きを止めた。胸がいっぱいで声が出ない。目を潤ませて三回ほど首を上下に振った。喉のつかえはなんとか取れ、革ジャンを脱いだ。

「いますぐ取りかかれば、七時にはすべてきれいになりますよ」ほうきを手に取り、エルワンは言った。

「待ってちょうだい。まずおばあさんを安心させに行くのが先でしょう。わたしのことは後回しでいいわ。いくらでも時間をかけていいからおばあさんと話して、それからここに戻ってきて。心配しないでちょうだい。この片付けものの量だと、あなたの仕事も残っているから」

17

乗馬

カトリーヌは牝馬（ひんば）に合図し歩みを止めさせると、その首をなでた。チャールズ・ハイベリーはカトリーヌのそばに寄った。チャールズは、いつも通っているカンペールの南にある乗馬クラブにカトリーヌを招待した。若いころカトリーヌはよく乗馬をしていた。馬が大好きで、青春時代になくしていた穏やかな気持ちを馬に見いだしていた。子どもたちが生まれたので馬に乗るのを中断したが、乗馬を再開しようとすると夫に反対された。「危険だから」と。そのくせ、夫はオートバイやハンググライダーに夢中になった。よき妻でありたいと、カトリーヌは夫の言うことに従った。離婚の翌日、乗馬を再開した。自転車に一度乗れるようになると、ずっと乗り方を覚えているように、馬に二十年乗らなくても勘は残っている。乗馬クラブ通いを再び始め、すぐに感覚を取り戻した。若いころより十五キロも体重が増えたおかげで、鞍（くら）に安定して座れるようになった。

カトリーヌとチャールズは厩舎に戻るために小さな森に入った。木々の枝が真昼の暑い日差しからふたりを守っていた。鳥たちは木陰でさえずっている。〈おとぎ話のような光景ね〉イギリス人の友人の感じのよい横顔を見ながらカトリーヌは思った。

「本当に（インディード）、あなたは馬に乗る姿がさまになっているよ」

「あなたのような名手にそう言われると、とてもうれしいわ、チャールズ。あなたを見ていると馬の上で生まれたのではないかと思ってしまうの」

「そうかもしれない」軽快に枝を押し分けながらチャールズは笑った。「先祖から受け継いだのかも」

「もっとくわしく知りたいわ」

「王室と血縁関係にあるんだ」

ロクマリア村で流れている噂は本当だった。

「将来の王さま（キング）チャールズね」カトリーヌは冗談めかして言った。

「もしチャールズという名の者が戴冠するとしても、ぼくの名前はリストの筆頭にはない。父が暇つぶしに即位の順位を調べたところ二百四十八番目だった。だからバッキンガム宮殿で眠ることはありえない」

「英国の貴族と並んで馬に乗れるなんて、なんて光栄なんでしょう」

「ぼくの祖父は貴族だったが、称号は別の一族が受け継いだ。父はスコットランドの古い城だけを相続した。だから乗馬はハイランドで習ったんだ」

「しょっちゅうスコットランドに帰っているの？」

「いや、まったく（ナット・リアリー）、残念なこと（アンフォーチュネートリー）だけどね。ぼくの十一歳の誕生日、父は話があると言って母と兄、ぼくを呼んで、モナコのカジノでギャンブルをして城を手放したと打ち明けたんだ。本来なら父に向かって怒鳴りたいところだが、落ち着いて一家の破滅を淡々と語る様子になぜか心を打たれた。いかにもイギリス人らしい態度だろう。風しか吹かない十四世紀の古城で絶えず風邪をひいているぐらいなら、ロンドンに住んだほうが幸せだとぼくは思った。だから、母と兄、ぼくは、眠りにつくたびに恐怖を覚える先祖たちの肖像画がある城を、なんの憂いもなく去ったんだ。ぼくたちの住んだアパルトマンは王室御用達（ごようたし）ではなかったものの、ロンドンでの生活は刺激があった。うわべは冷静な父だったが、最後に残った資産を失ったことを深く悲しんでいた。同じように財産をなくした貴族たちと、古きよき時代を懐かしがり酒を飲む回数が増えていった。ある日、父は家に帰ってこなかった」

「まあ、恐ろしい。お父上はどうなったの？」

「見当もつかない（ノー・アイデア）。消えてしまった。失踪から二日後、母は警察に届けた。捜査の結果、インドに向かう船に無断で乗り込んだらしいということがわかった。それがちょうど三十年前のことで、それ以来行方はわからない」

「それで、あなたたちはどうやって暮らしたの？」

「母はハロッズの近くの建物で婦人用帽子店を開いた。センスがあって、とても美しい女性だったので、金融街（ザ・シティ）の銀行家と知り合って、母と兄、ぼくはその正式な家族になった。それで、またたく間に富裕な生活に戻れて……再び馬にも乗ることができた。ぼくの人生はすべて話した。今度はあなたの番だ」

「あら、わたしの話はちっとも波乱万丈ではないのよ」乗馬帽子の下のブロンドの髪を直しながらカトリーヌは答えた。「二月までずっとアルザスに住んでいたけれど、それからフランスを横断してここで暮らすことになったの」

「見知らぬ土地にひとりでやってきてレストランを開くとは、よほど芯の強い性格かもね」イギリス人は感嘆の声を上げた。「あなたが言うほど平凡な人生ではないのでは？」

「そうかもしれないわ。若いころは活発で、二十二歳で結婚したの。かわいらしい子どもをふたり授かり幸せだった。でも、二十五年間の結婚生活は最悪だったわ。わたしたち夫婦が勤めていた会社の人事部長の女と夫は付き合っていて、ふたりで逃げてしまったの。美しいけど不潔な女よ。浮気をされたのは初めてではなかったとはいえ、みんなの見ている前でいちゃつかれたのは初めて……。わたしの目の前でも。とうとう怒りを爆発させちゃった。あばずれの女上司に平手打ちを食らわせ、ひどいことばを浴びせた。それで首になってしまったの。でも結局それでよかったんだわ」

「そのあとはどうなったんだい？」

「四年間いろいろな仕事をして大金を手に入れ、人生を変える決意をしたの。すてきな王子さまには出会わなかったけど」

「王子さまとはいかないが、高名なイギリス王の遠い子孫があなたと一緒にいるのを楽しんでいるよ」チャールズは高笑いした。

そのことばを聞いてカトリーヌは平静さを保てなかった。顔が赤くなるのを感じ、視線をそらした。チャールズは、夜の礼拝の前に定期的にカトリーヌのレストランに寄った……。実際は、ほとんど毎日だ。カトリーヌは、控えめでありながら魅力を振りまいているチャールズに惹かれていた。離婚してからカトリーヌの生活は荒れていた。この二年間、何人かの男性と関係を持ったが、多少の快感はあっても満足感は得られなかった。そして、朝が来ると大きな孤独感に襲われた。もう一年以上も恋愛をするに値する男に出会わなかった。ジョージ・マイケルの曲が遠くから聞こえる雪に覆われたニューヨークの街でひと目惚れするなんてことはもう長いあいだ信じていなかったので、結婚相手を探してはいなかった。しかし、五十一歳になって本当の意味で人生を共有できる男性を求めていた……。とはいえ、やはりセックスも大事だった。チャールズに魅力がないわけではない。むしろ魅力であふれている。しっかり抱きしめるのではなく、そっと体に触れてくれるチャールズが好きだった。イギリス人の品格。でも夢中になり過ぎてもいけない。

「あなたのレストランはうまくいっているようだね」長引く沈黙を破ってチャールズが言った。

「もちろん、そうなればいいと願っていたけれど、こんなにうまくいくとは思いもしなかったわ。二回の入れ替え制にしたのに連夜満席、この前の金曜日の〈シュークルートの夕べ〉にはたくさんのお客さまを断らなければならなかったほどよ。〈ウエスト・フランス〉紙のヤン・ルムール記者の記事もお客さまに好評だったわ。コンカルノーから本屋さんのカップルも来たの」

「ルムール記者はあなたを懸想しているんだよ」

「そんな単語、よく知ってるわね」カトリーヌは吹き出した。「あの人は親切で、わたしを気に入っているだけよ」

「あなたのほうも？」

「チャールズったら。紳士はそういう質問はしないものよ」カトリーヌは笑い、チャールズの前腕にそっと触れた。

ふたりは馬を降りて厩舎に入れた。馬にブラシをかけながら、チャールズはためらいがちに言った。

「言ってもいいものかどうか……」

「何か？」

「ちょっと、気まずいことなんだけど……」

カトリーヌは驚いて相手を見た。いつもと違う態度だ。

「何か言いたいことがあるなら、遠慮しないでどうぞ」

チャールズはためらいながら言った。

「料理人のことなんだけど」

「エルワン？」

「そうだ。最近その男に会ったんだ」チャールズは大スクープを打ち明けるように話し始めた。

「ねえ、もったいぶるのはやめてちょうだい、チャールズ。いったい何があったというのよ？」

「水曜日にカンペールに行ったとき、午後になってここに戻る途中シェフに出会ったんだ」

「エルワンはその日休みを取ったわ」カトリーヌは思い出して言った。「特別に休ませてほしいと言ったんだけど理由は教えたがらなかった。でも……。カンペールに行っていたのね……。どうしてわたしにそう言わなかったのかしら。何を考えているのかさっぱりわからないわ」

「ちょうどカンペールの郊外を走っているときだ。シェフが男ふたりと一緒に歩道でだれかを待っていた。ぼくが挨拶をしようと速度を落としたときに、大型の黒いBMWがやってきて男たちの前に止まった。二十代の若者（ボーイ）が降りてきて、男たちと話し始めた。ぼくはアクセルを踏んで加速した。面倒なことはごめんだからね」

「それがどうしたというの？（アンド・ソー・ファット）」カトリーヌはわざと英語で尋ねた。「どうだっていうの？」

「二十代で最高級のセダンを買える職業なんてそうあるもんじゃない。まあ、断言はできないが。カトリーヌ、ぼくは見たことをしゃべっただけだ」

「わたしはエルワンを信じるわ」

「シェフへの信頼を失わせようとはしていない。こんなことを言うのは本意ではないんだが、それがぼくの義務だと思ったんだ」

18

セシル・ミコルー

午後二時。セシル・ミコルーはさっとスカートの皺を伸ばし、ドアのベルを押した。珍しく緊張している。四十八年間どんな困難に直面しても、いつも勇気と強い意志を持って立ち向かってきた。二十歳で結婚し、夫とカンペールに居を構えた。夫婦は街の中心部にスポーツショップを開いた。思い切った賭けだった。何年か苦しい時代を過ごし、商売は軌道に乗った。しかしある夜、夫は、血中アルコール濃度が二・五グラム以上もある千鳥足の男と不幸にも道ばたで出会ってしまった。夫を殺した男は、脚の骨折と執行猶予付き一年の判決ですんだが、夫は墓地への片道切符を受け取ることになった。セシルとふたりの子どもが残された。ロミーは十歳でマルゴは八歳だった。若い未亡人はなんとか窮地を脱しようともがいた。しかし、商売と子育てに追われ、だんだん夜も眠れなくなり体力も奪われていった。万策尽きて、店を売り払い、ロクマリア村に戻った。そして、農場を継ぎ養豚場に改修した兄のマロと一緒に働いた。〈豚さんの家〉での生活は女の子ふたりにとって楽しかった。豚にはそれぞれ愛称がついていて、いつかは形を変えた豚がトラックに積まれて天国に行くことをふたりは理解していた。ハムやソーセージがベイブやボンジャンボン、コショヌーからの贈り物だということを納得していて、それで悩むことはなかった。養豚場にいるあいだよくかわいがってあげたので、今度は豚さんたちがリエット（豚肉の脂身などのペースト）やソーセージとなって恩返ししてくれる番だ。セシルは子どもたちの幸せそうな様子を見て、生き返ったような気持ちだった。そのうえ、兄と一緒に働くのは当初考えていたより容易だった。マロは子どもたちの父親代わりとなり、悲劇の苦しみを和らげてくれた。ときどき姉妹喧嘩をしても、マロとセシルがすぐに仲裁した。「ママンとマロ伯父さんは本当に仲がよいのね」マルゴは楽しそうに話した。ときが経つにつれ、セシルは活力と生きる喜びを取り戻していった。

しかし、セシルはこの日に会うことになっている男が好きではなかった。好きではないというのはオブラートにくるんだ表現で、実際は蛇蝎（だかつ）のごとく嫌っていた。ジャン＝クロード・ケレは唇に脂ぎった笑みを浮かべながらドアを開けた。前ロクマリア村長を見て、セシルの心に浮かんだのは〈異常性欲者〉ということばだった。

既婚者でありながら、ケレは女性への欲望を隠そうともしなかった……。というか、ことあるごとに〈女の尻〉などと下品なことを言っては悦に入っていた。セシルは、四十八歳になっても自分にまだ十分魅力があることを知っていた。確かに、サイズ三十六の体格ではないし、三十六の服も持っていないが、それで満足していた。体型に合ったゆったりとしたワンピースを着ているほうがたいていの男性も安心できる……。セシルは男を和ませる女性なのだ。五年前テレビ局が取材にやってきたときのことをときどき思い出しては少し腹を立てた。テレビのクルーは一週間泊まりがけで、良質な食品作りに携わる養豚場の生活を撮影した。「労働者階級にもブルジョワの若者にも受けるものを撮ります」プロデューサーは単刀直入に言った。この番組のおかげで地域でも有名になり、補助金ももらうことができた。しかし、ジーンズを穿いて、〈ベル・デ・シャン〉チーズの箱に描かれたようないかにも農村といったギンガムチェックのシャツを着て、麦わら帽子をかぶるように監督から強く言われた。セシルはこの紋切り型がおもしろいと思って同意した。しかし、このドキュメンタリーが放送されたときのナレーションはちっともおもしろくなかった。セシルは〈ブルターニュの自然のなかで働く健康的でたくましい養豚場の婦人〉になっていた。〈健康的でたくましい養豚場の婦人〉ですって。馬鹿にしている。幸い、そのプロデューサーとは二度と会うことはなかった。会ったとしたら、どこが気に入らなかったのかを健康的にたくましく説明してやっただろう。

「おれの美しい女性よ、家に入らないのか。おれの記憶が確かなら、あんたがぜひ会いたいと言ったんだ」

「わたしはあなたの美しい女性なんかじゃありません、ムッシュー・ケレ。でも、会ってくださってうれしいです」緊張を悟られないようにしながら、セシルは答えた。

「美しい女性を見ると、おれはそう言うんだ。それがフランス人の気配りだ。さあ、恥ずかしがることはない」

セシルは、本当の気配りがどういうものかをケレに教えたくなるのをこらえながら大邸宅に入った。時間の無駄だし、必要以上にここにはいたくなかった。セシルを家に入れようとケレはちょっとだけ脇に寄った。ケレが応接間のほうを指したとき、太ももに〈偶然〉ケレの手が触れたのを感じセシルは歯を食いしばった。セシルは三年前、兄のマロと一緒にここへ来たことがある。当時、養豚場を維持するために緊急に資金が必要だったが、取引先の銀行はリスクを取りたがらなかった。それでもセシルは明るい見通しの事業計画書を作成したものの、銀行は融資をかたくなに拒んだ。銀行が門戸を閉ざした以上、頼みの綱となるのはジャン＝クロード・ケレだけだった……。元村長が提示した融資条件だけを考えれば、ミコルー一家はもちろんこの高利貸しから借金をしなかっただろう。十二パーセントの金利！　そのころ銀行の金利は一パーセントか二パーセントだった。ケレが融資の条件を告げたとき、マロは部屋を出ていこうとした。セシルは兄を引き止めた。保健所の求めに応じて設備を近代化できなかったら、破産を申し立てるしかない。自分たちが深刻な状況に陥っていることを、ケレにはまだ説明していなかった。金持ちの地主はきょうだいが破滅していくのを見ているだけで、ふたりの父ミコルーの死後、喉から手が出るほど欲しかった土地を安値で買い叩くことができる。マロは座ったまま何も言わず、妹がケレと交渉するのを見ていた。ケレは自分の出した条件を引き下げなかったが、きょうだいは五年間の融資を受けることができ、破産を免れた。

19

交渉

「さあ、セシル。あんたのようなきれいな女性を屋敷に迎えられたのはなんのおかげだろう？　こんなことは滅多にあるもんじゃない」

「あなたの奥さまも魅力いっぱいですよ」

「冗談を言うな。妻はもう六十七歳で、いまはどんな姿をしているか見てみるがいい。男に夢を与えるしろものじゃない」

「そんなことをおっしゃると、奥さまはお悲しみになりますわ」セシルはケレの不快なことばに嫌悪を覚えた。

「別に妻は悲しまんよ。ときとともに容姿が衰えていることをたびたび妻にわからせているんだ。まあ、おれの妻の話をするためにわざわざここに来たわけじゃないだろう。で、用件は？」

セシルは向かいの肘掛け椅子に腰を落とし太ももをスカートで隠してから、切り出した。

「あなたからの融資の件で参りました、ムッシュー・ケレ」

「残金は二万三千五百二十二ユーロある。そのうち二千五百ユーロの支払い期限は一週間後だ」

「承知しています」

「こっちも承知しているさ。このジャン＝クロード・ケレがアルツハイマー病になったとでも思ったか。きょうはどうしてここに来たんだ？」獲物を狙う猫が楽しむようにケレは言った。

「期限の延長をお願いしに来たのです。埋め合わせは必ずいたします」この卑劣な男に屈服するのは忍びないのでセシルは急いで付け加えた。

「では、あんたたちの養豚場の将来に不安があると？」

「加工場に問題が発生したのです。正直に申しますと、冷蔵庫一台とそのほかの機器二台を緊急に交換しなければならなくなり、運転資金を充てることにしたのです」

「本当に気の毒なことだな。あんたたちの豚肉はすばらしいものな。だが、あんたたちが手入れをさぼった後始末を、なんでおれがやらなければならないんだ？」

セシルは内心怒り狂っていたが、ここで喧嘩しては悲惨な結果を招くだけだ。

「ムッシュー・ケレ、ここ三年間、わたしたちは一日も遅れることなくきちんと返済してきました」

「それはありがたい。だが、あんたたちは義務を果たしただけだ。それは最低限のことだろう」

「忠実に契約を履行しています。わたしたちが約束を守る人間だとご存じでしょう。それで、支払いを二カ月待っていただきたいのです。猶予していただいたら、六十日後には二千五百ユーロを二回分ではなく、三回分お支払いします」

「気前のいいことだな。あんたの申し出は旨みがある」

セシルは胸をなでおろした。この申し出をしようと兄に言ったが、兄はそんなことは無茶だと言った……。実際無茶だった。サインした契約書の条件を見直してみると、債務の未払いは莫大な額になる……。とはいえ、他人を手なずけるにはまず飴を与えるのに限る。

「旨みはあるが、その申し出を受けることはできない」ケレは冷淡な笑みを浮かべた。

「でも、どうして？」セシルは、突然事態が暗転し息を詰まらせた。

「単純なことだ。申し出を受ければ、このジャン＝クロード・ケレに借金を返さなくてもよいと村じゅうの者にすぐ知れ渡るだろう」

「この約束はだれにも話さないと誓います」セシルは断言した。

「きょうやあしたはたぶん話さないだろう。でも、六カ月後にあんたや兄貴、娘たちのだれかが、他人と夕食をともにするときに口に出さないと言えるのか」

「二カ月分しか払わなくてよいのにそれ以上の金額を払ったと、わたしが屋根の上で叫ぶと思いますか」

「人間の本性はそんなものだ。本当に秘密が守られているのは、妻から打ち明けられた話だけだ」謎めいた口ぶりでケレは言った。

「どういうことでしょう？」セシルは、自分たちの経済的な運命を握っているこの男の秘密に興味を抱き尋ねた。

「妻の言うことなんかまともに聞かないからな」ケレは噎(むせ)びながら笑った。

セシルはそれ以上尋ねなかった。

「わたしは申し出を繰り返すことしかできません、ケレのことば遊びに付き合っても無駄だ。ムッシュー・ケレ」セシルは言った。「妥当な提案だと思いますけど」

「妥当ね。信じたいところだが、おれには悪い未来しか見えない」

「どんな……どんな条件なら考えを変えてくださるんですか？」セシルはすがるよう

な気持ちで訊いた。

ケレは、蛇が兎を狙っているような目でセシルを見つめ、いまにも襲いかかってきそうだ。が、そのときケレの顔に笑みがこぼれた。

「交渉の余地はあるな、セシル。あんたと話し合うのが楽しくなってきた」

セシルはケレに話を続けさせた。

「おれの要求はふたつだ。あんたの申し出を受けたいのだが、ひとつめの条件は、この取り決めをだれにも話さないこと」

「誓って口外しません」

ケレは、上から下まで舐め回すようにセシルを見て、身を乗り出した。

「これからお互いの利害を一致させる提案をする」

「ええ……うかがいますわ、ムッシュー・ケレ」

ケレはしばらく沈黙し、酒臭い顔をセシルに近づけた。

セシルは、弓で狙われているかのように、動こうとしても動くことができなかった。

「妻は四時まで留守にしている。村の老人クラブでブリッジをしているんだ。妻が帰ってくるまでの時間をおれと一緒に過ごしてくれたら、二カ月間返済を猶予してやる。そして、これはふたりだけの秘密だ」

セシルが反抗しないので、ケレはより大胆になった。

「おれにあふれんばかりの想像力があることをわからせてやる」スカートの下に手を伸ばし、ケレは言った。

ケレの手がスカートのなかに入ると、コンマ数秒の差で平手打ちの音が響いた。呆然としたケレは、相手が立ち上がったのを見なくても気配でわかった。

「あふれんばかりの想像力がおありなら、顔についた手の跡を奥さまにどう説明するか、うまい言い訳でも考えることね」セシルは部屋を出た。

20

立入検査

午後六時。カトリーヌ・ヴァルトとエルワン・ラガデックは〈ブレットゼル・エ・ブール・サレ〉の前に同時に到着した。エルワンはカトリーヌのもとに戻ってからというもの、まじめに働いていた。料理の腕が格段に上がっただけでなく、閉店後の片付けや清掃が完全に終わるまで厨房を離れようとしないのだ。カトリーヌは最後のチャンスを与えてよかったと思った。エルワンは理想の相棒になった。カトリーヌはドアを開けようとしたが、うまくいかなかった。あれこれ試行錯誤した末、ようやく鍵が回るようになった。

「鍵に潤滑剤を塗っておくべきね」カトリーヌは言った。

「なんです?」

「滑りやすくするものよ」

「そうですか……。でも、やはりどこかおかしい。きのう戸締まりしたときは、まったく引っかからなかったのに。ちょっと見せてもらえませんか」

「鍵と意思疎通ができるならどうぞ」カトリーヌは鍵を渡し、エルワンが調べるのを興味深そうに眺めた。エルワンはしゃがんで鍵の状態を確認したあと苦労して鍵穴に入れ、再び鍵を細かく調べた。

「それで、博士、問題は深刻なんですか？」カトリーヌはふざけて訊いた。

エルワンは顔を上げ、怪訝（けげん）そうな顔をした。そして、少しためらってからこう言った。

「こじ開けられている。昨夜、だれかが不法侵入したようです」

「確かなの？」

「ええ」エルワンは気まずそうに続けた。「ここ数年、羽目を外していて……。鍵にはくわしいんです。憲兵隊（フランスの地方では憲兵隊が警察業務に当たる）に届けたほうがいいですよ」

「でもその前に、何か盗まれたものがないか確認する必要があるわ」

ふたりはレストランに入った。エルワンは厨房を、カトリーヌは客席を調べた。しばらくして、結果が明らかになった。

「厨房からは何も盗まれていません」エルワンは告げた。「ヘラや両手鍋（ココット）も無事だ。

数百ユーロもする鍋もあるのに。そっちはどうですか」

「こっちも大丈夫みたい。だれかが忍び込んだというのは確かなの？」

「鍵をこじ開けただけで、なかに入らないなんて。そんな馬鹿なことをだれがするもんですか」

カトリーヌは椅子に座って考え込んだ。エルワンは自分の言ったことに自信を持っているようだ。侵入者の目的は現金だけだったのか。その場合、労力の割には益が少なかったと言えるだろう。カトリーヌは、毎晩、レジからその日の売り上げを出して、ストラスブール大聖堂の絵の後ろにある隠し金庫に移し替えているからだ。それに、ほとんどの客はクレジットカードで支払う。

「何も盗まれていないとしても、やはり憲兵隊には届けたほうがいいのでは」エルワンは主張した。「大した手間はかかりませんし」

「あなたの言うとおりかもね」

カトリーヌが店を出ようとすると、男と女がドアを開けて入ってきた。

「申し訳ありませんが、レストランは七時からなんです」カトリーヌはにこやかに言った。

「県衛生局のユベール・ドラブルエットとフランシーヌ・レゾーです。衛生検査をするために来ました」

カトリーヌの表情がこわばった。

「でも、一カ月前に検査は受けましたけど」

「定期検査です。厨房を拝見できますか」

「名刺を見せていただければ、ご案内します」カトリーヌは用心深く言った。

ふたりは少し驚いたが、カトリーヌの言うとおりにした。エルワンはふたりに近づき名刺を注意深く見た。別の飲食店で働いていたときにすでに同じような検査を受けていた。

「本物の衛生検査官の名刺です」エルワンは言った。

「どうして偽物だと思ったのですか」耳障りな声で女性検査官が尋ねた。

「昨夜、レストランのドアがこじ開けられたのです」カトリーヌが説明した。「その直後に衛生検査に来るなんて、妙だと思ったんです」

「何かやましいことでもあるのですか」今度は男性検査官が訊いた。

カトリーヌは肩をすくめ、エルワンを指した。

「ムッシュー・ラガデックが厨房にご案内します。彼が厨房の責任者です」

エルワンはふたりを厨房に案内した。衛生検査官たちは床や調理器具の状態、皿などテーブルウェアの清潔さをチェックした。

「今度は」男性検査官が命じた。「冷蔵庫を見せてください」

「お望みならどうぞ」カトリーヌは同意した。「このレストランには二台の冷蔵庫があります。一台目にはソーセージやハムが入っています。七十二時間以内に使い切ります。納入業者は三日に一回かそれ以上の頻度で配達してくれます。二台目にはデザートやタルトを入れています。こちらは最大二日間保存します。冷蔵庫は日曜日の朝には空っぽになります。日曜日と月曜日は定休日ですから」

「きちんと管理していることはわかりました。ですが、われわれは冷蔵庫のなかの状態を検査するために来たのです」男性検査官はいらいらして言った。

「承知しています」

冷蔵庫のドアを開くと一同はことばを失った。カトリーヌの声が沈黙を破った。

「いったいどういうことなの？　新品の冷蔵庫なのに」

庫内には照明が点いておらず、仕切りから水が流れていた。

「食材の鮮度に問題がありそうですな」男性検査官は満足げに言った。「今夜、これを客に出すつもりだったのですか。これでは客は死んでしまいますよ」男性検査官は皮肉な笑顔でエルワンを見た。

エルワンは即座にその侮辱に反応し、男性検査官の襟を摑んで言った。

「でたらめを言わないでくれ。レストランに来てくれる人に対しては、だれであれ大切にもてなし、敬意をもって接しているんだ」

カトリーヌはふたりの男のあいだに割って入り引き離した。女性検査官が男性検査官をなだめ始めると、カトリーヌはエルワンを客席のほうへ連れていった。

「外に出て深呼吸でもしていらっしゃい」

「だけど、カティ、あいつがなんて言ったか聞いていただろう」

「わかったわ、あいつは馬鹿よ」カトリーヌは諭すように言った。「でもね、あいつらはレストランを営業停止にさせる力を持っているの。こっちはわたしに任せて。あなたは憲兵隊に行って被害届を出してちょうだい」

カトリーヌは厨房に戻ってふたりの検査官と向き合った。

「こんなことをされたのは初めてだ」男性検査官が咳き込みながら言った。

「こちらも同僚のドラブルエットが失礼なことを言ったのを許してください。まことに弁解の余地もありません……。でも、あなた方の言い方も少し無礼でしたよ」女性検査官は遠慮気味に言った。

「従業員の男はどこだ？」ドラブルエットが吠えた。

「憲兵隊に行かせました。何者かがレストランに忍び込んだと言ったでしょう。だから、わたしのレストランの従業員が思いもよらない振る舞いをしたのかもしれません」

「二台目の冷蔵庫を見せてください」

二台目の冷蔵庫も故障しているとわかっても、カトリーヌにそれほどの驚きはなかった。興奮の収まった男性検査官は眉をひそめた。

「フランシーヌ、サンプルを採取してくれないか」男性検査官は命じた。「マダム・ヴァルト、わたしはまず配電盤を点検します。そのあとで五分ほど話を聞かせてください」

男性検査官が事務机に向かったとき、カトリーヌはこれから作成される報告書に希望的観測をまったく抱いていなかった。エルワンの挑発的な行動に二台の冷蔵庫の故障。ユベール・ドラブルエットが辛辣な書類を書くのには十分だった。しかし、長い沈黙のあと男性検査官が落ち着きを見せたのには戸惑った。

「おたくの従業員のはなはだ野蛮な行為は脇に置くとして、われわれが厨房で発見したことは控えめに言っても異常です」

カトリーヌは申し訳なさそうに肩を落とした。自分の言い分を主張する前に、男性にしゃべらせてしまいたかった。

「マダム・ヴァルト、あなたのレストランのことは世評でしか知りませんが、とてもすばらしいという評判です。しかし、外観は立派でも厨房が汚れているレストランはたくさんあります」

「確かにそうでしょう」

「これは言うべきではないかもしれませんが、けさ早く、わたしの上司のところにあなたに関する相談書が上がってきたのです。速やかに調査するよう命じられました」

「密告があったのですね。そうでしょう？」

「消費者からの相談を記したものをわれわれは〈情報提供書〉と呼びます。この情報提供書の内容が正しいことは一台目の冷蔵庫で証明されました。しかし、二台目も故障しているとなると話は別です。これは裏に何かあるかもしれません」

「正直なところ、何が起きたのか理解できません。この納品書に目を通していただけませんか」カトリーヌはファイルから一枚の紙を取り出して男性検査官に渡した。

「二台の冷蔵庫とも四月に注文したのです」

男性検査官は訝しげに書類に目を通し、カトリーヌに返した。

「高品質で知られるメーカーの冷蔵庫ですね」

男性検査官は立ち上がって壁に向かい、アンシの絵を眺めた。

「冷蔵庫の故障が一台だけだったら、上司に厳しい報告をしなければならないでしょう。でも、二台ともだ。わたしは石頭ではないし、馬鹿だとは思われたくないですから……。われわれが到着したとき、あなたはすぐにだれかがレストランに侵入したと教えてくれました。このように手続きを進めていったらどうでしょう。まずフランシーヌが採取したサンプルをなるべく早く分析します。食べても危険がないとわかれば、あなたのレストランは閉鎖しません。ただし、今晩はタルト・フランベしか出してはいけません……。それまでに新鮮な食材が調達できれば話は別ですが」

「〈ブレットゼル・エ・ブール・サレ〉の名物料理をご存じなのですね」

「ロクマリアのタルト・フランベの評判はカンペールまで届いていますよ」男性検査官は初めて笑顔を見せた。「そして、あなたにもお願いですが、憲兵隊の捜査状況を逐一教えていただきたい……。最後に、あなたの従業員にはすぐかっとならないように言ってください」

カトリーヌは男性検査官に微笑み返した。たった二十分前には自分を侮辱した男が、なぜ急に態度を変えたのか理解できなかった。つくづく人間の心は不可解だ。

カトリーヌはテラスに立って、ふたりの検査官が帰っていくのを見送った。チャールズ・ハイベリーが隣の食料品店を出て、こちらに近づいてきた。

「ハロー、カティ。あの人は愛人と食事を楽しんでいる観光客かな？　イギリス人かもね」

「いいえ、県衛生局の立入検査よ」

「それはそれは（オー・マイ・グッドネス）、でも、どうして（ホワイ）？」

カトリーヌが自分の災難を話した。チャールズはしばらくカトリーヌを励ますと、自分の店に戻り鍵をかけてきたかどうかを確認した。安心してカトリーヌのもとに戻ると尋ねた。

「冷蔵庫の損害はどの程度なんだい？」

「まだよく見ていないの。ボニーとクライド（アメリカの男女ふたり組の強盗）が帰ったばかりだしね。エルワンが戻ってきたら、電気工事士のエストゥリオを呼ぶわ」

「そうだね。おや、あなたのファンが来た」大きな人影が近づいてくるのを見て、チャールズが言った。

「お客さんでも来たのかね？」挨拶もせずにジャン＝クロード・ケレが尋ねた。

カトリーヌは驚いて眉をひそめた。

「ユベール・ドラブルエットは優秀な公務員だ」元村長は言った。「決して無駄なところへ行かないやつだ」

ケレの悪意に満ちた発言にあっけにとられ、カトリーヌは相手の顔を見つめた。自分の目に映っているのはケレの邪悪な喜びに満ちた顔だ。目の前に立っているのが匿名の情報提供者なのか。いや、おそらく自分の偏見に過ぎないだろう。会うたびに服を脱がすような目で見るこの好色な男が好きになれないだけかもしれない。

「実に魅力的な人たちで……そのうち店の常連になってくれると言っていましたよ」

元村長の顔に戸惑いの色が浮かんだ。

「まあ、あんたにとっては朗報だな。しかし、おれは立入検査の話をしに来たのではない。次にシュークルートにありつけるのはいつだ?」

「金曜日の夜八時にはご用意できます」

「では、金曜日八時に四人分の席を取ってくれないか。仲間たちと名物料理とやらを味わわせてもらおうじゃないか」

「かしこまりました、ムッシュー・ケレ。さっそく予約ノートに記入いたします」

ケレが立ち去ると、チャールズは自分の髪に手をやった。

「あなたたちふたりはあまり仲がよくないようだね」

「あの人には他人と仲良くしたくないと思わせる才能があるの……。すれ違いざまに不快なことを言ったりする。あの連中は、セクシャルハラスメントが許されていた時代を懐かしんでいるの。とても近づく気になれないわ」

21

冷蔵庫

午後六時。ロクマリアの電気工事士ロイック・エストゥリオはカトリーヌの急な呼び出しに応じ、工具箱を手に厨房へ入ってきた。エルワンはエストゥリオが来るまで壊れた冷蔵庫の前で待っていた。カトリーヌは、ふたりが一台目の冷蔵庫を調べ始めたのを見届け、その場を離れた。テレビのリアリティー番組に登場する人たち同様にカトリーヌは機械の知識に疎いので、自分がいてもなんの助けにもならないと思ったのだ。

カトリーヌは客席に戻り、テーブルに食器をセットし始めた。苦情に基づく立入検査と冷蔵庫二台の故障、そしてドアがこじ開けられたことが重なり、気分は最悪だった。陰謀とは言わないまでも、だれかが自分を陥れようとしているのではないかと考えるのに十分な根拠があった。ユベール・ドラブルエットの訪問について、ジャン＝

クロード・ケレが謎めいたことを言ったのもますます不可解だ。ケレが県衛生局に顔が利くとしても、夜中にケレが鍵をこじ開けたのを見たわけではないし、そんなことをするにはケレはプライドが高過ぎる。いずれにせよ、どうしてケレは自分に嫌がらせを続けるのか。不愉快な男だが、こちらは何も危害を加えていないのに。何に対して復讐をしようというのだろう。自分は村の人たちに敬意を払うよう心がけている。確かに、ミニスーパーのオーナーとその取り巻きたちとは心が通じ合っているとは言い難かったけれど、ナターシャがこのようなシナリオを描くとも思えない。こんな回りくどいことをせずに、直接意地悪をするだろう。気を取り直して、鍵を変えてもらおう。一番簡単なのは、前に進むことだ。

カトリーヌがナプキンを折っていると、セシル・ミコルーが浮かない顔をしてレストランに入ってきた。

「どうしたの？　菜食主義者の集いにでも行ってきた直後みたいな顔をして」

「ふざけないでちょうだい。わたしは大変な失敗をしてしまったわ」

「ケレに対する借金のことね」カトリーヌはまじめな顔になった。

「いいえ……いや、そうよ……。つまり……それが原因なの」セシルは口ごもった。

「まあ、座って。ビールでも飲んで、くわしく話してちょうだい」

カトリーヌは生ビールを二杯注ぎながら、ネックレスをいらいらといじっている友人を観察した。これほどセシルが動揺している姿を見たことはない。

「包み隠さず話して」カトリーヌは言った。

「ええ、午後早く、ふた月分の返済の金額をカトリーヌが貸してくれたと、兄さんに伝えたの……」

「マロはそれで気分を害したのね。お兄さんは傷ついた？」

「いいえ、全然。最初はちょっと気まずそうだったけれど、もうわたしが悪党の前でベリーダンスを踊らなくてすむと安心していたわ。兄さんもじきにあなたにお礼を言いに来るでしょう」

「あなたたちきょうだいがしてくれたことに比べれば些細なことよ。でも、ここに入ってきたとき、なぜ沈んだ顔をしていたの？」

「そのことだけど、わたしはすごく興奮していて、ケレと会ったときのことをすべて兄さんに打ち明けたの」

「もうとっくに話していたのかと思ったわ」カトリーヌは意外そうな顔をした。

「ケレが支払い猶予を拒否したことしか言ってなかったけど、今回は、わたしに言い寄ったり太ももをなで回したりしたことを話したわ」

「それで？」カトリーヌは促した。

「そして、わたしがあの豚野郎に平手打ちを食らわしたことや、ケレが奥さんに説明する姿を想像したら、兄さんが笑ってくれると思ったのだけど……。わたしの期待とは逆に、兄さんが激怒して車に乗って仕返しに行こうとしたのを、わたしが引き止めたの」

「いつもは物静かなマロが！　妹を守りたいという一心だったのね」

「そういう雰囲気ではなかったわ。ミコルー家とケレ家のあいだには暗い過去があるのよ」

「あなたのためにわたしがしてあげられることは何かあるかしら？」カトリーヌは尋ねた。

「いいえ、だれかに聞いてほしかっただけなの。兄さんがあんなに怒ったのを見て本当に驚いたわ」

「でも、マロはあなたを責めるようなことはなかったのでしょう？」

セシルは少し笑った。

「兄さんが？　決して女性に手を上げたりする人ではないわ」

厨房から男性の声がした。

「ご婦人方、おしゃべりが終わったら、わたしたちが発見したものを見に来ませんか」

分解された一台の冷蔵庫の前で、エストゥリオが電子基盤を振りかざしていた。

「さあ、言ってあげてください」エルワンはエストゥリオを促した。

「マダム・ヴァルト、冷蔵庫は故意に壊されています」

カトリーヌは首を横に振った。

「壊された……。どこを？」

「わたしが持っているのは温度を調節する基盤です。見てください」壊れた基盤を女性ふたりに近づけて言った。

「特に変わったところはないようだけど」カトリーヌは言った。「でも、あなたを信じるわ。たまたまそうなったのかしら？」

「焦げていたなら、その可能性もありますね。しかし、これは配線がちぎれています。故意にやったものです」

「電気の知識がないとできませんか」セシルが訊いた。

「コンプレッサーを直接破壊するか、電源を切断するのだったら簡単にできるでしょう。ですが、目立たないように調整器を壊すのは知識がないと無理です」

「とんでもないわ」セシルは言った。「ここまでカトリーヌを憎んでいるのはだれかしら？」

「ケレに決まっています」エルワンが断言した。

「でも、どうして？」セシルが驚きの声を上げた。

「一時間ほど前にここへ来たあの野郎が、レストランを出ていく衛生検査官について話していたんですよ。おかしいとは思いませんか。あいつははげす野郎だ。みな知っている。いつもこっそり何かたくらんでいる。常に目を離さず、危害を加えられないようにしなければならないんです」

「そんなふうに疑ってはいけないわ」カトリーヌが諭した。「でも、これはプロの仕業かもしれない」

「金を持っていれば、自分の手を汚す必要はないですからね」

「まあ、その話はあとにしましょう。二台目の冷蔵庫のほうはどう？」カトリーヌが訊いた。

「また同じところが壊れているに違いありませんよ」エストゥリオは毒づいた。

長い沈黙のあと、カトリーヌが尋ねた。

「部品を交換するのにどれくらいの時間がかかりそう?」

「うちの事務所にはないが、カンペールにはストックがあるはずです。だから、すぐには無理だが、あしたには修理ができますよ」

「ロイック、あなたは救いの神よ」カトリーヌはエストゥリオの手を握って言った。

「いつかお礼をするわ」

セシルは電気工事士の顔が真っ赤になるのを見て、吹き出しそうになるのをこらえた。エルワンは二台目の冷蔵庫を動かしにかかった。

「ねえ、ロイック、最初のお客さんが来る前に二台目の故障の原因を突き止めたいなら、急いでちょうだいね。あなたが作業しているあいだに、わたしは石窯に火を入れるわ」

22

シュークルートの夕べ

気象予報士や漁師、村の長老たちが揃って、今宵は穏やかな天気になると言うので、カトリーヌはいま以上に忙しくなるリスクはあるものの、テラスにテーブルを四台追加することにした。ディナーは予約で満席だと昨夜からわかっていた。シュークルートの評判がよいので、カトリーヌは四十人分の席を用意した。大勢の客に対応するために、再びロミー・ミコルーに声をかけていた。チャールズ・ハイベリーも最終的には手伝うことになった。エルワンはチャールズに対して意固地になっていた。エルワンによれば、イギリス人は料理というものを文化として理解しようとしないので、料理をしている最中にチャールズが口を挟むのを拒んだ。その証拠に、〈ゴッド・セイヴ・ザ・クイーン〉のイートインコーナーでは、美食家なら絶対口に入れようとしないキュウリのサンドイッチしか売っていないというのだ。チャールズは侮辱を受けな

がら も、楽しそうにテーブルに皿を並べていた。

午後八時になると、ほとんどのテーブルは埋まっていた。キャベツは二日前に、仕入先のひとつであるクラウターガースハイムの小規模農家から届いていた。有機野菜を作っている村長のアントン・マナクはジャガイモを配達してくれた。豚肉製品はもちろんミコルー養豚場のものだ。ソーセージ、ベーコン、すね肉、骨付き豚肉、カッセラー。カトリーヌとエルワンは、アルザスの白ワイン、リースリングとよく合うシュークルートを午後には仕込んでいた。

サービスを始めて三十分近く経った。テーブルに皿が到着すると客は喜び、レストランが満席と知った通行人はがっかりした。四日前、コンカルノーの医師が十五人分の席を予約していた。この医師は客席でアルザスの音楽を聞きたいと言った。これにカトリーヌは困惑した。父親と違って、アコーディオンやトランペット、トロンボーンが奏でるメロディーが苦手だ。幼いころ、毎週土曜日の夜もドイツのテレビ局の放送でさんざんアルザス音楽を聞かされた。しかし、医師があまりにしつこく頼むので、カトリーヌは奥の手を使った。実はこの手を思いついたのは元教師で地元の音楽隊のリーダー、アレックス・ニコルだ。ロクマリア村はゲルテンドルフというドイツの小さな町と姉妹都市の関係にあり、音楽隊の四人のメンバーはドイツ民謡の簡単な曲は習得していた。四人は二十分間の生演奏を引き受けてくれた。

ジャン＝クロード・ケレは八時半ごろレストランに着いた。一番の子分ジョルジュ・ラガデック、ジョルジュの長男でエルワンの兄のマチュー・ラガデック、そして、かつてアトランティス缶詰工場でケレの右腕として働いていた工場長マルク・デュブールと一緒で、〈皇帝風シュークルート〉四皿を注文していた。〈皇帝風〉というのは、肉の量を二倍にしてくれとのケレの注文を受けて名付けたものだった。これは普通の大きさの胃袋の人には大変なチャレンジだが、途方もなく大きい胃袋を持った人にはなんの造作もない量だ。ケレのテーブルに自分の父親と兄が座っているのを見てエルワンは青ざめた。世界で一番嫌いなふたりに料理を出すくらいならエプロンを返上してしまいたいと思った。カトリーヌはエルワンを必死になだめた。

ロミーが料理を出したとき、ケレと仲間たちはすでにリースリングのボトルを二本空けていた。音楽隊が登場したので、ロミーはケレの卑猥（ひわい）なジョークをそれ以上聞かずにすんだ。ビニウとボンバルド（オーボエに似たブルターニュの木管楽器）奏者が《フリーダ・オウム・パパ》に、これまでにない解釈で挑戦し始めたが、興味の尽きない演奏になった。音楽隊は店内の客席とテラスを行き来し、そのたびに楽しげな喝采が上がった。だれもがこのミュージカルショーの初演を喜んだ。

客の何人かが食事を終えたころ、カトリーヌは、ケレのテーブルで会話が少なくなっているのに気づいた。六本目のリースリングで最高潮に達したあと、ワインをゲヴェルツトラミネールに変えたことでボルテージが下がってしまったようだ。近づいてみるとケレの顔は真っ青で、カトリーヌは心配になった。仲間たちも調子がよくないようだ。

「ムッシュー・ケレ」カトリーヌはケレの肩に手を置いた。「具合が悪そうですよ」

「ああ、少し調子がおかしい。シュークルートに何を入れた？　四人とも変なんだ」

ケレは仲間を指差して言った。

「みなさん同じものを召し上がっていらっしゃいます」よそのテーブルを指してカトリーヌは答えた。「たぶん〈皇帝風〉の量が多過ぎたのでしょう、それとも……」

「おれを軟弱な男扱いするのか。これよりたくさんの量の料理が出た宴会に出席したこともあるんだ。そのときは……」

ケレは吐きそうになるのをこらえて、話すのをやめた。

カトリーヌはテラスに行き、コンカルノーから来た医師に助けを求めた。ほろ酔い状態の医師は快く申し出を引き受け、患者たちを診てすぐに診断を下した。「消化不良だな。ひと晩寝たら回復するよ」医師に診察してもらって、カトリーヌは少し安心した。そして、エルワンが片付けものをしている厨房へ向かった。

「お願いがあるの、エルワン。ケレとあなたのお父さん、お兄さん、お友だちの体調がよくないみたい。音楽好きのお医者さんの見立てでは、ひどい消化不良を起こしているそうよ。不愉快なのは承知の上なんだけど、わたしの車で家まで送ってあげてちょうだい」

エルワンはカトリーヌの目をじっと見て、相手が自分をからかっているのかどうか確かめた。カトリーヌの切羽詰まった様子を感じ冗談ではないと理解した。

「わかりました。あなたには恩義がある……。二カ月前に馬鹿おやじとあほ兄貴を家まで送れと頼まれても、言うことは聞かなかったでしょう」

エルワンはカトリーヌのあとについてテーブルに向かった。ジャン＝クロード・ケレと仲間たちの状態は一向によくならなかった。吐き気を催しながらも、ケレは代金を払うと言い張った。エルワンが車で送っていくとカトリーヌが言うと、ケレはそれほど抵抗しなかった。自分でハンドルを握る気力も残っていなかった。四人が新しいボディーガードの運転で夜の闇に消えていくのをカトリーヌは見送った。相手が弱っている姿を見るのは、エルワンにとっては雪辱を果たすよい機会になる。

最後の客が帰ったあとにエルワンが戻ってきた。その緊張した顔を見て、カトリーヌは声をかけた。

「何か問題でもあったの？」

「大ありですよ。豚どもがあなたの車に吐いたんです」

「まあ、ひどい。あしたわたしが掃除するわ。それで、あの人たちは？」

「ひどい状態でした。正直に言って、なんでこんなことになったのかわかりません」

「ひとり一キロの肉を食べ、二リットルのワインを飲んだのですもの」

「とはいえ、ケレもおやじもこの手の料理には慣れている。肉食動物なんです。おれが子どものころ、這いつくばって嘔吐しているやつがいるのに、おやじたちが平気な顔をして何時間も立って食事をしているのをときどき見ました」

「ケレやお父さんはもう若くないわ」カトリーヌは指摘した。「でも、苦しい夜を過ごしても案外朝にはけろっとしているかもしれないわ。とにかく、あなたももう休みなさい」

「いいえ、車の清掃が残っていますから」エルワンは言った。

「そんなこと、あしたでもいいじゃない」

「あしたまで放置すれば、革がだめになってしまう。臭いの染み付いた車にあなたは何日も乗る羽目になる……。それに、こういうことは慣れっこなので」

「そう、では了解よ。へとへとに疲れたから、わたしは帰るわ。あしたの朝、わたしが客席をもとに戻すから。レストランの戸締まりはお願いね」

「わかりました。心配しないで。ちゃんとやっておきます。おやすみなさい、カティ」

「ありがとう、おやすみ……。車の掃除にあまり時間をかけないでね」

23

〝税官吏の道〟の散歩

カトリーヌはレストランに自転車で行くかどうか迷っていた。六月の暖かい日差しと西から吹くそよ風が心地よく、結局、〝税官吏の道〟を歩いていくことにした。陽気も最高にすばらしく、しばらくはよい天気が続きそうだ。ロクマリア村は、猛暑のフランス南部から逃れてきた観光客の格好の避暑地となっていた。

フラットシューズを履いたカトリーヌは、潮が引いた砂州を見つめているカモメたちの鳴き声を聞きながら、足取りも軽やかに歩を進めた。貝やカニが避難する場所を見つけられずあわてている。〝税官吏の道〟から離れ、ヒースの花が咲き乱れている荒れ地に足を踏み入れた。そして、岩の上に膝を抱えて腰を下ろした。遠くでは、マン・デュの島々の砂浜が太陽の光を反射して帯状にきらめいている。小島にはまだ行ったことがないが、そのうち訪れてみよう。

レストランの成功はカトリーヌの楽観的な予想をはるかに超えた。今後は仕事に割くエネルギーをより減らせるはずだ。これ以上利益を上げるより、もっとプライベートな時間を取りたかったので、給仕の仕事を数日間任せられる人材を雇うつもりだった。ロミー・ミコルーは明らかにリストのトップにいた。この若い女性はプロ意識があり、客の評判もよかった。ただ、ロミーは、週に数日は夜に働くことができたが、レストランの仕事をメインにするつもりはなかった。養豚場をもっと大きくすることで頭がいっぱいで、マーケティングと販売戦略の修士号取得にチャレンジしようとしていた。エルワンは迷った末に、ジュリー・フゥエナンの名前をしどろもどろに出した。カトリーヌは、シェフが初恋の人の名を口にするのを聞いて、笑いをこらえるのに必死だった。

カトリーヌはジュリーという名前を覚えていた。たまたま何度か村で出会って、おしゃべりをしたこともある。この若い女性も魅力的で常識があった。クレープ店で二年働いたあと、コンカルノー近くのレストランで働いていた。しかし、エルワンによれば、その会社は居心地が悪く、転職先を探しているという。

24

ジュリー・フゥエナン

ジュリー・フゥエナンとエルワンは十八歳になるまでずっと一緒だった。多少恋に似た感情もあったが、ほとんどが恋愛と言えるようなものではなく、きょうだいみたいな仲だった。修行のためロクマリアを離れるとき、エルワンはジュリーに、戻ったら自分のレストランを開き結婚を申し込むと約束した。ジュリーはそのことばを信じて待っていた。しかし、ジュリーにプロポーズする男は次々に現れた。燃えるような赤い髪をした娘はとても目立つ存在だった。ケルト人の女王のような体つきは男の心をときめかせた。ジュリーは断りのことばをひとこと言って、求婚者たちを遠ざけた。戻ってきたエルワンを見て、ジュリーはショックを受けた。大きな野心を抱いて故郷を離れたエルワンは世間との接触を断って引きこもりになっていた。たっぷり一年間、ジュリーは幼なじみのために手を尽くした。十二カ月間、エルワンが自分を拒絶したり、無気力になったり、突然怒り出したりするのを受け止めてきた。十二カ月間、エルワンを生者の世界に連れ戻すために、自分の生活を犠牲にしてきた。十二カ月経って、エルワンが壁にぶち当たり失敗したとわかった。自分を拒絶するのは、ほかに女性がいるからではないことはわかっていた。幼なじみは間違いなく何かの悲劇に襲われたのだ。しかし、エルワンはそれを心の奥底にしまい込み、打ち明けようとはしない。だから、エルワンが好んで深淵（しんえん）に入り込んでいる以上この状態を放置するしかないと、ジュリーは怒りと絶望が混じった気持ちで諦めた。

　そのニュースはたちまち広まり、次の週末にはまた求婚者たちが集まってきた。辛さと悔しさから逃れたい一心で、ジュリーは、エルワンが五年前に村を出てから言い寄っていた二十歳以上年の離れた男と付き合うようになった。成熟した男性と結ばれるのが自分の運命だと思って結婚に同意した。しかし、自分はその男と一緒には暮らしていけないとすぐに気がついた。味気なく憂鬱な日々。コンカルノー郊外の金物店で女中のような生活を四年間過ごしたあと、ジュリーは自分を奴隷としか思っていない夫と苦労の末別れた。

　そしてジュリーはロクマリア村に戻った。求婚してきた男たちはまだ村に残っていた。しかし、ジュリーは、「熱湯でやけどした猫は冷たい水でも怖がるものよ」と親しい友人たちに打ち明けた。ここ数カ月のあいだ、ジョルジュ・ラガデックの長男マチュー・ラガデックは、誇り高いブルターニュの女性に特別な関心を寄せていた。

エルワンは滅多に兄のことは話さなかったが、いったん口にすると冷静さを取り戻すのに時間がかかった。

兄弟の父親にとって、マチューは完璧な息子だった。一九八〇年代のジョージ・マイケルも降参しそうなブロンドの髪の色男で、ロクマリア村のサッカーチームのキャプテンをし、スーパーマーケットチェーン〈インターマルシェ〉の店長補佐として働き、ナイトクラブ〈レ・シャンデル〉に出没して華麗なダンスを披露した。

しかし、エルワンにとって兄は世界で最も嫌なやつだった。偏見が染み込んでいて、弟を見下し、子どものころからずっと馬鹿にしていた。大根役者のような見た目とは裏腹に、エルワンが理解できないほどの人気者だった。女性を物扱いし、店長補佐への昇進が危うく見送られそうになったのも、女性販売員がセクシャルハラスメントを訴えたからだ。告訴するという若い女性販売員に店長が圧力をかけて抑え込んだ。配置転換という鞭、特別手当という飴、マチュー・ラガデックを告訴したら解雇するという脅しが、女性の闘争心を萎縮させた。

何週間か前、マチューがジュリーにまとわりついているのを見たとき、エルワンは気分を害した……。それでも止めることはできなかった。カトリーヌのおかげで運命がすっかり変わって以来、エルワンは永遠の恋人の心を取り戻そうと夢見ていた。しかし、これまでかたくなに拒絶してきたことをジュリーは許してくれるだろうか。ある夜、レストランの営業が終わったあと思い切ってカトリーヌに相談した。そして、初めて雇い主の人生を打ち明けられ、この女性の人生も静かに流れる大河ではないことを知った。エルワンのカトリーヌに対する尊敬の念がますます高まった。

25

翌日

遠くで聖テルノックの鐘が鳴っているのを聞いて、カトリーヌはまどろみから目覚めた。潮騒と荒野を渡ってくる風の音を聞いているうちに、うとうとしてしまったのだ。立ち上がって大きく伸びをし、散歩を再開した。

港は活気がみなぎっていた。好天のおかげで、例年より少し早めに繰り出した観光客や地元の人たちは毎週土曜日に開かれる市をひやかして歩いていた。クレープやジャム、イワシ、カラメル、蜂蜜などの日常の食料品を売る店や、ブルターニュの工芸職人の店、古道具屋もあった。カンペール産の陶器の隣に貨物船で中国から運ばれてきた鉢が並び、地元の宝石職人はアクセサリーを展示し、太陽の光を追い風に、アフリカ人が麦わら帽やサングラス、ビーチタオルが載った台の前で盛んに売り口上を叫んでいる。人々がこの市に惹きつけられるのは、ほかの場所では手に入らない品物があるからというわけではなく、親しみやすい雰囲気だからだ。

カトリーヌはレストランに近づくと怪訝な顔をした。ドアの近くで、エルワンがふたりの憲兵たちと大きな身振りで話している。何が起きたのだろうか。そばに寄り、ふたりは憲兵隊ロクマリア小隊のエリック・ジュリエンヌ准尉とパトリック・コラン軍曹だとわかる。

「何かあったのですか」カトリーヌは会釈したあと訊いた。

ジュリエンヌ准尉はちょっと困った顔をして、踵を鳴らした。

「あなたたちに対する被害届が出たことをお知らせに来たのです。つまり……あなたたちのレストランにです」

「だれがそんなことを？」

憲兵が答える前に、エルワンが憤然として割って入った。

「おやじと兄貴に決まっている。あのげす野郎どもはおれたちが昨夜毒を盛ったと言っているんだ」

カトリーヌはエルワンと憲兵たちを交互に見て、これは悪い冗談だと自分に言い聞かせた。

「だけど、これは筋の通らない話よ。なぜわたしたちがお客さまにそんなことをしなければならないのでしょうか。なぜ自分のレストランに傷を付けるようなことをするのでしょうか。そんなことありえません」

「わたしもそう思います、マダム・ヴァルト」ジュリエンヌ准尉が言った。「でも、どうしてもお耳に入れておきたかったのです。なにしろ、ムッシュー・ケレは救急搬送されたのですから」

「それで、そのあとどうなったのですか」

「いまのところ進展はありません。ムッシュー・ケレはタフな男です。食べ過ぎたのはこれが初めてではありません」

「ほかの三人は？」

「午後一番で憲兵隊に被害届を出すことができるくらいには元気です。少なくともラガデック家の人たちは。マルク・デュブールは実際に出向いたわけではなかったので元気かどうかわかりませんが」コラン軍曹が説明した。

「すべてのお客さまに同じお料理をお出ししました。そして、わたしの知る限り、ムッシュー・ラガデックとそのお仲間だけが体調を崩されたのです」

「昨夜レストランを訪れたほかの人たちにも確認してみます。個人的には問題にしたくはないのですが。でも、調べる義務があるのです」

「レストランにはどんな影響があるのでしょうか。営業停止の可能性も？」

「今回の食中毒とレストランが出した料理との関係が明らかになればの話ですが」

そのときジュリエンヌ准尉の携帯電話が鳴った。ジュリエンヌ准尉はみなから離れ、通話ボタンを押した。しばらくして、緊張した面持ちで戻ってきた。

「恐ろしいニュースです……」

カトリーヌはうなずいて続きを促した。

「ジャン＝クロード・ケレは亡くなりました。カンペールのフィニステール県憲兵隊が捜査に乗り出します。殺人事件として」

26

ニュースの波紋

ロクマリア音楽隊の首席ビニウ奏者アレックス・ニコルは〈ブレットゼル・エ・ブール・サレ〉のテラスの前を散歩していた。カトリーヌ・ヴァルトが憲兵たちと話をしていることに気づき、何ごとかと思いわざとゆっくり歩いた。ジャン＝クロード・ケレが死んだ……。しかも毒殺だとわかり、話の輪に加わるのはやめた。急ぎ足でバー〈ル・ティモニエ・オリエンタル〉に向かった。

午後四時四十八分。アレックスはカウンターに駆けつけ、最初のエデューを注文する前に、ほかの客の会話を遮った。大スクープを聞いて、アレックスの無遠慮な行為をだれも批判しようとは思わなかった。鋼のような男ジャン＝クロード・ケレはシュークルートごときにノックアウトされたのか。そんなことは考えられない。ほかの三人はどうなったのか。マスターのエミール・ロシュコエを中心に、さまざまな憶測が飛び交った。憲兵たちが元村長のことだけしか話していないのなら一緒に夕食をとったほかの三人の胃袋はもっと丈夫だったのだろう、とだれかがつぶやいた。

四時五十九分。アニック・ロシュコエは夫のエミールに店を任せ、バーを出た。港に沿って歩き、アルザスの郷土料理のレストランの前にもう憲兵がいないと知るとがっかりした。気を取り直して大通りを歩き教会広場に出た。右折して脇道に入り、ミニスーパー〈ラヴェン〉のほうに急いだ。店主のナターシャ・プリジャンは友人のアニックが急ぎ足で入口のドアに向かって走ってくるのを見て、両手いっぱいにクレープやガレット、シードルを抱えてレジに来たドイツ人カップルに待ったをかけ、見習いの店員を口笛で呼び、自分の代わりをするように言い付けた。ナターシャは走ってアニックを迎えた。数秒すると、叫び声が店内に響き渡り、ナターシャは大げさな身振りで客の村民を集めた。声はだんだん大きくなり、道を歩いている観光客はスーパーを避けて通った。このニュースが店じゅうに広がると、ナターシャが話を仕切った。ジャン＝クロード・ケレの親戚であるナターシャはケレの死について話をするのは自分が適任だと思っていた。元村長の遺産の一部を相続することになるのかと常連客から訊かれると、ナターシャは目を輝かせた。そして、ちょっと考えてから強い口調で言った……。「いまはそんな下世話なことなんか考える余裕はないわよ」勝ち誇ったようにこうも付け足した。「あたしが最初の日に言ったとおりでしょう。あのアルザス女は平穏な村に災いをもたらしにやってきたと。ヴァルトがあたしのおじさまを嫌っていることはみんなが知っていることで、全員がヴァルトならやりかねないと思っている」悲嘆に暮れているこの女性に対してみなは何も言うことができなかった。ときどき甲高い音が混じるわめき声がさらに大きくなるのを恐れていたのだ。

五時二十四分。常連客たちは帰っていった。ナターシャはスーパーを見習いの店員に任せ、広場を横切ってバー〈ラ・フレガト〉に入った。ロクマリアのセクシー美女の到着にみなの注目が集まり、しばらく会話がやんだ。その日は特に短いスカートを穿いていた。ナターシャは自分に集中した視線に満足し、仰々しくそのニュースを発表することにした。口から出た事実関係は昨夜に起きたこととはかなり開きがあった。ナターシャが話し終わると、すぐに全員が驚いたり、怒ったり、憤慨したりして、思っていることを言い合った。同じころ、〈ラヴェン〉にいたおしゃべりな女性たちは、次々とほかの商店にこの大ニュースを触れ回った。

六時。エリック・ジュリエンヌ准尉が電話を受けた時刻から一時間十四分後。ロクマリアの半数の人々がジャン゠クロード・ケレの死去を知っていたが、その内容は伝えた人の数と同じくらいさまざまで、悲しくさせるものもあれば憤慨させるものもあった。

六時十五分。カトリーヌはディナーを予約した客にきょうは臨時に店を閉めると知らせ終えた。臨時休業すると決めたのは、今回の立入検査が非常に厳しいものになると予想したからだ。渋るエルワンを説得して家に帰らせた。エルワンの手助けには十分感謝していたが、この事件に深入りしてほしくはないと思った。過去のいきさつから憲兵隊はエルワンを容疑者として扱うかもしれないし、エルワン自身興奮すると頭にかっと血が上るたちなのだ。

太陽はまだ高い位置にあった。日がとっぷり暮れるのは十一時前くらいだろう。入口近くのテーブルに座って、カトリーヌはこの悲劇について考えたが、どう受け止めればよいかわからなかった。なぜケレと仲間だけが具合が悪くなったのか。ほかの客たちからはなんの苦情も出なかったのに。このニュースが知れ渡ったら、ほかの人たちも具合が悪かったことがわかるかもしれない。この悲劇の原因は何か。ワイン、キャベツ、ジャガイモ、豚肉、それとも調味料？　マロ・ミコルーにはあらかじめ警告しておく必要がある。憲兵隊はきっとマロに関心を持つだろう。せっかく滑り出しは好調だったのに、悪夢に変わるかもしれない。

静かにドアをノックする音を聞いて、カトリーヌは顔を上げた。安堵の表情が顔に浮かんだ。チャールズ！　いま自分に必要なのは、チャールズの冷静さとユーモアのセンス、村についての知識だ。ロクマリア村に二年住んでいるあいだに、チャールズには住民についての鋭い洞察力が養われていた。カトリーヌは手を振り、チャールズを招き入れた。

「こんばんは、カティ。毒殺犯の役を演じたそうだね。もっとも、ジャン＝クロード・ケレはケーリー・グラントではないが」

カトリーヌが怪訝そうにチャールズを見ると、彼はこう付け加えた。「『毒薬と老嬢』だよ。下宿屋を経営している老婦人が同情心から老人たちを毒殺する名作映画を観ていないのかい。フランク・キャプラ監督の傑作さ」

「チャールズ、文化の香りがするジョークをありがとう。だけど、今度映画を観るとしてもこの映画はごめんだわ」

「冗談はさておき」イギリス男は続けた。「〈リール・オ・ラルジュ〉で本を見ていたとき、ケレがここで食事をしたあと死んだと聞いたのだ。きみのレストランの料理が原因でなければいいが」

「わたしもそう願うわ、チャールズ。もう何がなんだかわからない」カトリーヌは取り乱して言った。

チャールズはカトリーヌに近づき、そっと肩に腕を回した。

「きのうここに来てシュークルートを食べた。即死するほどおいしかったよ」

「冗談はやめてちょうだい。ケレとお仲間が運ばれていったのを見たでしょう」

「いや、その前に引き上げたんだ。でも、レストランの料理が関係しているとはちょっと信じられない。きみに頼みがあるんだ」

「何かしら？」

「ぼくもきみに協力させてくれないか」

「まあ、騎士道精神ね、チャールズ。だけど、あなたの店はどうするの？」

「両方をうまくこなせないことはない。だから、受け入れてくれないか」

「喜んで」カトリーヌは頭をこの魅力的な男性の肩に委ねた。

チャールズはちょうどいいときに提案してくれた。数時間後に必ずやってくる嵐から自分を助けてくれるだろう。

27

取り調べ

朝の九時。カンペールのフィニステール県憲兵隊のバルナベ・グランシール大尉は、ロクマリア小隊のエリック・ジュリエンヌ准尉を伴って、ケルブラ岬邸のドアをノックした。四時間前から起きていたカトリーヌがドアを開けると憲兵隊の制服が目に飛び込んできたが特段驚かなかった。ケレの死を知らされて以来、憲兵隊が来ることは予期していた。きのう来なかったのが意外なくらいだ。控えめに言っても、カトリーヌは最悪な夜を過ごした。眠ろうとしても眠れず、本を読もうとしたり、ベッドで寝返りを打ったりして、むなしく時間だけが過ぎていったあげく、疲れ果てて起き上がった。手始めにプールで一時間ウォーミングアップした。続いて、すでに片付いている家のなかを掃除した。これは、ストレスを感じているときに心を鎮めるのに役立つ。それから、憲兵隊の訪問を想定して、入念に化粧し、質素ながらシックな服に着替えた。カトリーヌには好意的な第一印象を与えることの重要性がわかっていた。

「あなたがマダム・カトリーヌ・ヴァルトですか」グランシール大尉は素っ気なく訊いた。

「はい、わたしです。どちらさまでしょうか」

「憲兵隊大尉のグランシールです。わたしの隣のジュリエンヌ准尉はもうご存じですね？」

「ええ、前にもお会いしています」

「なぜわたしがお宅にお邪魔したかわかりますか？」

「ムッシュー・ケレの死と関係があるのでしょうか」

「そのとおりです。あなたはなかなか鋭いですね、マダム・ヴァルト」真意を測りかねるような笑顔でグランシール大尉は答えた。「わたしがこの不審死事件の捜査を担当していまして……。もちろん、わたしが事情聴取したい人物リストのトップにあなたがいることを当然理解していますね？」皮肉な調子でグランシール大尉は言った。

「まずあなたから始めたいのですが」

最悪な夜を過ごし疲れているカトリーヌは、相手の持って回った言い方に我慢できそうもなかった。前夫のデリカシーのない毒舌に耐えてきたカトリーヌだが、カウボーイ映画の主人公みたいなカンペール男にはとうてい耐えられない。

「消化不良を起こしただけなのに不審死ですって？」

「シュークルートを食べたのだから死ぬのは当然だとあなたが思っているなら、おもしろい議論になりますね」グランシール大尉は口元に引きつった笑みを浮かべた。

「聞いてください、ムッシュー・モンシール。わたしは……」カトリーヌは苛立ちを隠せなかった。

「グランシール大尉です。《ムッシュー・モンシール》ではありません」

「グランシール大尉、これでいいですね。連続ドラマに出てくる女嫌いの警官の役をあなたが演じたいなら、この家から出ていってカンペールにわたしを呼びつければいいのよ。弁護士と一緒に出頭するわ」

これで望んでいたような好印象を与えるのは無理だとカトリーヌは悟ったが、グランシール大尉に愚弄されて平気な気分ではなかった。

グランシール大尉はカトリーヌをじっと見つめ、彼女に睨み返されると吹き出した。この気が強い女性が気に入った。脅してもカトリーヌの協力は得られまい。

「あなたの言うとおりです。初対面は互いに悪い印象を持ったようですね。そうは言っても、この事件にあなたの証言は不可欠です」

カトリーヌは少し肩の力を抜いて、ふたりをキッチンに誘った。

「わぁ、すばらしいキッチンですね」ジュリエンヌ准尉はうっとりして、大きな大理石の調理台やすばらしい家具、高級家電製品に歓声を上げた。「コーヒーマシンも！」プロ仕様のマシンを見つけ、ため息をついた。「ここでコーヒーを楽しむんですね」

「お好きでしたらどうぞ」カトリーヌは言った。マシンは口笛を吹くような音とともに水蒸気を出し、エスプレッソができた。

一分後、ジュリエンヌ准尉はカップを手に取り、香りを嗅いだ。

「いい匂いだ」

グランシール大尉もエスプレッソを飲み終えたので、カトリーヌはミネラルウォーター二杯と、きのう作っておいたマカロンの入ったバスケットを手渡した。

「さて、もう冷静に話し合いをする条件は整ったと思います。質問にはなんでもお答えしますよ」

「ジュリエンヌ准尉から最初の報告を受けましたが、あなたの立場から見た事実を教えてください」

カトリーヌはその晩のできごとを話した。ケレと仲間が特注の〈皇帝風シュークルート〉を注文したこと、地元の音楽隊がレストラン内を練り歩きアルザス地方の郷土音楽を演奏して、ビニウや大太鼓の演奏が続いた五分から十分のあいだ店内では大喝采が続いていたこと、最後は、客四人が消化不良を起こしエルワンが自宅まで送ったことを話した。バルナベ・グランシール大尉は、老練なエジプト学者でも解読できないような文字でメモをとった。しばらく沈黙したあと数回歯ぎしりしカトリーヌに尋ねた。

「この悲劇が起こった原因に心当たりは？」

「昨夜からずっと考えていました。ひと晩じゅうです。四人はほかのお客さまと同じ料理を食べました。ただ、大量にね。材料の仕入先も同じです」

「四人のソーセージが悪くなっていた可能性もある」

「可能性はあるでしょう。でも、四人のソーセージだけが傷んでいて、残りの三十六人のものは大丈夫だったなんて。そんな確率は、アルザス人が地元の村でメッシにクスクスを食べるより低いと思います」

「メッシ？」グランシール大尉は訊き返した。

「夜祭みたいなものですよ」カトリーヌが解説した。

「村祭です」ジュリエンヌ准尉が補足した。「グランシール大尉はパリっ子で、六カ月前にこちらに赴任してきました」今度はカトリーヌに説明した。「だからわれわれの地方の風習にくわしくないのです」

「わたしはパリの出身だが、それだけで無知と言われるのはいただけないな」グランシール大尉は、部下のことばに対して笑うべきか、苛立つべきか迷いながら言った。

「とにかく、うちのレストランのシュークルートやワインがこんな事態を引き起こしたなんて考えられません」カトリーヌはきっぱり言った。「でも、こういう仮説はどうでしょう。店に来る前に何か食べたり、吸ったり、飲んだりしたのです。そう考えると、なぜ四人だけが具合が悪くなったか説明がつきます」

「そうかもしれませんな」グランシール大尉は言った。「でも、ほかのだれも具合が悪くならなかったのは確かですか」

「もちろん、体調を崩した人はいません。ジャン＝クロード・ケレが亡くなって大騒ぎになったので、夕食後に具合が悪くなった人がいればすぐに憲兵隊に届けると思うのです」

「あなたの言うことも一理あります」グランシール大尉は認めた。「さて、そろそろ失礼しましょう。その前に仕入先の名称と住所をここに書いてください。それから、衛生検査官ふたりがレストランを調べに来ます」

「おとといの夜出した料理の残りは冷蔵庫に保存しています。なんなりと検査してください」

「よろしい。それでは、われわれは豚肉の仕入先に向かうとしましょう」グランシール大尉はそう言って立ち上がった。「お気遣いとお話ししてくださったことに感謝いたします、マダム・ヴァルト。特に、マカロンはうまかったですな」

「家に代々伝わるレシピなんです……。そうそう、忘れるところでした。最後にひとつ言わせてください」

「うかがいましょう」

「もうジュリエンヌ准尉には申し上げたことですが、十日前、レストランのドアがこじ開けられ、冷蔵庫二台が壊されました。その直後、衛生検査官がふたり来たのです」

「興味を引くできごとですね」グランシール大尉はまたメモ帳を取り出した。「レストランに押し入った人物に心当たりは？」

「いいえ、レストランに侵入してものを壊すような敵なんて、さっぱり見当がつきませんわ」

「それで、ジュリエンヌ准尉、きみの捜査でわかったことは？」グランシール大尉は訊いた。

ジュリエンヌ准尉の顔が赤くなり、喉に手を当てて、口ごもりながらしゃべった。

「ええっと、このところばたばたしていて、つまり……まだ調べる時間が取れていないのです」

「そうか、わかった」気まずそうにしている部下を、グランシール大尉はかばった。

「マダム・ヴァルト、不審な侵入者については日をあらためてお訊きします」

28

司令部（QG）〈ル・ティモニエ・オリエンタル〉

村がこれほどの興奮に見舞われたのは二十七年ぶり、正確に言うとポール・ケレック湾にヌーディストクラブがオープンして以来のことだった。クラブの敷地の中心には、ふたつの塔を持つ二十世紀初頭に建てられた小さな館があり、その周りには針葉樹林に囲まれた十五棟ほどのバンガローと十二か所ほどのキャンプ場が、あたりの景観に完全に溶け込んで存在していた。観光客が来ることで商店やレストランが賑わうと、ロクマリア村の住民たちは歓迎した。

ところが、元村長のジャン＝クロード・ケレが、このクラブはヌーディスト専用だと住民たちに明らかにすると、村は上を下への大騒ぎとなった。ケレの妻が自ら音頭を取り、不道徳な連中を追い出そうと署名活動が始まった。夏本番を迎える数週間前から勢いに火がついた。裸になって騒ぎまくる男や女が群となってやってきて、まじめな人々や純粋無垢（むく）な子どもたちを堕落させてしまうのではないかと、反対派は心配した。その一方、思春期の若者や、人前では自分の本心をひた隠しにしている大人たちは、夢のなかにまで出てきたこの生き物たちの到着を心待ちにしていた。中年たちは、シャロン・ストーンが映画『氷の微笑』から抜け出して、ポール・ケレック湾の白い砂浜で肌を焼く姿を想像した。年配の007シリーズのファンたちは、ウルスラ・アンドレスが海から上がるシーンを頭に思い浮かべたが、連中の想像のなかでは有名な白い水着は着けていなかった。

ドイツ人とオランダ人中心の観光客の第一陣が悪魔を思わせるクラブに到着すると、住民の興奮は頂点に達した。数日して騒ぎは収まった。ヌーディストたちも服を着たら普通の観光客となんら変わらないとわかったためだ。しばらくは水中マスクとシュノーケルの店だけが売り上げを伸ばしたが、やがて熱狂的な愛好者たちは気づいてしまった……クラブに滞在しなくても、水着さえ着用しなければ、だれでもビーチを利用できることに。それ以来、ヌーディストのヴァカンス客が毎年ロクマリアの経済に貢献するのを住民は歓迎するようになった。

ジャン＝クロード・ケレの死が明らかになった翌日、住民のあいだに動揺が広がった。ケレの村長時代を知っている村民たちは、ケレが傲慢に振る舞い村を支配しようとしたことを快く思っていなかったが、この男はだれにも壊すことができない岩のような存在だった。そのケレが、シュークルートごときによって死者の国へ旅立ってしまった。

〈ル・ティモニエ・オリエンタル〉では会話が弾んでいた。エミール・ロシュコエは生ビールサーバーの泡抜きをしたあと、常連や新しい情報を知りたくてやってきた多くの人たちに笑顔で次々と生ビールを注いだ。

「どんなに悪いやつだったとしても、ケレに起きたことは許されるはずもない」アレックス・ニコルが弔辞の代わりに言った。

音楽隊のリーダーは厳かにジョッキを掲げ、周りが静まり返ると大きな声で叫んだ。

「ジャン゠クロード・ケレに献杯いたしましょう。神よ、どうかこの男の罪を許したまえ」

「なあ、アレックス、おまえは主任司祭になったつもりか」マスターが素っ頓狂な声を上げた。

「よく聞けよ。だれかを憐れむことがあるとすれば、それは清らかな魂が天に召されるときだ」

「さて、あんなにたくさん下劣な行いをしたのだから」皺だらけでくすんだ肌をした年寄りの船乗りが言った。「ケレじいさんの魂は清らかなんてものじゃないだろうよ。ケレが神さまに会えるとしてもずっと先のことさ」

「あの愚か者は何人もの女性を弄び……何人もの男の人生を滅茶苦茶にした」珍しく店を妻と店員に任せてバーに来た精肉店のおやじも同感だった。

「やくざな高利貸しだったな」グラスを拭いていたエミール・ロシュコエが話に割って入った。「つい三年前にも、トロール船を修理しなければならない漁師に、年十五パーセントの利子で金を貸したんだ」

「ケレが死んだいま」奥まったところにあるワインレッドの合成皮革の長椅子に座っている客が話を振った。「いったいどうなるんだ、あの男の財産は?」

「ケレには子どもがいないから、妻のマドレーヌが相続するんだと思う」エミールが推測した。「貸した金については、マドレーヌが借り手と話し合って決めるか、ちゃらにしてくれるかもしれない。ありえないことではないよ。それより、夫婦財産契約はどうなっているんだ。公証人に確かめる必要があるな。ずる賢いケレのことだ、妻に不利な遺言書を作っているかもしれない」

「でも、どうしてそんなことをすると思うんだい?」

「妻に嫌がらせをするために決まっているじゃないか。あのふたりが一緒になったのが不思議なくらいだ。ケレが妻に優しくしたり、労(ねぎら)いのことばをかけたりしたのを見たことがない」

「覚えているだろう」アレックス・ニコルが言った。「ふたりは見合い結婚だったんだ。ケレの父親は、安っぽい女に金を浪費するのをケレにやめさせようとして、マドレーヌの父親のほうは地元の有力者に娘を嫁がせようとした。マドレーヌは気立てのいい娘ではあったが、道ですれ違ったときに後ろを振り返るほどの美人ではなかったからね」

「女と言えば、ケレはうまいことやっていたな。ケレがブーランジェリーに忍び込んでかみさんと厨房でいちゃいちゃしている現場を、予想外に早起きした旦那に押さえられたときのことを覚えているか。ケレは両目の周りにあざができるほど殴られて逃げ帰ったが、二年後にブーランジェリーを破産に追い込んだ。なあ、ニコル、うまいパンを作るいいおやじだったんだがな」

「ああ、思い出したよ」ニコルは相槌(あいづち)を打った。「だけど、合意の上であれ、無理やりであれ、ケレが手を出した女のリストを作っていたら、あしたになったって終わりやしないよ」

29

マルク・デュブール

「もしかすると、食中毒ではないかもしれないわ」女性の声が言った。

エミール・ロシュコエは厨房から出てきた妻のほうを見た。

「何を考えているんだい？」

「だれかがケレに危害を加えようとしたのだとしたら？」アニック・ロシュコエは言った。

アニックの質問にだれも答えなかった。みながすでに考えたことだった。

「その可能性はある」アレックス・ニコルも同意見だった。

「だいたい、どうしてケレにだけ嫌がらせをしたと思うんだい？」エミール・ロシュコエは妻とは別の角度からの意見を出した。

「どういうこと？」

「ジョルジュ・ラガデックと息子のマチューには敵がいないとでも思っているのか?」エミールの声は熱を帯びた。「愚かで口の悪い親子だぞ。ふたりがエルワンに何をしたか考えてみろ。父親と兄を恨んでいるエルワンがレストランで働いているんだから、ふたりが無事なわけがない」

「腐ったシュークルートを出したのはエルワンだとでも言いたいのかい?」客のひとりが大声を出した。

「とんでもない。エルワンはカティに迷惑がかかるようなことはしない。偉大な聖テルノックよりカトリーヌを崇拝しているんだ。ラガデック親子が村に迷惑をかけたことを根に持ち、だれかがその代償を払わせようとしたんだ」

「まあ、その可能性もあるわね」負けじとばかりに妻が言った。「でも、デュブールについてはどう説明するのよ。四人のうち残ったひとりの」

「デュブールは」エミールは即座に言い返した。「アトランティス缶詰工場をつぶしてわれわれの仲間を路頭に迷わした張本人じゃないか。それがよい行いと言えるか」

「ケレの命令で動いたことはみんな知っているわ」アニックが言い返した。

「デュブールにもっと男気があったら」エミールが言った。「あんなに上司にぺこぺこしなかっただろう」

「男気とデュブールと言えば、耳寄りな話があるのよ」バーの奥から女性の声が話に加わった。

ゴシップが聞けるとあって、ロシュコエ夫婦は会話をやめ、集まった人たちも静かになった。エミールがカウンターのほうに来るよう手招きすると、いたずらっぽい目つきをした太った女が寄ってきた。サンドリーヌだ。その一挙手一投足に三十近い目が注目し、サンドリーヌは大いに満足した。

「何か知っているのかい？」これから語られる話を楽しみにしているみなを代表してマスターが尋ねた。

「知っているけど、話していいものかどうか」

人々が騒ぎ出したので、サンドリーヌは話すことにした。

「だれか、飲みたい者は？」エミールが即座に言った。「サンドリーヌ、きみには奢ってやろう」気前よく付け加えた。

語り部は茶色の髪をほどき、得意そうに胸をそらし、怒濤のように話し始めた。

「二年前から、ジェラール・プリジャンのところで清掃をしているの。週四日はバーを、週二回は二階のアパルトマンを」

サンドリーヌが核心に触れる前のウォーミングアップをしているのだと思い、観衆は辛抱強く耳を傾けた。

「四カ月ほど前、寝室を掃除していたときのことよ。掃除機をかけていたらベッドの下から突然何かが出てきたの。ジェラールがまたブリーフを放りっぱなしにしたのかと思ったら、見つけたのは……一本のネクタイだったの。それを手に取って皺を伸ばし、それから不思議に思ったの。ジェラール・プリジャンがネクタイを締めているのを見たことがある人なんていないのだろうかってね。あたしは一度もないよ。特にフェラガモの絹のネクタイなんて」

「まあ、あなた、ネクタイにくわしいのね」アニックは感心して言った。

「ネクタイの裏のタグにそう書いてあったのよ」サンドリーヌは正直に白状した。「とにかく、その晩、インターネットで検索したら、この手のものは百五十ユーロ以上の値段だとわかったの」

サンドリーヌの検索能力の高さへの称賛と、冠婚葬祭のときだけしか使用しないこのアイテムの値段の高さへの驚きが入り混じったざわめきが店内を駆け巡った。

「何か裏があると思ったのよ。夫婦喧嘩が起こると困るから、ジェラールの奥さんが下着をしまっている整理ダンスにネクタイを隠したの」

「ヴィクトワールはセクシーな下着を持っているのかい?」客のひとりが訊いたが、アニック・ロシュコエの冷たい視線を感じて神妙な顔をした。

「この豚野郎なんか無視して話を続けて、サンドリーヌ」アニックは促した。

「それで、ジェラールに疑われないようにネクタイをブラジャーのなかに隠したの。あたしはいつも目を光らせていたわ。そしてある日、その真相を知ることができた。ジェラールがブレストで用事があるというので、臨時にバーを午後六時に閉めたの。わたしは早めに掃除するよう言われていた。バーの前に着いて顔を上げると、二階の部屋の窓のシャッターを下ろす手が見えたの……まだ六時なのによ。これに気づいたとき、心臓が止まりそうだった。この一カ月、ネクタイの一件があってから、住居を掃除するたびに手がかりを探していたの。この一カ月、夫婦がネクタイを見つけないかと目を光らせていたけど、見つけることはなかったわ」

「もしかしてその愛人はロクマリアの住民ではないのかな?」客のひとりが尋ねた。

「いったいだれなんだ?」精肉店のおやじは、話の続きを早く知りたくていらいらした。この場のみなが最初から愛人の名をわかっているのに。

「サンドリーヌに話を続けさせろ」カウンターの向こう側でエミールが注意した。

「すぐに解けるような謎は、初対面の男に安易に飲み物を奢らせるような軽い女の子みたいなものだ」

エミールは非難するような妻の視線を背中に感じた。気まずくなって、サンドリーヌに早く話をするようにせかした。

「それでは続けるわ。午後六時というのはまだ眠るには早い時間でしょう。特に三月はね。それであたしは決心した。こんなチャンスは二度と来ないぞと。ヴィクトワールは愛人といちゃついているに違いない。でも、二階に上がって壁に耳を当てることはできなかった。この日はバーを掃除する日だったから。少し考えてみた。プリジャン夫婦のアパルトマンに行く方法は三つ。バーからと、広場に面したドアからと、そして裏の路地に抜ける出入口から。色男は裏の出入口から出ていくだろう。だから、床にモップをかけながら外を見張っていた。路地のほうに首をひねっていたから、首がねじ切れそうになったわ。三十分も経ったかしら、カウンターを磨いていると、そっとドアが開くのが見えた。見つからないようにちょっと待ってから急いで外に出たの。そこでだれを見たと思う？　最も意外な男よ」

「デュブールか」マスターはお約束でそう訊いた。

「大当たりよ、エミール。ムッシュー・マルク・デュブール、元アトランティス缶詰工場の工場長で、従業員たちをいつも棒で脅して働かせていたような厳しい男よ。聖テルノックのお祭りでいつも最前列に座っている信心深い面もあったわ。もう驚いたのなんのって」

「なんてこった」アレックス・ニコルは大声を出した。「根っからの独身主義者、こちこちのカトリック教徒……。こんな男がいるのかと思っていたが、正体を隠していたんだな、あの豚野郎め」

「わたしがエミールを裏切るとしたら、もっと思いやりがあって愉快な相手を選ぶわ」アニックは夫に当てつけるように言った。

「正直言って」漁師が切り出した。「ヴィクトワールは若くはないけれど愛想がよくて快活な女性だ。なんでこんなおもしろみもない男といい仲になったんだ？　おれにはとても理解できない……」

「もっと女を研究するんだな……」精肉店のおやじが茶々を入れた。

「女性というものを理解したければ」柄にもなくサンドリーヌは哲学者のように言った。「もっと女性のことばに耳を傾けて興味を持ちなさい」

男性陣のだれも負け戦とわかっている議論に参加しなかった。

「それでは」エミール・ロシュコエが気まずい沈黙を破った。「ジェラール・プリジャンが女房の浮気を知って、寝取られた復讐をしようとしたと？」

「ジェラールが気づいていたとしたら」サンドリーヌはきっぱり言った。「村じゅうに知れ渡っていたわ。だって、とても嫉妬深い男じゃないの」

「ひとつ確かなことがある。もしまだジェラールが知らないとしても、これから数時間のうちに自分の不幸を知るんじゃないか」アレックス・ニコルは予言した。

30

青天の霹靂

バルナベ・グランシール大尉は、パソコンに向かってそのメッセージをもう一度読み返した。これまでの状況を完全にひっくり返すものだ。携帯電話を手に取りロクマリアに電話をかけた。

「グランシールだ。エリック・ジュリエンヌ准尉につないでくれ」

「ちょうど隣にいます、大尉殿。いま代わります」

しばし間があって、別の声が聞こえた。

「ジュリエンヌです。大尉殿、どうかなさいましたか？」

「ケレと一緒に食事をした三人を集めて、すぐに採血に行かせてくれ。そして、部下に命じて採取した血液をカンペールのフィニステール県憲兵隊の鑑識まで持ってくるように伝えてほしい」

「検視官がケレの遺体を解剖した。その結果、強力な催吐剤が見つかった」

グランシール大尉が言い終わると、しばらく沈黙が続いた。

「ということは……」ジュリエンヌ准尉はためらいがちに言った。「ケレたち四人にだれかが故意に薬を盛ったのですか？」

「それをこれから確認するのだ。催吐剤は致死性がないとされるが、量が多ければ害になる可能性がある。ケレには負担が大きかったのかもしれない。肝臓を病んでおり、病身には耐えられない摂取量だったのだろう。検視官によれば、ほかの三人もこの薬を飲んでいれば検出されるそうだ」

「すぐに着手します、大尉殿」

「よろしい。わたしは車でそちらに向かう。三十分かそこらで着くだろう」

電話を終えたグランシール大尉は、犯人の動機は何か考えた。子どもたちのいたずらが大事になってしまったのか。だれかの仕返しか。殺したいほど憎んでいただれかの。注意深く調べてみるつもりだ。当日レストランにいた客だけでなく、カトリーヌ・ヴァルトと薬を飲まされた四人の周辺にいる人物も。ラガデック親子とマルク・デュブールについて前日聞き込みをした結果、四人の敵はロクマリア村に大勢いることがわかった。

グランシール大尉はため息をつき、肘掛け椅子から立ち上がった。村民たちはみな、彼がパリ出身だと知っていて、《よそ者》に情報を与えるのをためらっていた。事件の真相を突き止めるには地元の憲兵たちに頼らなければならないだろう。

お昼の鐘が鳴り響き、パトリック・コラン軍曹の腹が雷のような音を立てても、グランシール大尉は気に留めなかった。会議室代わりに使っている部屋で、グランシール大尉が黒板にこれまでにわかった手がかりのリストを書き出した。ジュリエンヌ准尉、コラン軍曹、クリストフ・リウ伍長（ごちょう）、ロナン・サラウン曹長は打ち合わせに没頭していた。定年間近のサラウン曹長は、この五十年のあいだに村民を驚かせた事件の裏を多かれ少なかれ知っていた。

バルナベ・グランシール大尉は制服の埃を払って、会議の結論をまとめた。

「よし、食事に出かける前に」大尉はコラン軍曹に目を向けた。「それぞれの役割を明確にしておこう。リウ伍長、きみはカトリーヌ・ヴァルトのレストランで金曜日の夜に夕食をとった客のリストをまとめてくれ。音楽隊の演奏のときレストランに入った可能性のある人のリストも。レストランのオーナーや給仕した人、客など、接触できた人たちに手当たり次第訊いてみるんだ」

「承知いたしました、大尉殿」

「コラン軍曹、きみは半径三十キロ以内の薬局を回って、ケレが口に入れた薬がここ二週間に売れたかどうかを調べること。これは、同じ成分が含まれている四つの薬品が書かれたリストだ」

「かしこまりました、大尉殿。しかし、長くかかりそうです。出発前に食事をしても?」

「われわれは動物ではないのだ。どこかでサンドイッチでも買うか、港の小さなレストランで日替わり定食でも食べたらよい」申し訳なさそうな顔つきの部下を見てグランシール大尉は言った。

「サラウン曹長、あなたはケレとデュブール、ラガデック親子についての情報を報告書にまとめてください。あなたが村に来たときからこれまでに聞いた噂話など細大漏らさず書き込んでください。シュークルートに催吐剤が入っていたのが偶然だなんてとても信じられない」

「承知しました、大尉殿。でも時間がかかりそうです。だれから始めましょうか」

「ケレからお願いします。ジュリエンヌ准尉とわたしは一緒に事情を聞きに行く。もちろん、昼食のあとで。手始めにケレの妻に会い、次にカトリーヌ・ヴァルトのところへもう一度行こう」

「カトリーヌ・ヴァルトが犯人だと思いますか、大尉殿？」

「いまは何もわからない。とりあえず周りの人たち、特にシェフについて知りたい」

「エルワン・ラガデック？」ジュリエンヌ准尉が訊いた。

「そうだ。きのうきみから聞いた話では、エルワンは元悪党で、父親と兄に不満を持っていたそうじゃないか。エルワン本人にも訊いてみないとな」

「わたしは《悪党》ということばを使いましたが、少し大げさだったかもしれません。午後にはここに呼ぶことができます。県衛生局はカトリーヌ・ヴァルトのレストランを営業停止にしました。だから、事情聴取に応じる時間はあるはずです」

31

マドレーヌ・ケレ

〈ル・ティモニエ・オリエンタル〉のこの日の日替わり定食はソーセージのインゲンマメ添えだった。ようやく憲兵たちの腹は落ち着いた。エミール・ロシュコエは、接客の合間に憲兵から情報をさり気なく引き出そうとしたが、そのさり気なさに憲兵たちはみな気づいていた。周りのテーブルはすぐにほかの客でいっぱいになったが、トランプをやっていても雑談をしていても、これほど怒鳴り声が聞こえず言い争いも起きなかったのは初めてだ。バルナベ・グランシール大尉と部下たちがエスプレッソを飲み終えバーを出たとたんに、聞き耳を立てていた客のあいだで情報が共有されるだろう。

満腹になったロクマリア小隊の憲兵たちは任務を遂行するために散っていった。グランシール大尉はエリック・ジュリエンヌ准尉の案内でケレ邸に向かった。グランシール大尉は正門の前に着くと立ち止まり、口笛を吹いた。一ヘクタールの敷地は、石垣で内部が見えないようになっている。真ん中に樹齢百年のヒマラヤスギの林に守られた三階建ての屋敷があり、その周りには大きな庭が広がっていて、丹念に手入れをされたたくさんの花が咲き誇っている。しかし、最も印象深かったのは、屋敷の住人しか見ることのできない眺望に違いなかった。ケレの一族は、持てる権力とロクマリア村に対する支配力を訪問者に誇示していた。もともと嫉妬深くはないグランシール大尉だが、これには羨望の念を抱かずにはいられなかった。憲兵隊の給料では、いつになってもこんな屋敷を買うことは叶わないだろう。

ジュリエンヌ准尉は呼び鈴を鳴らした。昼前にマドレーヌ・ケレに電話をして午後二時半に訪問する約束を取り付けていた。音もなくドアが開いた。玄関前の階段に未亡人が現れた。屋敷に押しつぶされたみたいに小さく見える。本来の意味でも比喩的な意味でも、マドレーヌはこれまでの人生でずっと押しつぶされていたのだろう。グランシール大尉はマドレーヌに近づいてじっと見た。マドレーヌ・ケレは身長が低く驚くほど痩せていて、美しい女性だとは言えなかった。しかし、威厳があり、年齢が刻んだ皺はある種の品のよさを感じさせた。マドレーヌはグランシール大尉に細い手を差し出した。

「心からお悔やみを申し上げます、マダム・ケレ。また、このような大変なときにお会いしてくださってありがとうございます」グランシール大尉は挨拶した。「わたしは大尉のグランシールと申します」

マドレーヌはうなずいた。

「夫が毒を飲まされたとあなたから聞かされて、お会いするのを断ってはならないと思いました」

「奥さまの証言は、わたしたちにとって大変貴重なものになるでしょう」

「わたくしについてきてください。きょうは暖かいので、外でコーヒーでも飲みながらお話ししましょう」

三人は長い廊下を歩いて応接間に入った。グランシールは百年前に紛れ込んだような錯覚に襲われた。重厚な民芸家具、クリスタルガラスの飾りがたくさん付いた外国製のシャンデリア、どっしりした暗い色調の革のソファーがふたつ。これらの家具が応接間に彩りを添え、その向こうには絶景を望むテラスがあった。グランシール大尉は鮮やかな色彩の絵画に惹きつけられた。修道女の角頭巾をかぶったブルターニュの女性が少女の手を引いて浜辺を歩いている絵だった。

「美しい絵画ですね」グランシール大尉がささやいた。「ポール・ゴーガンの絵のようだ」

「そのとおりです」マドレーヌが冷静に言った。「絵がお好きなのですね」

グランシール大尉は驚きのあまり声が出なかった。

「曾祖父はポン＝タヴァンでレストランを開いていました。ポール・ゴーガンと親交があり、この作品も直接買ったのです」

「しかし、ものすごく高いのでしょうな。壁にかけていて怖くはありませんか。見張りも付けないで」

「ジャン＝クロードはまったく芸術に興味がない人で、お金だけを大切にしていました。でも、最近になって警報装置を付けてくれました」

「数百万ユーロ払えば、不心得な収集家が空き巣狙いを雇うこともできる」

「おっしゃるとおりですわ。でもジャン＝クロードを除いて、いまではジュリエンヌ准尉とあなたも除かなければなりませんが、だれもこの絵の価値を知りません。それが絵を守る最上の方法だと思いませんか？」

「いかにも。余計なことを言って失礼しました。お屋敷のセキュリティーについての話ではなく、もっと大事なことをお聞きしに来たのです」

「ちっとも余計なことではありませんわ。心ゆくまで巨匠の作品を鑑賞なさってください。この四十五年間ほとんど評価されてこなかったのですから」

しばらくして、グランシール大尉は、テラスにいるジュリエンヌ准尉とマドレーヌ・ケレのところに向かった。屋敷の女主人が手にしているステンレスのイタリア製コーヒーポットが輝いている。

コーヒーを飲み終えると、静寂が訪れた。風に揺られたヒマラヤスギの枝のかすかな音だけが聞こえる。

「わたくしはこの屋敷があまり好きではありませんでした。心地よい家にいるという感じがしなくて、監獄に閉じ込められている気分なのです。この景色を見ながら、いつかロクマリア村の海岸を離れて世界じゅうを回ってみたいという希望を抱いていました。しかし、若い娘のころの夢は叶いませんでした」

バルナベ・グランシール大尉は人から話を聞くことには慣れていたものの、悲しさと辛さを帯びたこのか弱い女性のことばになんと答えていいかわからなかった。

「悲しみに沈んでいるはずの未亡人がこんなことを言うなんておかしいと思いますよね」

グランシール大尉は肩をすくめて、マドレーヌが話を続けるのを待った。

「わたくしたち夫婦のことをお知りになれば、きっと、わたくしたちがおとぎ話のような暮らしをしていたのではないことはおわかりになるでしょう。ジャン＝クロードは、人を支配すること、贅沢なものを食べること、女の尻を追い回すことにしか喜びを見いだせない人でした。二十二歳で看護学校を卒業したわたくしの希望は、世界の果てまでも出かけて隣人の助けになることでした。コルカタにあるマザー・テレサの修道会に入るために父に内緒でお金を貯めました。わたくしと夫の星は決して交わらない運命だったのです。でも、互いの父はそうではない決断をしました。金銭の問題だけで、わたくしたちの将来をひとつにすることを選択したのです。それは将来の失敗を予感させるものでした。わたくしの希望は無残にも消えてなくなりましたが、ジャン＝クロードの希望は叶いました。わたくしはブルターニュで一番たくさん浮気された女性という称号をもらえるかもしれません。浮気されるのは嫌だけど、なんとか折り合いをつけてきました。それでも、夫は浮気するたびにそれを吹聴して回るのです。本当に惨めでした。何年も前から、ロクマリア村の人たちがわたくしを見る目は嘲笑と憐憫のあいだで揺れ動いていました。どちらがより惨めでしょうか。このようにしてときが経ちました。夫の仕事にわたくしが必要であれば、公式の行事にも付き添いました。一緒に出かけなければならない機会は滅多になく、それ以外はそれぞれ自分のやりたいことを別々にしていました。結婚した当初は、自分の習慣に従うよう夫に強制されましたが、その後はある程度の自由を与えてくれました。次第に夫の不品行や嘲笑に何も感じなくなっていきました。そして、自分の人生を生きることにしました。情熱を注ぐ対象を見つけたのです。それは絵画です。わたくしの人生をひとことで言えばこうなります。黄金の牢獄(ろうごく)に囚われた惨めな人生」マドレーヌは邸宅を指差して話を終えた。

バルナベ・グランシール大尉がいま聞いた話に思いを巡らせていると、マドレーヌ・ケレが話を続けた。

「ですから、あなたが尋ねるに違いない最初の質問に答えれば……わたくしは夫に死なれて残念だと思っていませんし、悲嘆に暮れた未亡人を演じようとも思いません。四十五年間も耐えてきたのです。慎みのないことでしょうか。一方、ジュリエンヌ准尉が言ったことが真実なら、夫が殺されたとしたらですが、だれであっても殺されていいはずはありません。ジャン＝クロードのために涙は流さないけれど、犯人を見つけるための協力は惜しみません」

「殺されたとは言っていません」きまり悪そうな目でグランシール大尉を見て、ジュリエンヌ准尉はマドレーヌの発言を修正した。「ご主人は薬を飲まされたのです。摂取した薬では人を殺せません」

「犯人は『魔法使いの弟子』のようにしくじったようですが、その罪は消えません。それで、あなた方の知りたいことはなんでしょう？」

「マダム・ケレ、型どおりのことをうかがいますが」グランシール大尉が質問に取りかかった。「ムッシュー・ケレに恨みを抱いていた人物に心当たりは？」

「村の半数以上の人たちが憎んでいました。近郊の町や村の人たちも同様です。搾取されるばかりの労働者、騙された事業のパートナー、寝取られた男たち、弱みを握られた女性たち、政治的な敵対者。時間の無駄ですから、この辺でやめておきましょう。リストは長大になります」

「最近ご主人が脅迫されるようなことはありませんでしたか？」

「まったく存じません。もし脅されていても、わたくしには絶対に打ち明けなかったでしょう」

「村の住民何人かにとても高い金利で金を貸していたのです」グランシール大尉が打ち明けた。「まあ、ご存じないかもしれませんが」

「いいえ、知っておりました。ひけらかせる人が身近にいないときは、わたくし相手に自慢するしかありませんから」

「では、ひょっとして、ご主人から金を借りた人のリストをお持ちではありません

「か?」

「ええ、もちろん、持っていますよ」

憲兵ふたりは、うまくやったという顔つきをした。最初の手がかりはすぐにも手に入りそうだ。

「夫はわたくしを見くびっていて、わたくしみたいな女がコンピューターを使いこなせるはずがないと思っていました。別にその誤解を訂正する必要もありません。内緒で夫のコンピューターを操作してここ数年のファイルすべてにアクセスしました。それで、お金を貸した人の名前、その金額、貸付条件、返済期限を把握しています。ジャン＝クロードがメモを添付しているのですが……読んでしまって後悔したこともあります」

「そのファイルをコピーさせていただけませんか」

「捜査の役に立つのであれば、すぐにでもコピーいたします」

「それは大助かりです、マダム・ケレ」グランシール大尉は夫人に礼を言った。

「でも……」ジュリエンヌ准尉はためらいがちに質問した。「融資したお金はどうするおつもりですか」

「正直なところ、まだよく考えておりません」

夫人は目を地平線のほうにやって、しばらくのあいだ沈黙した。それから、再び口を開いた。

「おそらく債権を引き継いで、利息をなしにするか一部の債権を放棄するか……。わたくしも生活していかなければいけませんから、それが精いっぱいです」

32

対カトリーヌ戦線

「あの悪党めが、悪党女めが！　信じられない」

ナターシャ・プリジャンの金切り声がミニスーパーの店内に響き、まだレジの周りの人だかりに集まっていない客も蠅がたかるようにやってきた。ナターシャは聴衆が自分に注目していることをこっそり確認した。足りないのはスタートのピストルの音だけだ。

「ナット、いったいどうしたの？」

これですべて揃った。喜んでいることを隠し、あたかも憤っているように演じ、ほんのちょっと悲しみで味付けする。絶好のチャンス到来だ。

「あの売女があたしのおじさまを毒殺したのよ！」

しばらくのあいだ聴衆は、毒づいているナターシャが何を言いたいのか理解できなかった。反応がないことに苛立ちを覚えナターシャは説明を始めた。

「たったいま、憲兵隊から機密情報を入手したわ。カトリーヌ・ヴァルトは故意にあたしのおじさまジャン＝クロード・ケレに毒を盛り、死に至らしめたのよ」

ようやく期待していた効果が現れた。最初は口々に驚きの声を上げていた聴衆が、やっとスキャンダルの甘い香りに気づいて好奇心をむきだしにし始めたのだ。

「ナターシャ、確かなの？」精肉店のかみさんが訊いた。店を夫と店員に任せ、自分はニュースを仕入れに来ていた。「あのアルザス女はルクレツィア・ボルジア（イタリアの女性貴族。毒殺に関与した疑惑がある）の生まれ変わりかもね」

「エメリーヌ、あたしが嘘をついているとでも思っているの？」ナターシャは馬鹿にするかのように言った。

「あら、疑ってなんかいないわ」がっしりした体格の精肉店のかみさんはナターシャにひるむことなく言った。「でもカトリーヌがレストランに来たお客を殺すかしら。そんなの商売の鉄則に反するわ」

「あんたもほかの人たちと同じね。だれにでも愛想を振りまくすてきなアルザス女に惑わされている。さあ、これであの女の正体がわかったでしょう。人殺し、毒を盛る女よ！」

店内に動揺が広がった。ナターシャはやり過ぎたことに気づいた。引いてしまった人たちの心を取り戻さなければ、自分は孤立しかねない。もっと穏当な発言をし、ブロンド女への敵意を隠さなければならない。

「みんな、よく考えるのよ」ナターシャはそう言って、年金で生活している男を見た。ナターシャの軽率な行動を妻との夕食のときの話の種にしようと待ち構えているような男だ。「死のテーブルにだれがいたか覚えている？」

ナターシャは天才的なことを思いついていた。聴衆にも発言させれば、みなの注目も集まり、自分の意見に納得もしてもらえる。何人かの手が上がり、ナターシャはそのうちのひとりを選んだ。

「ラガデック親子に、デュブール、それにケレ……あなたのおじさんです」

「安らかにお眠りください」ナターシャは目に涙を浮かべた。「おじさまは完璧な人間ではなかったかもしれないけど、あたしにはとてもよくしてくれた」

しばらくのあいだ、ナターシャは黙って恍惚の表情を浮かべていたが、そのあと前よりも攻撃的になった。

「カトリーヌ・ヴァルトとラガデック親子はどんな関係だった？」

新しく手が上がり、またひとりを選んだ。

「マチュー・ラガデックとカトリーヌが知り合いだったかどうかはわからないけど、確かなのは、ジョルジュ・ラガデックが手に入れるはずだったケルブラ岬邸をカトリーヌが買ってしまったのよ」

「それなら、むしろジョルジュ・ラガデックがカトリーヌを窮地に追いやるほうが自然だろう」ナターシャに指名されていないのに、年金生活者が勝手に発言した。「カトリーヌがケレを殺さなければならない理由がわからない」

「かわいそうなエクトール」ナターシャは首を横に振り、ため息をついた。「結婚して何年になるの?」

「四十一年」

「それじゃあ、そのあいだ女性について何も学んでいないのね。ジョルジュ・ラガデックはカトリーヌ・ヴァルトにとっていつ牙をむくかわからない存在なのよ。ケルブラ岬邸を買い取るためにジョルジュは攻撃を仕掛けるつもりで、それをカトリーヌは感じ取っていた。先回りして厄介払いしようとしたのよ。そんなの、わかりきったことじゃない!」

エクトールはこの説明に納得がいかなかったが、数人の女性がナターシャの意見に賛同の意を表したので、これ以上発言するのを控えた。

「エクトールも女性についての知識を広めたことだし」ナターシャは続けた。「カトリーヌはなぜケレおじさまを殺すほど憎んだのか?」

大きな声で持論を展開すると、新たに手が上がった。

「はい、マダム・モード、なんでしょう?」

「仮説に過ぎないのですが、カトリーヌがやったのだと思います。第一に、ジャン＝クロード・ケレはジョルジュ・ラガデックの親友でした。それでカトリーヌはケレも警戒していました。二番目に、カトリーヌはマロ・ミコルーから豚肉製品を、アントン・マナク村長から野菜を仕入れているのですが、このふたりはケレの天敵です。カトリーヌがあなたのおじさんに毒を盛るように、ふたりが仕向けたことも容易に考えられます」

この説を聞いて、ナターシャは拍手した。

「ほらね、あっという間に、この犯罪を起こさなければならない動機がいくつも明らかになったでしょう」

「確かに、白だとは言えないわね、カトリーヌ・ヴァルトは」ひとりが言った。

「掘り下げてみると、悪臭がぷんぷんするな……。潮が引いたあとの泥みたいだ」ほかのひとりも言った。

「この事件に興味を持つのはいいことよ」ナターシャは言った。「ロクマリアの憲兵隊ときたら、アルザス女を厳しく追及したりしないのだから」

「だけど、デュブールはどうなんだい？」話の成り行きに納得のいかないエクトールが訊いた。

「残念だけど」反カトリーヌ・ヴァルト連合の旗振り役を自認するナターシャは冷ややかに答えた。「その答えが知りたければ、あたしの兄さんのバーに行ってちょうだい。ロクマリア村の人々には知る権利がある」

ナターシャの勢いに押されて、ミニスーパーにいた人の大半は〈ラ・フレガト〉に向かった。正義を貫き、犯罪を起こした者を村から追放するために、戦いに加わるときが来たのだ。

33

エルワンの取り調べ

エルワン・ラガデックは憲兵隊の建物の正面を見ていた。十日前にカトリーヌに代わって被害届を出しに来た場所だ。厳しく取り調べられたり、厳重注意されたりした苦い思い出もここにはいくつかある。公道で酔っ払ったこと、夜中に騒いだこと、空き巣に入ろうとしたこと、少量のマリファナを売買したことなどいろいろ積み重ねてきた。幸い、刑務所に入ったことはなかった。大それたことなんかできないが、いつも憲兵隊に目をつけられている小心者の小悪党だと見なされていた。突然悪事に手を染めることはしないものの、一歩一歩犯罪者に近づいていた。

エルワンは過去数年の不誠実な生き方を振り返り、恥ずかしく思っていた。カトリーヌの信頼を得て人生が変わった。カトリーヌを慕っており、この二日間カトリーヌについて聞いたことに耐えられなかった。自分も馬鹿ではないので、すぐに憲兵たちに事情を聞かれることは過去の行いを振り返ればわかっていた。建物の向こうに姿を見せる教会の鐘楼に目をやって、聖テルノックに無言で祈りを捧げ、建物のなかに入った。

「やあ、エルワン」この夜当直のロナン・サラウン曹長が挨拶した。「グランシール大尉が話を聞くので、ちょっと座って待っていてくれ」

エルワン・ラガデックは憲兵があまり好きではなかったが、サラウン曹長には特別な愛情を抱いていた。この年配の憲兵は勤務の大半をロクマリア村で過ごし、ラガデック家の次男である自分の成長を見守ってくれた。いつも情け深く接してくれた。そのため、容疑者の取り調べが生ぬるいと上官から叱責されたこともある。エルワンは携帯電話を手に取り、サラウン曹長は報告書の作成に戻った。部屋のドアが開くと、サラウン曹長は不審そうに眉を上げ、エルワンも椅子から崩れ落ちそうなほどびっくりした。兄のマチューはその様子を見て、嘲るように笑い建物から出ていった。

「エルワン・ラガデックが到着しました、大尉殿」サラウン曹長が告げた。

「お入りください、ムッシュー・ラガデック。わたしは大尉のグランシールです」

エルワンは机の前に座った。普段はエリック・ジュリエンヌ准尉が座っている席にグランシール大尉が座り、准尉はその横に腰をかけた。

「おれは容疑者として勾留されるのでしょうか？」エルワンは尋ねた。

「いいや、どうしてそんなことを訊くのかね？」グランシール大尉は驚いたように言った。

「弁護士を呼ぶべきかどうか知るためです。いままでおれの……兄貴に事情を聞いていたので」エルワンは兄のことをあまり悪く言わないように気をつけながら弁解した。

「あなたはおれに最悪の印象を持ったはずです」

「なぜかね？」

「だって、ジュリエンヌ准尉からおれの武勇伝を聞いているに決まっているから。それに、おれが幼い頃にされたことを逆恨みし、家族を毒殺しようとしたと、馬鹿おやじも証言しているはずだからです」エルワンは言った。

くそっ！　兄貴のことになると頭に血が上ってしまう。

「ムッシュー・ラガデック、わたしは二十五年以上この仕事をしているが、人物を評価するのに悪口や噂話に頼ったことはありません……。特に家族から聞いた話については余計慎重になります。きみをここに呼んだのは事件を目撃している可能性があるからです。ここに来るほかの人たちと同じようにね」

「安心しました。何からお話しすればいいでしょうか？」

「きみが見たり聞いたりしたことを教えてください」

エルワンは厨房から見えたことを語り始めた。しばらくして話をやめ、グランシール大尉が乱暴な字でリングノートに書き留めていくのを興味深げに眺めた。

「ケレが毒殺されたというのは本当ですか？」

「だれがそんなことを言ったのだ？」グランシール大尉は見るからにむっとした。

「村じゅうの人がそう言っているそうですよ。おれは〈ラ・フレガト〉で煙草（たばこ）を買ったときに聞きました。ナターシャ・プリジャンがみなにそうわめいていました。もちろん容疑者の名前も口にしていました。カティがやったと」

「マダム・ヴァルトが？　でも、なぜ？」

「おれが思うに、ナターシャは嫉妬しているんですよ。それでそんなひどいことを言うのだと思います」

「わたしは部下に余計なことをしゃべるなと命じたのだがね」グランシール大尉はジュリエンヌ准尉を睨んだ。

「大尉殿、憲兵たちはみな最大限の注意を払っていますが、村では噂が広まるのはあっという間です。バーの客みんながわれわれをこっそり見ていたのに気づきませんでしたか？」

「まあ、狭い村に住んでいれば他人の噂話に興味を持つのもしかたありませんな。ところで、ムッシュー・ラガデック、きみはこの件についてどう考えますか。ケレとその仲間の料理に薬品がどうやって混じったのだと思いますか」

「ジョルジュ・ラガデックとその仲間たちと考えたらどうでしょう」

「いったい何を言いたいのですか？」

「確かに死んだのはケレですが、狙われたのはケレではないかもしれません。四人はひどく具合が悪そうだった……。おれははっきり見ました。それぞれの家に送る途中、四人とも車のなかに吐きました」

「きみの言うとおりかもしれない。われわれは四人それぞれに恨みを持っている人物がいなかったかどうか捜査中です」

エルワンは思わず吹き出した。

「リストは長くなりますよ。なにしろ、この四人はロクマリアでワースト四の屑野郎たちですから」

「その言い方は感心しませんな。きみに不利な証拠として取り扱われるかもしれませんよ」

「この四人を尊敬しているふりをしても、ジュリエンヌ准尉は信じてくれなかったでしょう。だけど、レストランで出す料理に薬を混ぜるなんて馬鹿げたことは絶対にするわけがない」

「なぜそう言い切れます？」

「第一に、自分の過去の行動から、おれが一番疑われやすいと知っているからです。次に、どんなことがあっても、カティに迷惑がかかるようなことをしたくなかったからです。カティをご存じですか？」

「けさ会いましたよ。とても魅力ある女性ですな」

「魅力があるなんてもんじゃありません。聖女のような人です。おれを雇ってくれ、料理のしかたを教えてくれ、レストランの開店披露パーティーの晩におれがひどいことをしたのに水に流してくれ、もう一度シェフとして迎え入れてくれたのですから」

「まさに聖女の鑑（かがみ）だね」グランシール大尉は言った。

「茶化さないでくださいよ。でも、カティに迷惑がかかるくらいなら死んだほうがましだと思っています」

「説得力のあることばですね、ムッシュー・ラガデック。当日、被害者たちのすぐそばにいたあなたにうかがいますが、レストランのお客さんが催吐剤で具合が悪くなったことをどう説明するのですか？」

「薬は、料理のなかかグラスのなかか、あるいはワインボトルに直接入れられたのかもしれない。〈皇帝風シュークルート〉の準備をしていたときのことはよく覚えています。おれが皿に盛り付けをすませると、すぐにロミーが来て四人のテーブルに運びました」

「きみがカウンターに皿を置いてからロミーという女性が受け取るまで、だれかが近づくことができましたか？」

「いいえ。厨房にいたのはおれとチャールズのふたりだけですから」

「チャールズとは？」グランシール大尉は尋ねた。

「チャールズ・ハイベリーは港で食料品店を経営しているイギリス人です。イギリス人らしく気取り屋だけど、いつでもカティを助けてくれるのです」

「だからチャールズを疑っていないというのだね？」

「ええ、チャールズはそんなことはしません」

「では、そのロミーという女性は？」

「すばらしい女の子です」エルワンは言った。「ぜひロミーに会いに行ってください。そうすれば容疑者のリストから外したくなりますよ」

「すると、きみの証言を信じるなら、薬品はひとりでに入ったことになるな」

「ロミーが料理をテーブルに置くと、アレックス・ニコルが三人の仲間と一緒にやってきて、ドイツ風の音楽を演奏し始めたんです」

「そのアレックス・ニコルとはだれですか？」リングノートに隙間なく書き込みながら、グランシール大尉が訊いた。

「ロクマリア音楽隊の首席ビニウ奏者です」

「それから？」

「それから」エルワンは思い出し笑いをしながら続けた。「レストランは大混乱になりました。なかにいたお客さんたちは全員立ち上がって音楽隊を見ようとしました。港を散歩していた人たちも演奏を見ようと近づいてきて、なかにはレストランに入ってビールを注文する人もいました。ケレたちのテーブルは入口に近かったので、十数人がテーブルの前を行ったり来たりしました」

「きみは捜査をますます困難にしているな、ムッシュー・ラガデック」

「申し訳ありません。だけど、これは掛け値なしの真実なのです」

バルナベ・グランシール大尉はリングノートを読み直し、こう結論づけた。

「要するに、その五分間、レストランはストライキの日の地下鉄（メトロ）のホームより混み合っていて、村の半数以上の人たちが少なくとも四人のうちのひとりを恨んでいたということになる。やれやれ、まだまだ苦労は続きそうだ……。ありがとうございました、ムッシュー・ラガデック、もう帰ってもらって構いません。遠くには行かないでください。事件当時についてまた思い出してもらうことになるでしょうから」

エルワンに付き添うためジュリエンヌ准尉が立ち上がると、エルワンはグランシール大尉に敬礼して部屋を出た。今回の取り調べは手始めに過ぎず、次はもっと厳しいものになるに違いないと、エルワンは思った。

34

エルワンの苦難

バルナベ・グランシール大尉は自席であくびを噛み殺した。当初はすぐにでも容疑者を捕らえられると思っていたが、それはひどい間違いだった。まだ捜査に取りかかったばかりだが、あまりに複雑に絡み合った人間関係にすでにうんざりしていた。彼は二十歳までパリに住んでいたので、何十年も水面下でくすぶっていて突然白日のもとにさらされた村の対立にはなじみがなかった。事件を解決するには地元の憲兵たちの知識を借りなければならない。

「ジュリエンヌ准尉、どう思うね？」エルワン・ラガデックを家に送って戻ってきたエリック・ジュリエンヌ准尉に尋ねた。「信頼できる人物か、それとも大嘘つきか」

「二カ月前なら、エルワンに否定的な評価をしたでしょう。でも、レストランがオープンしてから別人に生まれ変わりました。完全に立ち直ってくれて、わたしもうれしいです」

「では、エルワンがやったのではないと思うのだね」

「はい、そう思います」

「エルワンは確かに誠実そうに見える。だが、虫も殺さぬような顔をしているくせに裏で悪事を働くやつをきみも見てきただろう。そうでなければ、兄に対してあんなにひどい怒りをぶつけるわけがない」グランシール大尉は言った。

「それはあんまりです。エルワンは幼いときからさんざん苦労してきたのに」

「きみは憲兵隊に入って何年になる？」

「十年です、大尉殿。エルワン・ラガデックは長旅から帰ってすぐロクマリアで大変な目にあいました。軽犯罪で何度か捕まえたこともあります。それでエルワンに興味を持つようになったのです。二歳のときに母親を亡くしました。兄のマチューは五歳でした。マダム・ラガデックはとてもよい方だったそうですが、海で泳いでいて心臓発作に見舞われたのです」

「湯加減がぬるかったのかね？」

「そんな冗談はよそで口になさらないほうがよいですよ、大尉殿」

「ああ、きみの忠告に従うことにしよう。話を続けて」

「母方の祖母イヴォンヌ・ル・モアルに兄弟は育てられました。イヴォンヌにはときどき村で会いますが、とても感じのよい方です。エルワンは優しくて繊細な子で、マチューはプライドが高く、口が達者でした。父親のジョルジュ・ラガデックはマチューばかりかわいがり、マチューはエルワンをいじめていました。兄弟の関係についていろいろ耳にしてきました、人目があるところで兄が弟を侮辱したとか、兄が弟をいじめたとか。父親はそれを傍観しているどころか、けしかけているような印象を受けました」

「よし、きょうはここまでにしよう。しかし、エルワンは有力な容疑者だとは思わんかね？エルワン・ラガデックが一石二鳥の効果を狙ったのだと。自分をいじめた兄と、それをけしかけた父親への復讐を」

「確かにそのとおりかもしれません。でもそんなことをしたら、カトリーヌ・ヴァルトを騒動の渦中に巻き込んでしまいます。カトリーヌを尊敬しているエルワンがそんなことをするとはとても思えません」

「ふたりのあいだには何かあるのだろうか」

「大尉殿、それはどういう意味ですか？」

「説明しないとわからないのか。肉体関係があるのかと訊いているのだ」

「それは絶対ありえません。エルワンはずっと以前からジュリー・フゥエナンに恋をしていました。周知の事実です。それに、カトリーヌ・ヴァルトはハイベリーに惹かれているみたいです。エルワン・ラガデックが話していたイギリス人です」

「さすがはジュリエンヌ准尉だ。万が一憲兵の仕事に飽きることがあったら《ボワシ》や《クローサー》といったゴシップ週刊誌の編集長にでもなるといい」

ジュリエンヌ准尉は上官の冗談に微笑んで話を続けた。

「もしエルワン・ラガデックが犯人だとしても、まだ問題があります。なぜいま復讐する必要があるのでしょう？」

「虐待の被害者が何年も無抵抗でいたのに、ある日、些細なことがきっかけで、反撃に転じることがあると、きみも知っているだろう。ジャクリーヌ・ソヴァージュの事件を思い出してごらん。夫からドメスティック・バイオレンスを四十五年間受けていたジャクリーヌは、六十五歳のとき夫を撃ち殺した。なぜ娘たちを襲う前にそうしなかったのだろう？」

「それではエルワン・ラガデックが犯人だとでも？」

「何年もいじめられてきたエルワンは、みんなの前で兄と父親に仕返ししようと薬を盛った」

「まあ……そういう可能性も捨てきれませんね」ジュリエンヌ准尉は言った。

「安直な分析かもしれないが、それでもエルワンは容疑者リストの上位にいる」

グランシール大尉は立ち上がってドアを開け、受付に座っていたロナン・サラウン曹長を呼んだ。

「サラウン曹長、ケレについての報告書はどうなっていますか？」

「まだ終わっていません、大尉殿。ですが、お読みになって失望することはないと思います」

「完成するまでにどのくらいかかりますか？」

「ほかに仕事が入らなければ今晩までにやり終えることができます」サラウン曹長はきっぱり言った。

「よろしい。明朝七時半にここで会いましょう。口頭で説明してくれてもいいのですよ。そのほうが報告書を読むより頭に入る」

部下たちが驚いて見守るなか、グランシール大尉は荷物をまとめて帰り支度を始めた。

「上層部はわたしの捜査報告を待っている……。というか、容疑者か、少なくとも重要参考人が挙がるのを待ちかねている。どうやら、ケレは死んでもまだ政界に影響力があるようだ。今夜は適当にごまかして明確な解答を先延ばしにしておくが、みんなは引き続き近隣の聞き込み調査を頼む」

「夕方からはバーを数軒回ってみます」任務から帰ってきたばかりのクリストフ・リウ伍長はまじめな顔をして言った。「バーにはいつも興味深い情報が転がっていますから」

「いいだろう……。ただし、飲み代は経費で落ちないからな」バルナベ・グランシール大尉ははっきりと言って、部下たちに別れを告げた。

35

ケルブラ岬邸への帰宅

妹のサビーヌが死んでからこんなにひどく落ち込んだことはなかった。渾身(こんしん)の力を込めて実行した計画が大失敗に終わった。もうすぐ取り調べから解放されるとわかっているが、もはや気力は残っていない。

きのう会ったバルナベ・グランシール大尉は、マッチョなカウボーイを気取っていては取り調べが進まないとわかったとたん、感じよく対応してくれるようになった。グランシール大尉はその道のプロだ。少しでも常識のある人間なら自分のレストランで人を殺そうとはしないことを理解している。カトリーヌ・ヴァルトは心配していなかった。しかし、村の一部の住民の攻撃的な態度には啞然とさせられた。午後パンを買うために〈ラ・フレガト〉の前を通りかかったら、人殺しとかドイツ野郎とか酒臭い男に罵られた。むしろ、酔っていることはなんの言い訳にもならない。この男はどうして面と向かってこんなひどい罵倒をしてきたのだろう。ここに来てから、会う人みなに愛想よく振る舞ってきたのに……。〈ラ・フレガト〉はプリジャン家のもので、カトリーヌの評判を落とすためにナターシャ・プリジャンがこの事件を利用していることはわかっていたが、はしたなさにも限度がある。

それでもカトリーヌはブーランジェリーでバゲットとクレープを買った。しかし、屋敷に戻る途中、海の波は突然暗い色に変わり、カモメたちがついてきてカトリーヌを嘲った。《それで、カティ、どう思った？　おまえの夫はいつも言っていたな、おまえは何ひとつうまくできないと》

屋敷に戻ると、カトリーヌは悪意には悪意で対抗してやろうと決意した。二階の寝室に上がり、ショートパンツを穿きタンクトップを着た。それからキッチンで水筒に水を入れ、玄関に置いてあったランニングシューズを履いた。走ることで、一日のあいだにため込んだネガティブな気分を一掃できるのだ。

四年前、離婚直前のカトリーヌは、アメリカの連続ドラマのプライドの高いヒロインのように、ケーキとアイスクリームをドカ食いした。ただしドラマのヒロインは甘いものを食べてもちっとも太らないが、現実は違う。カトリーヌは八十九キロに太った。悪循環に陥ったのだ。落ち込めば落ち込むほど、食べる量が増えた。食べれば食べるほど体重が増え、夫パトリックのことばは辛辣さを増し、カトリーヌはますます自信を失っていった。そのため、また食べた。思春期のころに彼女を駆り立てた反骨精神を忘れていた……。そのときまでは……。

そのときのことははっきりと覚えていて、思い出すたびに喜びがこみ上げてくる。カトリーヌはパトリックと同じ会社で経理の仕事をしていた。夫は販売部長の要職に就いていて、一日じゅうオフィスで仕事をしていた。夫が浮気をしているのは知っていたが、そのことについて何も言わなかった。自分の体型のせいで夫が性生活に冷めていたことが原因だとよくわかっていたからだ。夫は、カトリーヌに罪悪感を抱かせることで、自らの醜悪な行為を妻に甘んじて受け入れさせた。しかし、カトリーヌが最も傷ついたのは、嫌悪と憐れみのあいだで揺れる同僚の反応だった。同僚たちにとって、カトリーヌは黙々と被害に耐えているだけで決して夫に逆らわない……つまり、自業自得の女に見えたのだ。

パトリックが人事部長の女と寝ていると数週間前に気づいていた。背は高くブロンドの髪で、自惚(うぬぼ)れが強かった。あと一歩で地獄に落ちそうな女。その日、カトリーヌはコーヒーを飲んでいた。幸運にもひとりきりではなく、秘書と一緒だった。夫が人事部長の腰に手を回したまま部屋に入ってきて、こちらに気づいた。愛人の体から手を離すかと思ったが、もっと強く抱き寄せ、おおっぴらにカトリーヌを嘲った。そのあばずれ女が夫の卑猥な冗談に大口を開けて笑ったとき、カトリーヌは我慢の限界に達した。

カトリーヌの心に灯ったのは小さな反抗の火花ではなく、悪魔も驚くほど大きな炎だった。引きつった笑顔でふたりに近づいた。すべての会話が一挙にやんだ。相手の女の顔をじっと見て、ひとことも言わずにまだ熱いカップの中身をシルクのブラウスにぶちまけた。パトリックはこちらに近づき止めようとしたが、逆にみごとな平手打ちを食らってバランスを崩し、よろけてエスプレッソマシンにぶつかり、コーヒーのシャワーを浴びてその場に崩れ落ちた。

パトリックが何か言う前に、カトリーヌはネクタイを摑みそっとささやいた。

「たったいまから、家のなかに一歩たりとも足を踏み込ませない。このあばずれ女のところで寝ることね」

そして、カトリーヌはネクタイから手を離し、本能的に後ずさりする人事部長に近づいた。

「あと半日有給休暇が残っているわ。休暇分はお金でもらう。精算してちょうだい。

それがあなたの仕事でしょう」

アドレナリンの効果が消える前に、カトリーヌはオフィスを出て駐車場へ急いだ。車に乗り猛スピードでサント＝オディール山へ向かった。雪がまだ半分残っている山道を午後の長いあいだ歩き回った。幼いころ祖父と歩いた道だ。

平手打ちをしたせいで手がまだ痛かったが、それが救いとなった。痛みを感じた瞬間から、自分自身の人生を、パトリックのいない人生を自分の手に取り戻したからだ。結局、だれも自分に甘いものを無理に食べさせようとしたわけではない。過食するのをやめて、またスポーツをやろう。女であることを実感できる体の線を取り戻すのだ。盛りは過ぎたかもしれないが、自分は確かに女性なのだ。一週間後、カトリーヌは会社を辞めた。パトリックと女はあえて告訴せず、カトリーヌは同僚の拍手を浴びて会社をあとにした。満足感より悲しみのほうが大きかった。きまぐれな同僚の態度に唖然とした。さらに一カ月後、パトリックが離婚を切り出し、カトリーヌはしばらく暮らしていけるだけの慰謝料を得た。すでに独立していた子どもたちは、父の横暴から母が逃れられたことを喜んだ。計画を実行する条件はすべて整った。

カトリーヌは、髪を三つ編みにしてハンチング帽をかぶり、早く走りたくて足をうずうずさせて〝税官吏の道〟に飛び出した。始めの三十分間は、転がっている小石やいまにも壊れそうな木の根っこを避けながら、軽い足取りで走った。やがて白い砂浜に出た。海はちょうど潮が引き始め、紺碧（こんぺき）に染まって、絵葉書のような風景になった。日向ぼっこをしている六月の観光客たちは、濡れた砂の上を全力で走るスポーツウーマンに拍手を送った。足跡はほとんど残らず、存在しなかった記憶のように消えていった。カトリーヌはちょっとためらったあと、海に向かった。走っていると、小さなしぶきが汗ばんだ体にかかり、どんなビールを飲むよりも元気が出た。ふくらはぎが痛むので砂浜の端で立ち止まり、浜の終端の目印となっている花崗岩を上っていった。息が切れたので、ヒースの花が咲き誇っている荒れ地を見回した。背後からは波の音が聞こえる。目の前には、見渡す限り荒涼とした大地が広がっていた。この永遠の地肌を守っているハリエニシダに足を引っ掻かれながら、カトリーヌはまた走り始めた。肺は火がついたように熱いが心は落ち着いた状態で、屋敷の前に着いた。

午後もだいぶ遅くなったけれど、一年のうちでこの時期は十一時前くらいまで夜が来ない。空気も心地よい暖かさだ。屋敷には入らずに石の階段を駆け下りて、下の入り江に向かった。

引き潮で、金色に染まった細かい砂の浜が姿を現していた。大洋と遠くに見えるマン・デュの島々をうっとり眺めた。この時間には、遅くまで練習していたカヤックの選手たちも港に帰ってしまってだれもいなかった。汗で濡れた服を迷わず脱ぎ捨て、裸で海に入った。日焼けした体の上を流れていく水流に心地よさを感じて長いあいだ泳いでいた。そして、海から上がると砂の上に横たわった。まだ生暖かい風が全身をくすぐった。少しぞくっとして、しばらくのあいだ胸と腕に現れた鳥肌を見て楽しんだ。裸になることなんかなんでもない。ただ、子どもや花盛りのティーンエージャーが近くにいる砂浜で水着を着けないで肌を焼くのは避けたかった。慎み深い母親ではなかったが、隣人たちにショックを与えるのはよくないと思っていた。ひたひたと打ち寄せる波の音と遠くから聞こえるカモメたちの鳴き声に癒されて、安らかな気持ちで眠ってしまった。しばらくして、涼しい風に起こされ、ここで何をしていたのか思い出すのに数秒かかったあと、頭上の星に気づいた。〈おおぐま座〉に別れを告げ、ゆっくり立ち上がって伸びをした。夜はベッドの上で休もう。

36

ジャン＝クロード・ケレ

朝七時半ちょうど。ほかのふたりも加わり、五人の憲兵たちは会議室でリラックスしていた。エリック・ジュリエンヌ准尉がブーランジェリーでファールを買ってきた。

「ファールを食べるのは一日の行動を始めるに当たっての慣例です。この場をお借りして簡単な状況報告を行います」

バルナベ・グランシール大尉は、驚きながらもプラム入り卵菓子をひとつ受け取り、しきたりを尊重することにした。憲兵たちは全員、仲間の報告を聞きたくてうずうずして早朝から出勤していた。ロナン・サラウン曹長は仲間を見渡し、自分が書いた二十ページもある報告書をめくった。

「大尉殿、わたしがかいつまんで説明しましょう」

「そうしてください」グランシール大尉はうなずいた。「始める前にうかがいたいのですが、サラウン曹長、あなたはロクマリア村のことをどの程度くわしく知っているのですか？」

「わたしの生まれた土地ですよ。父方の家系は少なくとも過去十代は溯れます。生粋のロクマリア人なのです。そのうえ勤務の大半もロクマリア村でした」

「ほとんど同じ勤務地というのは珍しいな」グランシール大尉は首をかしげた。

「配慮していただいたのです……。もちろん、規則に沿ってですが」サラウン曹長は急いで付け加えた。

「大丈夫です。内部監査などしませんから。どうぞ、始めてください。お聞きしましょう」

「ジャン＝クロード・ケレ……六十八歳。ロクマリア村とその周辺の政治、経済の中心人物のひとりです。十二年間村長の職に就いていた父親の跡を継いで、三十年間村長を務めました」

「王朝みたいですね」

「そう、まさしく王朝でした。五年間、国民議会議員も兼務しました。しかし、国民議会議員としてはあまり成功しませんでした」

「なぜ？　選挙で負けたのですか」

「いいえ、次の選挙に出るチャンスすらありませんでした。自分が一番権力があると思っていたので、党の指導部と喧嘩になったのです。それで、候補者リストから外され再び立候補することが叶いませんでした。それでも、県会議員に何度も当選しています。要するに、この男はフィニステール県南部の政治における重要人物だということです」

「ケレもロクマリア村の出身ですね」

「ここで生まれたのは確かですが、家族の歴史に不明な点が多くあります」

「サラウン曹長、説明してください」

「ケレの父シャルル＝アンリは一九四五年にロクマリア村にやってきました。第二次世界対戦が終わった数カ月後です。その後、のちに妻となる女性と知り合い、一九四九年に結婚しました」

「シャルル＝アンリはどこから来たのですか」グランシール大尉は尋ねた。ロクマリア村の人々は、二十キロも離れれば地球の反対側の場所のように感じると知っていたのだ。

「ブレストです」

ブレストは近隣の都市と言うにはあまりに遠過ぎた。バルナベ・グランシール大尉は質問を続けた。

「なぜブレストを離れたのだろう。街が壊されたからですか？」

「大尉殿はブルターニュ地方の歴史にくわしいですね。確かに連合軍の爆撃でブレストの中心部は廃墟と化しました。しかし、それが理由ではありません。シャルル＝アンリの父親が一九四五年に何者かに射殺されたのです。戦争中ドイツ軍との商売で金をごまかして、命を落としました。そのあと、ケレ一家はブレストとその近郊で疎まれる存在になりました」

「シャルル＝アンリは父親がドイツ軍の協力者だったという評判に苦しめられていたのですか」グランシール大尉は思わず尋ねた。

「ご承知のように、ロクマリア村はブレストからだいぶ離れています。だから、村にうまく溶け込めました。一九五一年にアトランティス缶詰工場を設立し、経済危機に見舞われていた村の人たちに多くの雇用機会を提供したのです。シャルル＝アンリの金の出どころを知っていた数少ない村民はだんまりを決め込みました。彼らも食べていかなければならなかったのです。さらに、シャルル＝アンリは土地の買い占めも行いました。でも、一度に派手に買い占めて略奪者と嫌われるよりも、その時代にはほとんど価値のなかった土地を格安で手に入れ、少しずつ買い進めていく手法を取ったのです。買い占めた土地は小作地として農家に貸しました。そのあとすぐ、シャルル＝アンリの妻に男の子が生まれ、ジャン＝クロードと名付けたのです。そのあと夫婦は子どもに恵まれていません」

「ジャン＝クロード・ケレは小さいころ、どんな子どもだったのですか」今度はパトリック・コラン軍曹が尋ねた。

「甘やかされて育ちました。みながジャン＝クロードにぺこぺこしていましたから……。正確に言うと、社長の跡継ぎに対するへつらいだったのです。それで、自分は何をしても許されると勘違いするようになりました」

「両親は何も言わなかったのでしょうか？」

「言いませんでした。大事なひとり息子なので、なんでもジャン＝クロードの思いどおりにさせていました」

「それでは、なぜシャルル＝アンリはマドレーヌとジャン＝クロード・ケレを強引に結婚させようとしたのですか」グランシール大尉が訊いた。

「おそらくシャルル＝アンリが息子に行ったただひとつの強制でした。ジャン＝クロードは女好きで、すぐに色ごとで財産を浪費してしまうと思ったのでしょう。村の名士の娘と結婚させることで、財産を守ろうとしたのです……。その代わり、息子が放蕩にふけることは黙認しました」

「ジャン＝クロードは放蕩を続けていたのですか？」

憲兵たちが一斉にうなずいたので、グランシール大尉は自ずと理解した。

「じゃあ、ロクマリアにはケレがよそで作った子どもがたくさんいるのか？」事件の容疑者がさらに増えたと思ったバルナベ・グランシール大尉は詰め寄った。

「大尉殿、だれもがその疑問を長いあいだ持っていました。でも、実際にケレに養育費を要求した人はいません」

「それでは、ケレの妻がすべての財産を相続することになるな」グランシール大尉が結論づけた。

「間もなく公証人がケレの遺言書を開封します」ジュリエンヌ准尉が説明した。「おそらくケレは妻のほかにも財産の受取人を追加した可能性があります……」

リングノートの紙が擦れる音がして、新たな書き込みが加わった。

「ほかに重要なことを言い忘れていませんか」グランシール大尉は尋ねた。「ケレに恨みを持つような人物は？」

「立派なコレクションができるほどたくさんいますよ。金を騙し取られた人、不当に高い利子を払わなければならない債務者、妻を寝取られた男、弄ばれた女性、解雇された日雇い労働者やアトランティス缶詰工場の元従業員、それから……」

「ちょっといいですか、ロナン」コラン軍曹が口を挟んだ。「そう言えば、きのうの午後、アトランティス缶詰工場が閉鎖されたときに従業員だったわたしの従兄弟に会いました」

「それがどうした？」

「悲しい知らせを聞いたのです。ポル・ファウエを覚えていますか？」

「背が高く赤い髪をしている中年の男性だな」ジュリエンヌ准尉は思い出した。

「そうです。五十歳を過ぎても新たな仕事は見つかりませんでした。ポルは二週間前に自殺したそうです」

「なんてことだ」

「どこで自殺したか知っているか？」グランシール大尉が口を挟んだ。

「カンペールです、大尉殿」コラン軍曹が答えた。「走ってくるトラックに身を投げ、数時間後に病院で亡くなりました」

「アトランティス缶詰工場はケレ一家のものだと言ったね」

「そうです」ジュリエンヌ准尉は、部下たちだけに得意顔をさせてなるものかと思いながら言った。「ケレは三年前にアトランティス缶詰工場を売却し、たくさんの従業員を見捨てました……。ひとりも解雇しないと神に誓ったのに。村のすべての住人から反感を買い、ケレは六期目の村長選で当選を果たせませんでした」

「ムッシュー・ファウエの家族のだれかが自殺の責任をケレに取らせたとは考えられないかね？」

「ポルはロクマリア村の出身ではありませんが」ジュリエンヌ准尉が言った。「友人も何人かいるでしょう。それに、マルク・デュブールはアトランティス缶詰工場を閉鎖したときの工場長でした。工場閉鎖の復讐が動機だとすれば一石二鳥です」

「ジュリエンヌ准尉、きみはムッシュー・ファウエが亡くなった病院へ行ってくれ」グランシール大尉は命じた。「治療に当たった医療関係者の話を聞き、自殺を図ったときだれか目撃者がいなかったかどうかも調べてほしい。それから自殺の数週間前に溯りムッシュー・ファウエがだれかと接触したか調べる必要もある。応援にほかの憲兵を出してやってもいいぞ」

「承知いたしました、大尉殿」

「わたしが調べたことは全部お伝えいたしました」サラウン曹長は報告を締めくくった。「デュブールについてのよりくわしい人物像は必要でしょうか。でしたらきょうじゅうに用意いたします」

37

死のシュークルート

きょうもいい天気になりそうだ。いつもの朝ならカトリーヌ・ヴァルトは規則正しい生活を送っていた。八時ごろ起きて、屋敷のプールで三十分ほど泳いだあと、朝食をとる。一杯のコーヒー、自分で搾ったオレンジジュース、そしてドイツの有機栽培農家から取り寄せたミューズリー。それから、書斎に行き三時間ほど仕事以外の活動に充てる。正午きっかりにランチにする。魚か肉のどちらかをいつも食べる。午後からはレストランの仕事だ。食材の注文、各種の事務処理、仕入先への訪問などだ。午後四時に〈ブレットゼル・エ・ブール・サレ〉に行き、エルワン・ラガデックと一緒に開店の準備をする。一方、レストランの休業日である日曜日と月曜日はまったく自由にして小旅行に出かけたりする。夜明けに車に乗って駅やブレスト・ブルターニュ空港に向かうのを、何か怪しいことをしているのではないかと不審に思う人たちがいるのをカトリーヌは承知していた。そういう人たちに謎めいた笑顔を向けながら、ロクマリアで二重生活を始めたという妄想を膨らませて楽しんだ。

しかし、この火曜日は日常が一変していた。レストランはまだ開けることができない。料理の品質への疑念が晴れたとしても、営業再開の許可が下りるまでたっぷり一週間はかかるだろう。

朝食をとったあと、カトリーヌは村の中心部に行ってみることにした。エミール・ロシュコエや〈ル・ティモニエ・オリエンタル〉の常連客のユーモアや気遣いで、気持ちが明るくなるだろう。けさ、カトリーヌは無性に人恋しかった……。だから、チャンスがあれば最大限に活かしたい。持っている切り札は有効に使うつもりだ。カトリーヌはアイボリーのレースの下着を選んだ。たとえだれにも見られなくても、この選択は自分にとって一番大切だった。自分がセクシーだとわかっているからだ。そして、男の視線を釘付けにするノースリーブで膝上丈のワンピースを着た。青色で素材はリネンだ。レジで暇をもてあましているナターシャ・プリジャンなんて問題外よ。

ようやくバスルームに向かい念入りに化粧をした。髪をどうするか迷った末、シンプルなポニーテールにした。サングラスをかけ、白いサンダルを履いて、寝室に戻り大きな鏡でもう一度全身をチェックし、自分に向かって投げキスをして屋敷を出た。

車庫から自転車を出して、門まで押していく。自転車に手をかける姿はファッション雑誌から抜け出てきたかのようだ。ナイチンゲールの美しいさえずりが空から聞こえてきて、なにかいいことが起きそうな予感がする。

カトリーヌが港の広場に着くと、〈ル・ティモニエ・オリエンタル〉の前に人だかりができていた。野次馬のひとりがカトリーヌを見つけ、指を指した。珍しくカウンターの奥から出てきていたオーナーのエミール・ロシュコエが自分のほうへ来るようにカトリーヌに身振り手振りで合図した。

昼下がりにこんな大騒ぎが起きていることに驚いて、カトリーヌはバーまでの最後の数メートルを自転車のスピードを上げた。彼女が止まるやいなや、アレックス・ニコルが自転車を引き取って入口の脇に立てかけてくれた。

「これを見たかい？」バーのマスターは鼻先で新聞を振りながら叫んだ。

「とりあえず、みなさん、こんにちは。まだ〈ウエスト・フランス〉紙はくわしく読んでいないけど」

エミールは新聞を広げもったいぶって言った。

「三ページに、マルタン・マスリエという能無しの記者が与太記事を書いている。見出しはこうだ。《ロクマリアと死のシュークルート》」

「嘘でしょう」カトリーヌは驚きの声を上げた。

「残念ながら本当なのだ。このくだらない記事はわたしたちを侮辱し、あなたのレストランとロクマリア村の評判も貶(おとし)めた」

「さあ、みんなも集まって。みんなにコーヒーを淹れてちょうだい。そしてこの記事がどんなに間違っているかを説明してもらえませんか」カトリーヌは怒りがこみ上げてきた。

38

新聞記事

エミール・ロシュコエは急いでカウンターに戻り、みなの白いカップにエスプレッソを注いでいった。準備が整うと、新聞を手にしているアレックス・ニコルを呼び、読み上げるように言った。

「《【ロクマリア村発、金曜日】ロクマリアのような村では何も起こらないと言い切る人がいれば、それが間違いであることを、その日に繰り広げられた悲劇が永遠に証明した。村の住民たちを驚かせたのは、夜祭のあとの喧嘩や酔っ払った漁師たちの乱闘ではなく、元村長で国民議会議員でもあったムッシュー・ジャン＝クロード・ケレの死である》」

「なんだ、この馬鹿な新聞記者は自分を何さまだと思っているんだ」住民のひとりがニコルの朗読を遮った。「われわれが、ワインボトルを一本空けてカボチャ畑で寝転がっている酔っ払いだとでも思っているのか」

「確かにそのとおりだ」仲間のひとりが輪をかけるように言った。「《よう、田舎者！》とでも言うように、自分は気取ってポーズを決めているみたいだ……。やつはパリっ子か……。それともレンヌの生まれか」

音楽隊の首席ビニウ奏者アレックス・ニコルは最初の数段落を読んだだけだったが、カトリーヌはその先がどうなるか容易に予想できた。そのあとに最悪なことが書かれている予感がして、自分を攻撃する新聞記者に対して友だちが団結してくれるのを見て頼もしく思った。

「みなさん、続けてもいいですか。この調子では最後まで読むのに時間がかかりそうだ」

「そんなにあわてることはない」朗読が長引けば長引くほど売り上げが上がるのを期待して、エミールは言った。

「では、続けよう。《有名な実業家で政治家でもあった六十八歳のムッシュー・ケレは、アガサ・クリスティが認めないような方法で不慮の死を遂げた。その日、ムッシュー・ケレは、ロクマリア村にオープンしたばかりのレストラン〈ブレットゼル・エ・ブール・サレ〉のオーナー、マダム・カトリーヌ・ヴァルトが企画した〈シュークルートの夕べ〉に出かけることにしていた。弊社の記者ヤン・ルムールが開店披露のパーティーを取材し、本紙にべた褒めの記事を書いた。記事は正しかったのか、それとも間違っていたのか。このアルザス風安食堂のオーナーは、アルザスの田舎ことばでフラムクーへと呼ばれるタルト・フランベを平日に出し、金曜日にはテーマに沿った料理を提供するのだ……》

「アレックス、お願い。わたしを不安にさせないで。これはTVブレッツの〝どっきりカメラ〟なんでしょう?」カトリーヌは遮った。

「残念ながら、そうじゃない」

「わたしがその新聞記者に何をしたというの? こんなに侮辱されるなんて」

バーのなかで非難を支持する声が起こった。

「だいたいアルザス語はれっきとしたフランス語で、田舎ことばじゃないんだ」アルザスの応援団を自認するエミール・ロシュコエは熱を込めて言った。「たとえて言えば、われらが美しく豊かなブルトン語が、フランス語で自分の言いたいことを言えない田舎者の小作人の話し方だ、と言われているようなものだ」

「ああ、そんなふうに言われると、軽蔑されているみたいだ」漁師の老人は、この新聞記者をイチョウガニの罠(わな)用の餌にでもしかねない勢いだ。「ああ、フランスは美しい。さあ、アレックス、続きを読んでくれ。もっと驚かされることがあるような気がしてならない」

「《金曜日のレストランは満席だった。ムッシュー・ケレは、村の名士で村会議員のムッシュー・ジョルジュ・ラガデック、大型小売店の店長補佐のムッシュー・マチュー・ラガデック、かつてロクマリア村の基幹産業だったアトランティス缶詰工場の元工場長のムッシュー・マルク・デュブールとテーブルを囲んでいた。この日のレストランには村の有力者たちが一堂に会していたと言ってもいいだろう。夕食は平穏に進んでいて、午後九時半ごろ、地元の音楽隊が登場してパーティーは盛り上がった。われわれが取材した現場の目撃者のことばを借りれば〝音楽隊のメンバーたちは演奏する前に蜂蜜酒(シュシェン)を飲んで酔っ払っていたかのような〟奇妙な演奏だったという》」

アレックス・ニコルは手で新聞を強く握りくしゃくしゃにした。アレックスはもう二回も記事を読んでいたが、この場面に来ると我慢ができなかった。震えを抑えようと息を深く吸い、そのあとに続く文章を思い出しながら続きを読んだ。

「《音楽隊による、ドイツとブルターニュが織りなす不協和音がレストランのなかに騒音を撒(ま)き散らした。これは言っておかなければならないが、前代未聞の音楽体験に誘われて入店した人もさぞ多かっただろう》」

首席ビニウ奏者はぐっとこらえてことばを飲み込んだ。

「アレックス、続きが読めるようになったら知らせてくれ。ブルターニュの音楽がどんなものか、あら探し屋に教えてやろう」音楽隊のビニウのベテラン奏者でもある精肉店のおやじパウロ・ギューが言った。「けつにビニウのパイプをぶち込んでガヴォットを踊らせてやる」

「そのことばを聞いてだいぶ調子が戻ってきたよ」アレックスは言った。

「このマルタン・マスリエという新聞記者を知っているの？」こんな状況にもかかわらず、カトリーヌは思わず微笑みながら訊いた。

「聞いたことがないな。そんな名前といい、無礼な記事を書いたことといい、このあたりの人間ではないだろう。だけど、ヤン・ルムールには電話したよ。開店披露パーティーで取材してくれた新聞記者だ。しばらくすればここに来るだろう。もっとくわしい話をしてくれるに違いない」

「それはいい。ヤン・ルムールには村で何回か会ったことがある。感じのいい新聞記者だよ。さあ、アレックス、記事の続きを読んでくれ」

「わかった。確かに下剤を飲むときには一気に飲んだほうが楽だからね。《音楽隊が去って間もなく、ムッシュー・ケレら四人は吐き気を催した。大食いには慣れていたとはいえ、一行は食事を終える前にテーブルを離れなければならなかった。自分たちで車を運転することができず、シェフのムッシュー・エルワン・ラガデックが付き添った。エルワンは四人のうちのひとりの息子だ。地獄のような夜のあと、ムッシュー・ケレは救急車に乗せられカンペールのコルヌアイユ救急病院に搬送されたが、土曜日の午後三時五十三分に死亡した。憲兵隊はひとつの疑問を抱いた。四人の料理には何が混入していたのか。アルザスのシュークルートが傷んでいたのか。ロクマリア村のミコルー養豚場で作られた豚肉製品は衛生基準をすべて満たしていたのか。ワインに規定値を超えた酸化防止剤の亜硫酸塩が入っていたのではないか》」

「こいつはひどい」エミールが叫んだ。「まるでこの新聞記者が金曜日の夜カティのレストランで食事をしていたみたいじゃないか」

「おそらくこの場にいたお客さんから聞いたのでしょうね」カトリーヌは肩をすくめて言った。「それに、料理の内容は全部レストランの入口の黒板に書かれているわ。アレックス、続けてちょうだい……。早く終わらせてほしいの。最悪の結末になりそうね」

それには答えず、アレックスは続きを読み始めた。

「《ムッシュー・ケレの死亡が発表されると、レストランは行政によって営業停止にされた。これ以上客の健康被害を出させないための措置だ。カンペールのフィニステール県憲兵隊の初動捜査は順調に進むと思われたが、きのう、驚愕のニュースが飛び込んできて、状況が一変した。検視官が遺体を解剖したところ、強力な催吐剤が見つかった。ほかの三人の血液を分析した結果、同じ成分が確認された。悪ふざけが重大な結果を招いたのか、それとも殺害を狙った犯行か。後者の場合、だれが標的になったのか。ムッシュー・ケレか、ほかの三人のうちのひとりか。ロクマリア村でもそれ以外でも、ムッシュー・ケレの死を望んでいた人間がいたのか。マダム・ヴァルトのレストランの従業員か。仕入先の人間か。われわれの取材で養豚家のムッシュー・ミコルーとムッシュー・ケレの仲が非常に緊迫していることが判明した。検察と憲兵隊に取材を試みたが、さらなる捜査情報を明らかにすることを拒んだ。しかし、〈ブレットゼル・エ・ブール・サレ〉が提供した死のシュークルート事件は、まだ幕を開けたばかりに違いない》」

「なにこれ、ひど過ぎる」カトリーヌはうんざりして言った。そのとき、バーのドアが大きな音とともに開いた。

「まったく同感だ」マロ・ミコルーが怒り狂って叫んだ。「わたしもこの与太記事を読んできたところだ。カティに相談しようと急いでバイクに飛び乗ったのだが……

ちょうどいいところに来たようだ。でも、この糞新聞記者は何者だ？　わたしたちを殺人犯にするために仕事をしているようだ」

「わたしは四十年前から〈ウエスト・フランス〉紙を購読している」アレックス・ニコルも怒り出した。「ノーベル文学賞受賞者が書いたんじゃないことはわかっているが、こんな悪意と偏見に満ちた記事は読んだことはない」

アレックスは、漁業危機や農業被害のときにも悪意や偏見に満ちた記事が出たことは記憶から抜け落ちていたが、みなもアレックスに賛成してくれた。

「われわれにはやらなくてはならないことがある」エミール・ロシュコエは、苦労して店内を静めたあと大声で叫んだ。「カティやマロ……そして音楽隊の名誉を守るためのグループを作ろう」エミールはアレックスに同情の目を向けた。「われわれ自身で捜査をするのだ。だって、カンペールの憲兵隊や裁判官より自分たちのほうがロクマリア村やここで起きたできごとをよく知っているじゃないか」

全員が強い連帯感をいだき、バーのオーナーを《ロクマリアの商業とその経営者の評判を守るための委員会、音楽隊も忘れずに》の委員長に満場一致で選出した。

39
新聞記者

興奮も冷めやらぬうちに、チャールズ・ハイベリーとヤン・ルムールがバーに入ってきた。みなは新聞記者を救世主として歓迎した。チャールズがカトリーヌのほうへ歩いていくと、アレックス・ニコルはルムールをみなに紹介し矢継ぎ早に質問を浴びせた。

「この記事を書いた馬鹿を知っているか？」

「あなたたちが話題にしているのはマルタン・マスリエのことだと思うが……」

「まさにそのとおりだ。〈ル・ティモニエ・オリエンタル〉の客が満場一致で〈本日の馬鹿〉に選んだんだ」

「マスリエはいろいろな新聞社を掛け持ちしているフリーランサーです。〈ウエスト・フランス〉紙でもときどき見かけます」

「どうしてわれわれを侮辱するような記事を書いたのだろうか。まるで、カティやマロ……それに音楽隊のほうが先にいちゃもんをつけたような書き方だ」アレックスは憤慨した。

「けさ連絡をもらって、マスリエの記事を見ました。正直言うと、いまでもとても驚いています」

「こんな下劣な記事を書いて、この男にどんな得があるのか」

「単に目立とうとしたのでしょう。毎日つまらないゴシップ記事を書いて世間を騒がせているような男です。うまくいけば、ほかの新聞社から注目が集まると思ったに違いありません。ほら、あそこを見てください」ルムールは窓の向こうの通りを指差した。

ひとりの男が何気なさを装って、レストラン〈ブレットゼル・エ・ブール・サレ〉の建物をあらゆる角度から撮影していた。マロ・ミコルーは無言でバーを飛び出した。そのあとのシーンに字幕は必要ない。マロは、にわか仕立てのカメラマンの手から携帯電話を奪い取って道に投げ捨てた。マロの怒りと体重八十キロの体についた筋肉を見て、無礼者は反撃に出る気力を失った。男は携帯電話を拾い、不満げな目でマロを見て去っていった。マロが戻ってくると、バーの客たちは大きな拍手で迎えた。マロは憮然（ぶぜん）とした顔で自分の席に座った。マロの行為に感動を抑えられず、エミール・ロシュコエは《ロクマリアの商業とその経営者の評判を守るための委員会、音楽隊も忘れずに》の最初の抵抗活動を祝うことにした。

「マロに敬意を表して、みんなにミュスカデを一杯ずつ奢ろう」

マスターが突然滅多にない気前のよさを見せたのに驚いて、二度目の大きな拍手が店内に響いた。

「このマスリエという男は」アレックスはミュスカデをお代わりして続けた。「空から落ちてきたわけではない。だれかにネタを吹き込まれたに決まっている」

「記事を読んですぐに新聞社に電話してマスリエと連絡がついたのですが、ニュースソースを明かそうとはしませんでした」

「厳しく追及しなかったのか」

「マダム・ヴァルトのレストランについてのわたしの記事も批判したことになるので、結果は想像できるでしょう。だんまりを決め込んだのです」

「ルムールは本当のことを書いてくれたのよ」カトリーヌが言った。「マスリエが黙っているなんておかしいわ」

「〈ウエスト・フランス〉紙を名誉毀損で訴えることもできます」ヤン・ルムールが

説明した。「だけどその覚悟はおありですか？」

〝委員〟たちは顔を見合わせた。お上に告訴することは自分たちの能力を超えていた。

「でも、どうして新聞社の編集局長はこの記事を載せる許可を出したのでしょうか」カトリーヌは疑問を投げかけた。

「局長と話をする時間はなかったのですが、ニュースが枯渇する夏前に紙面を盛り上げたいと思ったのかもしれません。あるいは、だれかにそういう記事を書くようそそのかされたのかも」

「だれがそそのかしたのかしら？」

「わかりません。ケレの友人かもしれません」

「これからどうするんだ？」パウロ・ギューが言った。「おれは精肉店で店番をしている妻と代わってやらなければならないんだ。店員とふたりきりにしておくのはよくないからね」

だれも笑わなかった。パウロの嫉妬深さは有名だ……。馬鹿力と同じくらいに。見習いで雇った若者はハンサムだが、パウロの妻よりも娘に興味を持っていた。ギューのかみさんはなかなか個性的な女性で、普段は魅力がないわけではなかったが、怒り出すと見習いを震え上がらせた。

「わたしが手はずを整え、みなに役割を振り分けるわ」女性の声が提案した。

「アレクシアね」書店主の女性がカウンターに近づいてくるのを見て、カトリーヌは喜びの声を上げた。「あなたがここにいるなんて気づかなかったわ」

「いま来たばかりなの。わたしも〈ウエスト・フランス〉紙を読み、みんなの話し合いの最後のところを聞いたわ。だれがこの情報をマスリエ記者に伝えたか調べる必要がありそうね。偏見を持っているわけではないけれど、ケレ一家が背後にいるのかも。いまひとつ確証はないけど」

「それともプリジャン一家か」

「ありうるわね」アレクシア・ル・コールが言った。「ヤン、いいこと。少しでもマスリエから目を離してはだめよ」

「最大限に努力はしますが、言うはやすし行うは難しですね」ルムールは頭を掻きながら言った。

「マスリエのコンピューターと携帯電話をいじらせてもらうことがもしできれば、役に立てるかもしれないんだが。ITには多少心得があるんだ」チャールズ・ハイベリーが提案した。

「どうもありがとう、チャールズ」カトリーヌは礼を言ったが、ルムールの冷ややかな態度には気がつかなかった。イギリス人が美しいアルザスの女性の心を奪うのを見るのはいい気分ではないようだ。

「ほかのみんなも、金曜日の夜にだれが狙われたのかを調べるのを手伝ってちょうだい。憎まれていたのはケレか、それともラガデック親子か、デュブールか」アレクシアが話を戻した。

「寝取られた男たちが怪しいな」エミール・ロシュコエは言った。

「そんなに単純なことじゃないだろう。でも、わたしもやる気は十分ある。諜報活動をすればユーゴスラビアで過ごした若いころを思い出すからね。何より家を出てバーに来たって、かみさんに怒られなくてすむのがありがたいよ」退役軍人が言った。

40

ポル・ファウエ

午後四時三十分。ロクマリアの憲兵隊庁舎で、バルナベ・グランシール大尉はロナン・サラウン曹長からラガデック家とマルク・デュブールについての情報をずっと聞いていた。サラウン曹長は小ぢんまりとしたロクマリア村を隅から隅まで知っていた。ほかの村々と同じように、よそには知られたくない秘密も抱えていた。グランシール大尉は、前日の取り調べでエルワン・ラガデックが言ったことの意味がよくわかった。薬を盛られた被害者たちは立派ならず者と言えた。ヴィクトワール・プリジャンとマルク・デュブールの浮気に特に興味を覚えた。報告を終えたサラウン曹長はほかの点も調べていた。犯罪歴、銀行口座、税務署への支払い。

エルワン・ラガデックは当初から有力な容疑者だが、逮捕するのは安易過ぎると思えた。しばらくしてエリック・ジュリエンヌ准尉が興奮して電話をかけてきたので、グランシール大尉は考えるのを中断した。ジュリエンヌ准尉は情報を得たのですぐにカンペールから帰って報告したいと言った。秘密が漏洩するのを心配して、大事な情報を電話で伝えないことにした。

「それで、ジュリエンヌ准尉、そんなに興奮するなんて、どんなにすごい情報を入手できたのだ？」グランシール大尉は戻ってきた部下に尋ねた。「要点を話してくれないか。けさからサラウン曹長の話をずっと聞いていたのだ。コラン軍曹、一緒に聞こうじゃないか」隣の部屋で聞き耳を立てながら調べものをしていたパトリック・コラン軍曹に呼びかけた。

ジュリエンヌ准尉は、水の入ったボトルを摑んで半分飲むと、上司の向かいに腰を下ろした。

「わたしが救急病院に着くと、すでにカンペールのフィニステール県憲兵隊の同僚がいて、ポル・ファウエの治療に当たった医師と面会の約束をしていました。かわいそうにファウエは走ってくるトラックに身を投げたのです」

「自殺未遂というのは本当なのか？」

「事故の翌日に証言した目撃者によると、道路の脇にひとりで立っていたそうです。

ファウエを押した人はいないということです」

「よし、続けて」

「医者の話では、ファウエは病院に着いたときひどい状態だったそうです。肋骨(ろっこつ)が何本も折れ、脾臓(ひぞう)は破裂し、肺には穴が空き、頭蓋骨も損傷していました。内臓はアルコールですでにぼろぼろの状態でした」

「ポルは酒を飲んでいたのか。バーで会うときにはビールを二杯以上飲んだことは一度もなかったのに……」コラン軍曹はショックを受けた。

「そうかもしれませんが……。病院での聴取を終えると、カンペールのアパルトマンを見に行きました。ふたつある部屋は汚れて不幸の匂いがしました。十年ほど前から借りていたそうで、同じ建物に住む家主から話を聞きました。離婚するまでファウエはきれい好きだったそうです。アトランティス缶詰工場を首になってから間もなく妻はファウエのもとを去りました。夫婦には子どもがいませんでした。離婚してからファウエは仕事を探しましたが、一年間に受けた面接はすべて失敗だったということです。それで酒に溺れるようになりました。家主によると、ファウエはあっという間にだめになっていき、助けてくれる人はだれもいなくなったそうです」

「フィニステール版エミール・ゾラとはおもしろいね、ジュリエンヌ准尉。でも、話をもとに戻そうか」グランシール大尉は少し困ったような顔をして言った。

「医者はファウエがひと晩もたないとわかり、財布のなかを探してふたつの電話番号を見つけました」

「ポルは昔ながらのやり方で電話番号を書き留めていたんだ。いまではだれもが携帯電話に登録しますけどね」コラン軍曹が口を挟んだ。

「それ以外にファウエの所持品はありませんでした。当直の看護師がふたつの番号に電話をかけると、一時間後に男がふたりやってきたそうです。ファウエの最後の友人たちです」

「ふたりの身元はわかっているのだろうね？」淡々とした口調でグランシール大尉は尋ねた。

「もちろんです、大尉殿。ひとり目はニコラ・ドゥルネル、そして、もうひとりは……エルワン・ラガデック」

グランシール大尉は驚いた。確かに話はいつもこの青年に戻ってくる。報告を続けるようジュリエンヌ准尉に促し、話の展開が待ちきれなくなった。

「まず、ドゥルネルのことを聞きました。才能に恵まれた情報処理技術者で、熱烈なビデオゲームのファンです。ドゥルネルもアトランティス缶詰工場で働いていましたが、工場が閉鎖される前に辞めたそうです。ポン＝ラベの近くですぐに次の仕事を見つけて、いまは結婚もしていて、娘がふたりいます。まあ、人を殺そうとするような男ではないでしょう」

「それで、エルワンのほうは？」グランシール大尉が尋ねた。

「いまのところ目ぼしい成果はありません。ですが、当直だった看護師に話が聞けました。男ふたりはその日の午後、病院の廊下で待っていて、ファウエが死んだと看護師が告げると、エルワンは急に怒り出し、《卑劣なアトランティス缶詰工場の経営者ども》が殺したんだ、とわめいていたそうです。つまり、デュブールとケレです。エルワンは〈ブレットゼル・エ・ブール・サレ〉の予約者名簿を見ることができます。ですから、金曜日の夜、友人を死に追いやったふたりが、わざわざ自分が嫌っている父親と兄を連れて食事に来ると知って、復讐の絶好のチャンスだと思ったのではないでしょうか」

「きみの推理は実に興味をそそるな」グランシール大尉はうなずいた。「だが、どうして催吐剤だけを入れたのだ。犯人は催吐剤で人を殺せると思わなかったはずだ。エルワンとファウエの関係をもう少し洗ってみる必要があるな。エルワンをここに呼んでくれ」

「すぐに連れてくることはできないでしょう」コラン軍曹が割って入った。「三十分前に港でエルワンに会ったんです。エルネストと一緒に海に出るんだと言っていました」

「エルネストとはだれだ？」

「おそらくロクマリアで一番有名で尊敬されている漁師で、いまだにニューファンドランド島周辺まで行ってタラ漁をしているような男です。そんなわけで、数時間は帰ってこないと思います」

「電話で連絡は取れないのか？」

「たぶんふたりはもう船の上です。エルネストが自分の船に携帯電話なんか持ち込むのを許すでしょうか。エルネストにとって海は神聖なところです」

「それでは、エルワンの家のドアにメッセージを貼り、あすの朝一番に呼び出すんだ」

「朝一番とは何時ごろでしょうか」

「まあ……十時だな」

「十時ですね、承知しました」コラン軍曹は安心したように復唱した。

41

ブルターニュ対イングランド

午後カトリーヌはレストランの会計の処理をしていた。開店から数週間の業績はすばらしく、最も楽観的な予測を上回った。ブルトン人たちはタルト・フランベにはまり、金曜日のテーマに沿った〈シュークルートの夕べ〉はいつも満席だった。憲兵隊の捜査で外部の者の犯行だとわかって早く自分とエルワンの嫌疑が晴れるよう願っていた。

弁護士を付けるのをためらっているのは、自分たちが容疑者として法廷で裁かれない限り費用をかけるのは無駄だと思ったからだ。しかし、マリーヌ・ル・デュエヴァは、ブレストで開業している弁護士の友人に依頼するといいと勧めてくれた。その弁護士はイヴ・ラエールという名で、ピラニアの異名を取る。普段は大企業の案件や評判になりそうな訴訟しか手掛けていないが、もし必要になったら弁護を引き受けてくれるようマリーヌはラエールに頼んだ。

カトリーヌはそれよりもけさの新聞記事の内容のほうが気になった。法廷で決着が着くまで新聞記者がこの記事を撤回しないつもりなら、レストランの評判は長期間にわたって損なわれかねない。カトリーヌは店先の写真を撮っている人を二、三人ばかり目撃した。マロのように走って追いかけるだけの気力はないし、特に違法な行為をしているわけではない。カトリーヌは途方に暮れていた。警察はどうやって犯人を見つけるのだろう。

もうひとつカトリーヌが悩んでいる問題があった。エルワンが犯人だという可能性を捨てきれない。部下の誠実さを微塵も疑っていなかったが、父親や、特に兄を嫌っていることがカトリーヌを不安にさせた。エルワンは自分の若いころの話を断片的にしかしなかったが、兄のマチューは機会があるたびにエルワンを侮辱していた。エルワンは、あの晩大嫌いな父親と兄に復讐して嘲り笑う絶好の機会だと思ったのだろうか。カトリーヌは、自分が許可した午後の休暇を使ってエルワンがどこに行ったのかまだ確認していなかった。チャールズはエルワンが怪しげな連中と一緒にいたのを見たと言っている。絶対に説明がつくことだろうが、まずそれを知る必要があった。カトリーヌはエルワンのことで頭がいっぱいだった。再び犯罪に手を染めることなど考えられない。

入口に本日閉店の掲示がしてあるのにもかかわらずドアのベルが鳴った。カトリーヌは顔を上げて立ち上がり、ヤン・ルムールを招き入れた。

「こんばんは。来てくれてうれしいわ」

「カティ、わたしはこの薬物混入事件に興味を持っていますが、あなたは被害者に過ぎません。エルワン・ラガデックも、マロ・ミコルーも被害者です。目下取材の最中です。いまにあの馬鹿野郎をとっちめてやりますよ」

「どの馬鹿野郎を？」

「マスリエに決まっているじゃないですか。きょうの午後早くマスリエを新聞社で捕まえました。何も証拠がないのだから、これ以上飛ばし記事を書くなと言ったのです。マスリエは吹き出し、今回の事件報道では、だれが勝者でだれが敗者であるかを滔々と語り始めたのです。わたしはなんとかしてマスリエを言い負かそうとしました。わたしが立ち去ろうとしたとき、マスリエは『あしたの辛辣な批評記事を楽しみにしていろ』と捨て台詞を吐きました。あの馬鹿野郎は自分をアルベール・ロンドル（フランスの著名なジャーナリスト兼作家）だと思い込んでいるのです」

「見通しは暗いわね。どんなにくだらない記事でも喜んで読む人はいるわ」カトリーヌは落胆した。

「だからこそ、わたしは反証の記事を書こうと思っています」

「おもしろくなりそうね、ヤン。新聞記者には守秘義務があるというけれど……。もっとくわしく教えてちょうだい」

ルムールは少しためらったあと、人差し指を口の前に立て、声を落として言った。

「教えるのは構わないが、だれにも漏らさないと約束してください。たとえ家族であっても」

「約束は守るわ」カトリーヌは、ヤンが手の内を見せてくれるのを歓迎した。

「あなたを信じて話します。わたしにはアラナという二十六歳になる娘がいます。カンペールの救急病院の看護師です。ケレを解剖した検視官とは顔なじみで、正確な死因と使用された薬品を聞き出そうとしています」

「アラナに危険が及ぶことはないの？」

「ただ質問するだけですから、心配には及びません。アラナは欲しいと思うものを手に入れる方法を知っています。わたしのほうは、狙われたのはケレだと確信しているので、彼の周辺を洗ってみます」

「それでは、デュブールやラガデック親子への復讐という線を追うのはもうやめるの

「とりあえずはそうします。一度にすべてに手を付けるのは無理だから。ケレはほかのふたりよりも黒い秘密で満ちあふれている」

「だけど、どうやって調べるの？」カトリーヌは尋ねた。

「わたしは三十五歳までここで暮らし、十六年前にブレストに移りました。いまでも多くの友人や知人がロクマリア村にいます。ケルブラ岬邸から遠くないところを別宅にしています。両親の小さくて古い家ですが」

「ロクマリア村の出身だとは知らなかったわ。そう言えば、あなたのことはほとんど知らないの」

「夕食に招待しますよ、この事件が解決したら……。あなたが受け入れてくれるのならね」ルムールは、思わず赤面してしまうのを隠そうとした。

ルムールの熱意と楽観的にものごとを捉える生まれ持った性格に、カトリーヌは好印象を抱いた。

「喜んでお受けするわ。ほかにも手がかりがあるのかしら？」

「最初の段階としては、少なくともあとふたつやることがあります。ひとつは、エルワンについてもっと調べることです。家族付き合いをしているロナン・サラウン曹長とビールを二、三杯飲んだとき、シェフについてあなたの苦労話を聞かされました。エルワンはあなたを崇拝していますが、過去から逃れられたのかどうか確かめたいと思っています」

「エルワンのことは信頼しているので、事件に関わりがないとあなたが証明してくれたら安心できるわ。でもだいぶ手間がかかりそうね」

「それがわたしの仕事ですから。マスリエへの反撃の準備もできています。あの男はわたしと対決したがっているが、こちらも望むところです。編集局長にこの話をしたところ、紙面対決のアイデアを気に入ってくれました。読者を惹きつける企画になると思ったのでしょう。そして、ふたつ目ですが、あなたのお隣さんを調べることです」

「チャールズを？」

「ええ、ミ、ミ、ミスター・チャールズ・ハイベリーその人です」

「でも、どうして？　初めて会ったときからわたしの助けになってくれたのよ」

「口が達者で、まったく隙を見せないから」

「ハンサムだからでしょう？」

「相手を分析するに当たって、容姿がいいか悪いかは考慮しません。人となりが大切なのです。いつもきちんとした服装をして三万ユーロ以上はすると思われる車を乗り回し、地球の裏側でヴァカンスを過ごす。食料品店の収入だけで全部まかなえるとは思えません」

「嫉妬や妬みからのアドヴァイスなんて聞きたくありません」カトリーヌはいらいらして反論した。

ルムールが返事をしようとしたとき、またドアのベルが鳴った。いままでにないほど魅力的なハイベリーだった。ルムールは顔をしかめた。平均的な身長でどちらかというとずんぐりした体型のブルトン人は、背が高くすらりとした四十代に見える男をまじまじと見た。ルムールが女性を惹きつけようと努力したところで、この美男子のような気品と生来の魅力は身に付けられないだろう。ルムールは顔にしばらくのあいだ浮かんでいた不愉快そうな表情を追い払った。

「あなたは何かたくらんでいるね」ハイベリーが愉快そうに言った。

「ヤンは、これから行う取材について教えてくれたわ。マスリエに警告を与えるような連載記事を企画しているのよ」

「おやおや、あなたは優秀なジャーナリストだね。すばらしい（ワンダフル）。しかし、あの手強いマスリエを怒らせるのはいかがなものかと思うけどね。炎の上から油を注ぐようなものだよ」ハイベリーはルムールをからかった。

「その反対ですよ。やつを追い詰めるのです」

「頭を冷やすんだ、ムッシュー・ルムール。それがいい考えとは思えない。ところで、カティ、一緒に夕食をとらないか」ハイベリーはカトリーヌの手に軽く触れた。

「ええ、喜んで、チャールズ」カトリーヌはうれしそうにうなずいた。「ヤン、わたしはもう出かけるわ。あなたの取材について教えてくれてどうもありがとう。取材の一部は無駄に終わると思うけど」

「わたしに任せてください。自分のするべきことは心得ています」ルムールは顔をこわばらせた。

「わかっているわ、ヤン。ただ、思ったことを言っただけ。またあしたね」カトリーヌはそそくさとルムールを見送った。

ルムールが行ってしまうと、ハイベリーがカトリーヌに尋ねた。

「どうしてルムールを責めていたんだい？」

「別に非難していたわけではないの。ヤンが時間を無駄にしなければいいと思っただけ。あなたのことを探りたいと言ったから」

「ぼくのことを？　これは驚いたね（マイ・グッドネス）。でも、何を探っているんだろうか」

「あなたの莫大な財産の出どころについてではないかしら。あなたに嫉妬しているのかもしれないわね」

「そう言われて悪い気はしないね。特にきみのような美しい女性に言われたら。さあ、ルムールのことは忘れて夕食に出かけよう。ブイヤベースは好きかい？」

42

〈ラ・フレガト〉

〈ラ・フレガト〉の常連客は歓喜に沸いた。ナターシャ・プリジャンは兄のジェラールとともにカウンターのなかで支持者の熱気を楽しんでいた。とりわけ、ジョルジュ・ラガデックと長男のマチューは、ジェラールが賓客用にあつらえたテーブルで厚いもてなしを受けていた。ふたりは、ジェラールがプライベートなワインセラーから特別に持ってきたムルソーのボトルを味わった。

ナターシャはストラップレスドレスの胸元を恥ずかしげもなく直し、二十人ほどの客を静かにさせた。そして、カウンターに置いてあった〈ウエスト・フランス〉紙を摑み、三ページ目を開いた。

「みなさん、四日前に旅立ったジャン゠クロードおじさまの冥福をお祈りしましょう。心にぽっかり穴が空いたような気がしますが、ジョルジュとマチューがこの試練を乗り越え、こうしてこの場にともにいられることに感謝します」

精肉店のかみさんエムリーヌ・ギューは、ミニスーパーの美しいオーナーはちょっとやり過ぎているのではないかと思った。まだ、葬儀もすんでいないというのに。エムリーヌはグラスを手にした隣の男を見た。ナターシャの感動的なことばに聞き惚れて、目に涙を浮かべている。エムリーヌは黙ったまま、ラガデック親子を見た。ふたりのことを好きだと思ったことはなかったし、親子がここにいることが正しいのか場違いなのか判断ができなかった。ナターシャが再び話を始めたので、エムリーヌは哲学的な問いかけから解放された。

「マルタン・マスリエ記者が書いた記事をぜひ読んでください。事件について掘り下げて取材しています。憲兵隊の捜査が順調に進んでいないのは周知の事実です。ヴァルトとそのレストランの汚名を晴らそうと動いているのではないかと勘ぐりたくもなります」

「ナターシャ」こらえきれずに精肉店のかみさんが言った。「わたしたちの友人は薬品で亡くなったのであって、マロの豚肉やマダム・ヴァルトのキャベツが原因ではないわ」

店内にざわめきが広がり、口笛を鳴らす者もいて、エムリーヌは正気を取り戻した。

彼女は太っているため、普段は人から注目されるようなことはない。いまはプリジャン家の牙城、反カトリーヌ・ヴァルト派の中心にいるのだ。自分の身を案ずるなら、これ以上発言しないほうが得策だ。

「《闇組織が死のタルト・フランベを作っていたとき》」ナターシャが大声で読み上げた。

この扇情的な見出しはみなを驚かせた。大反響に気をよくし、明るい声で続きを読んだ。

「《きのうの紙面では元ロクマリア村長ムッシュー・ジャン＝クロード・ケレの死と、三人の友人の中毒の状況を伝えた。遅々として進まない司法当局の捜査に驚きながらも、記者は取材を続け、何人かの目撃者を見つけた。目撃者らが提供してくれた情報は、調査に光明を与えてくれた。真実を明らかにしたいのはやまやまだが、正義を愛する人たちも、みなが知り合いのこの小さい村では報復を恐れて匿名を望んだ。ジャーナリズムにおいて取材源の秘匿は神聖なものなので、もちろん彼らの言い分に同意した》」

上機嫌のジョルジュは、ナターシャのバストラインと、ナターシャの朗読に夢中の男たちを見た。このマスリエという男は大げさな記事を書くようなところがあり、大衆を惹きつける術を持っていると思った。とりわけ〈ラ・フレガト〉に集まっている人々を。

「《レストラン〈ブレットゼル・エ・ブール・サレ〉のシェフが危険な過去を持つ人物だということはすぐに明らかになった。中毒を起こしたジョルジュの息子でありマチューの弟でもあるムッシュー・エルワン・ラガデックはロクマリア村によい記憶だけを残しているわけではない。工業の国家資格を取得するのに苦労した屈折した青春時代を送り、ふるさとに帰ってきたら一流のシェフになるとみなに宣言して、四年間村から姿を消した。そして、修行は失敗に終わり惨めな姿で村に帰ってきた。それから、息子を見捨てなかった寛大な父親のもとで行政の支援も受け、仕事もしないでぶらぶらしていた。無気力の引きこもりだった。最近は何度も憲兵隊の世話になっていた》」

ほとんどの住民はエルワンの過去を知っていたが、新聞に掲載されたことであらためてそのだめさ加減を認識した。バーがまたざわめき、しおらしくしているジョルジュに同情の目が注がれた。ジョルジュにとっては得な役回りで、その役をうまく演じた。

「《ムッシュー・エルワン・ラガデックは大麻の不法所持で二度逮捕されたが、起訴は免れた。ムッシュー・ケレの屋敷へ不法侵入しようとして勾留され、さらに厳しい状況に追い込まれた。ジャン＝クロード・ケレの屋敷に？　奇妙だ。詭弁と言うにはあまりに古典的でお粗末な言い訳のおかげで、元密売人はまたしても適正な刑罰を逃れた。だから、ムッシュー・ケレやラガデック親子ら四人が、エルワンがシェフをしているレストランに来たときに悲劇が起こっても驚くことではない。シェフの前歴を調べなかったマダム・ヴァルトの落ち度であろう。シェフと名士の客の険悪な関係を知らないわけはないのだ。これは無視することのできない手がかりで、司法当局が真摯に対応することを望む。もし、この殺人事件の第一容疑者に対していつものいい加減な捜査が繰り返されるなら、真っ先に声に出して糾弾する》」

ナターシャが記事を最後まで読み終えると、長い沈黙が続いた。ナターシャはエルワンを嘲笑った。金もないのにずっとぶらぶらしている男だと思っていたからだ。しかし、エルワンのおかげで自分のライバルが窮地に陥っているのを見て満足した。ぜひこの記事を書いた有能な新聞記者に会ってみなければ。

入口のドアが勢いよく開く音がして、ナターシャは考えごとから覚めた。

「あの野郎。どこだ？」

怒り狂って顔を真っ赤にして、エルワンは兄のテーブルに駆け寄った。

「あの新聞記者に嘘っぱちをたれ込んだのはおまえだな、この馬鹿野郎」

マチューは、幼いころからの見下した態度で弟を見た。姿勢を正しゆっくりと髪を整え、ムルソーのグラスを弄んだ。

「憐れなやつだな、エルワン。おまえの過去が物語っている。やり直そうとしたって無駄だよ。おまえの人生は小説みたいなものだ。それも暇でしかたがないときに斜め読みする三文小説だ」マチューは吐き捨てるように言った。

今度も形勢は決まった。エムリーヌを除いて全員マチューの側についた。エムリーヌはふたりのうちどちらの味方になろうとも思わなかったが、この気取った色男には虫唾（むしず）が走った。

「おまえの初恋の女の子も、おまえは地に足が付かない男だと言っていたぜ。二、三カ月前にカンペールのレストランで一緒に食事をしたんだ。ジュリーはすてきな娘だ。おまえよりしっかりした男がそばにいてやる必要がある。つまり、おれみたいな男がな」

マチューは弟がどう反応するかわかっていた。かっとなったあとに恥ずかしくなってうつむき、屈辱のあまりここを飛び出していく。しかし、今回ばかりはマチューが間違っていた。自分の発言の効果を知るために周りを観察するのに夢中で、エルワンが闘牛のように飛びかかってくるのにまったく気づかなかった。ようやくそれに気づいたときには、弟の拳が自分の鼻をぺしゃんこにし、椅子がひっくり返ってグラスが割れる音とともに床に投げつけられていた。父親のジョルジュがその場を離れると、ふたりのボクサーの周りに、子どもが遊戯でもするような輪ができた。エルワンが強烈なパンチをお見舞いできたのは、怒りがそれほど強かったからだ。身をよじっている兄に馬乗りになり殴り続けた。

みなその光景に目が釘付けになり、エルワンの怒鳴り声と恐怖に震えているマチューの叫び声が、人々がその場から離れようとするのを引き止めた。エムリーヌは強い力でふたりの上着の襟首を摑み喧嘩をやめさせた。

エルワンは、自分が何をしてしまったのかに気づき、まだ血走っている目つきであたりを見回した。精肉店のかみさんの笑みを見てエルワンはようやく落ち着いた。

「いまにひどい目にあうぞ」マチューはよろよろと立ち上がって虚勢を張った。「おまえの暴力を目撃した人は二十人もいるんだ」周囲の客を指差してエルワンを脅した。

エルワンは納得せずに首を横に振った。負け犬についていく人間などいない。そう考えて安心すると、兄を指差して言った。

「もう二度とジュリーに近づくな。おれがジュリーにふさわしくないと言うなら、おまえはもっとふさわしくない」

エルワンがバーを出ようとすると、ジェラールが肘を摑んだ。

「このまま逃げるつもりか。店の損害はどうしてくれるんだ」

「弁償しますよ、ムッシュー・プリジャン。椅子の請求書を送ってください」

「まだ忘れているものがあるぞ。おれのバーを汚したんだから、割増料金ももらわないと割に合わない」ジェラールは嘲るような笑みを浮かべた。

エルワンはそのことばに怒りを感じてジェラールの手を乱暴に振り払った。

「弁償します。ただし損害の金額だけだ。女房を寝取られたやつに馬鹿にされてたまるか！」そう言い残してエルワンはバーを出た。

ジェラールは呆然として、エルワンが立ち去るのを見ていた。そして、急に静まり返った客たちのほうを見た。天が落ちてきたかのように感じた。

43
告訴

「いったい、情報を漏らしたのはどいつだ?」エリック・ジュリエンヌ准尉が叫んだ。机に向かって仕事をしていたバルナベ・グランシール大尉は、怒りまくっている部下にあっけにとられた。ジュリエンヌ准尉は憲兵としては本来温和な性格だが、いまは一時的にその穏やかさがどこかへ消え失せていた。グランシール大尉は黙ったままジュリエンヌ准尉に話を続けさせた。

「エルワン・ラガデックが自分で使うために大麻の売買をしていたのは周知の事実だが、不法侵入で逮捕されたことは秘密だった。そもそもジャン゠クロード・ケレ自身が内密にしてくれと頼んだのだ。情報は憲兵隊から漏れたのに間違いない」ジュリエンヌ准尉はデスクを拳で叩いた。

グランシール大尉は部屋に呼び出した憲兵たちの顔を見た。〇・一秒でだれが漏らしたのか察した。犯人は隠そうとしなかった。

「このわたし……です……大馬鹿者は」クリストフ・リウ伍長は、ジャムの瓶に突っ込んだ指を摑まれた子どものようにしょげ返った。

「クリストフ、それにしても、なぜそんなことを？」

「悪気はなかったのです。きのうの朝は勤務をしていました。十一時ごろ電話がかかってきて、わたしが出ました。相手にだれか尋ねると、男が名乗りました……」

「もうわかった、クリストフ。会話を忠実に再現しなくていいから、端的に言ってくれ」ジュリエンヌ准尉が話を遮った。

「はい、男はいくつか質問をしてきたのですが、わたしは勤務中だったので答えませんでした。それから男は、サント＝マリーの港にある小さなレストランでもっとゆっくり話をしないかと誘ってきたのです」

「で、きみはもちろん誘いを受けたのだね。だから午後戻るのは少し遅くなるかもしれないとわたしに言ったわけだ。娘のベビーシッターが休みを取るからなんて嘘までついて」

リウ伍長は表情を変えずグランシール大尉をちらっと見た。大きなミスを犯したことに対するグランシール大尉の反応を案じていたのだ。グランシール大尉は何も言わず、頭を振って話を続けるように命じた。

「マルタン・マスリエは〈ウエスト・フランス〉紙に掲載する記事のための取材をしていて、わたしの情報が真実に光を当てるのに役に立つと言いました」

「しかし、きみはマスリエのきのうの記事を読んでいなかったのか？」今度はロナン・サラウン曹長が苛立って言った。

「思い出せなかったのです。それに、マスリエには説得力がありました」リウ伍長はきまり悪そうに言い訳した。

「説得力があったのはマスリエにか、それともマスリエが注文したワインボトルにかな？」

「確かに話し過ぎたかもしれません。でも、わたしが打ち明けたことを記事にするなんて思わなかったのです」

「ああ、そうだろうよ」ジュリエンヌ准尉はまた苛立った。「新聞記者は司祭さまじゃないんだぜ。やつらときたら、告解の秘密なんて知ったことじゃないんだから」

リウ伍長はうなずいた。これ以上言い訳してもしかたがないと思った。

「マスリエと話をしてどう思った？　裏に黒幕がいると感じたか？」

リウ伍長は期待するようにグランシール大尉を見た。処分は免れることができるかもしれない。しばらくのあいだ、昼食のときの様子を思い出そうとした。

「マスリエは《わたしは客観的な取材をする新聞記者だ》と言わんばかりでした。そして、エルワンがケレの屋敷へ不法侵入した件を突然持ち出してきたのです」

「どうしてそんなことを知っているのかマスリエに尋ねなかったのか?」

「そのときは疑問に思いませんでした。しかし、よく考えてみると、ラガデック家のだれかがマスリエに情報を流したとしても不思議はありません。これはわたしの個人的な見解ですが、ラガデックのおやじもだいぶ変なやつなので。マスリエにしてみれば、身内からの密告は信じられなくとも、憲兵が言ったことなら信用できますからね……」

「そうだな、クリストフ。きみの直感力は鋭い」

リウ伍長はうなずき、処分を言い渡されるのを待った。しかし、ジュリエンヌ准尉は自分の考えを話した。

「わたしが理解できないのは、ジョルジュ・ラガデックが新聞の紙面で自分の息子を中傷したかった理由だ。公の場で仕返ししてもしかたがないだろう」

「自分の息子を中傷することでレストランとそのオーナーを傷つけるのが狙いなら話は別です」サラウン曹長が話に割り込んだ。「カトリーヌ・ヴァルトがケルブラ岬邸を買ったのを、ジョルジュ・ラガデックがいまだに根に持っているのを忘れてはいけません」

「なぜ父親のラガデックで、マチューではないんだろう?」グランシール大尉が尋ねた。「マチューは被害届を出した数時間後に取り下げたんだろう、違うかね?」

「大尉殿、はっきり言ってしまえば、マチュー・ラガデックは自分の見てくれだけをいつも気にしている女たらしですよ。新聞記者を使って弟を陥れようなんて考えもしなかったでしょう」ジュリエンヌ准尉は説明した。

「女たらしね。わかりやすいことばだな。もう少しくわしく説明してくれないか」

「ひどい話だが、どこにでもあるようなことです」サラウン曹長が話を継いだ。「マチュー・ラガデックは女の子たちを引っかけては自慢していました。それで、自分は女にもてるんだと自惚れていたのです。二年前のことですが、勤務先の若い女性従業員にセクシャルハラスメントをしたのです」

「何かで読んだことがあるな」グランシール大尉は思い出して言った。「その女性はいったん被害届を出したが、そのあと取り下げたね。からかっただけで悪気はなかったとマチューが反省したからだとか。わたしは疑問に思ったんだが」

サラウン曹長はあえて押し黙ったままだった。

「本当は暴行されたんだよね」グランシール大尉はサラウン曹長の沈黙の意味を汲み取って言った。

「そのとおりです、大尉殿。ある晩、マチューは倉庫でその女性に乱暴を働きました。警察に被害届を出したら解雇すると脅されましたが、女性が友人に話したところ、せめてセクシャルハラスメントの被害届を出すべきだと説得されました。それを聞いてマチューは激怒したのです。ケレが裏で手を回し、被害届を取り消さないと、その女性の両親を家から追い出すと脅したのです。女性の一家はケレに家を借りていましたから」

「なんてことだ。この国に法律というものはないのか。こんなことが許されてはならない」

「大尉殿も、やはりそう思いますか。ここでは、雨を降らせることも、日を照らすこともケレの意のままでした。被害者はケレに泣き寝入りさせられ、マチュー・ラガデックは嫌疑を免れました。あのげす野郎、おおっぴらにこんなことをするなんて。あいつには良心というものはないのか」

「サラウン曹長、どうしてそんなことまで知っているのですか？」

「わたしの姪がこのかわいそうな女性の友人なのです。すべて話してくれました」

「それでは、さきほどのマチューが被害届を撤回した件について心当たりは？」グランシール大尉が立て続けに訊いた。

「昼休みにレストランのテラスで葉巻をふかしているマチューと話をしに行ったのです。隅に呼び出して、きみの活躍が新聞で蒸し返されるそうじゃないか、大変だね、と言いました。マチューは青ざめ、わたしがはったりをかけたのかどうかを確かめようともしませんでした。すぐさま被害届を撤回すると言いました。まあ、こんなところです」

「サラウン曹長、よく聞いてください。あなたが職務中に勝手に裁判官を演じたのを咎(とが)めたい気持ちもあるが、あなたのしたことは立派だったと言ってよい」グランシール大尉は認めた。「それでは、エルワンがマチューに振るった暴力の件は忘れることにしよう」

「エルワンは十五年前にすでに兄の顔を殴る権利がありました。けさ利子を付けてまとめて返したとしても咎められないでしょう。人間ですからね」サラウン曹長は締めくくった。

「さて、ロナン、あなたのすばらしい人間性を証明するために別の話題を提供してもいいですか」ジュリエンヌ准尉が言った。

「お聞きしましょう、准尉殿」

「ヤン・ルムールという新聞記者とあなたが話しているところを見たという人がいるのですが」

「そう、マチューがエルワンを訴えるのを諦めたあとに会いました」

「ヤンと会ったというのは本当ですか。親しいのですか。まさかリウ伍長のようにマスコミと馴れ合っているのではないでしょうね」ジュリエンヌ准尉はいらつきながら言った。

「ヤンは地元の人間です」サラウン曹長は弁明した。

「初耳です」ジュリエンヌ准尉は驚いた。

「十五年前にヤンの奥さんが亡くなって、ロクマリア村を離れていたからでしょう」サラウン曹長は説明した。

グランシール大尉はあらためて座り直した。確かにこの事件の捜査には家族の事情がよく出てくる。

「ヤン・ルムールはロクマリア村で生まれました。父親は漁師で、母親はアトランティス缶詰工場で働いていました。ふたりとも早くに神のもとに召されました」サラウン曹長は十字を切った。「ヤンも漁師になりました。具合が悪くても一生懸命働く、勤勉な漁師でした。そして、ローレンス・ルガという女性と結婚し、娘が生まれアラナと名付けました。わたしの妻とヤンの奥さんは友だちだったのです。よく一緒に出かけていました」

「あなたはロクマリア村の人たちを全員知っているのですね」グランシール大尉は茶々を入れた。

「都会から最近引っ越してきた年金生活者のなかには知らない人もいますけどね。彼らはブルターニュでの生活を楽しむために来たのです……。まあ、とにかく、ヤンはアラナが生まれて海から陸に戻っていました。魚市場で働き、毎晩きちんと家に帰っていました。そして、十五年前、ローレンスは車を盗もうとした麻薬中毒者に殺されてしまったのです。ヤンはこの村に残りたくなかった……。思い出が多過ぎて忍び難かったのです。娘を連れて村を出て仕事も変えました」

「つまり、ヤンは昔懐かしいこの村で取材しているわけですね」ジュリエンヌ准尉がまとめた。

「まあ、そんなところです」サラウン曹長はうなずいた。

「ヤンから何か情報をもらったのですか?」

「狙われたのはケレで、エルワン・ラガデックは真犯人に身代わりにされたのだとヤンは確信しています」

「あしたの新聞に載るような情報をあなたはヤンに与えたのですか」

「ええと、三つばかり細かい情報は伝えましたが、ごく些細なことです……。それに、ヤンはとても信頼の置ける男です」サラウン曹長は同僚のリウ伍長を皮肉な目で見ながら言った。「ヤンは獲物を追いかけている最中で、取材を進めるのにわたしの協力なんか必要ではありません。あらゆる手がかりを調べ尽くすまで絶対に諦めない男です」

44

プリジャンの不幸

午後九時。ジェラール・プリジャンは、普段より早めにバーを閉めた。一日じゅう苛立つ気持ちを抑えていた。エルワン・ラガデックが出ていくときに放ったひとことが頭のなかで無限に再生されていた。ひとつひとつの単語が刻印のように記憶に鮮明に残っている。《女房を寝取られたやつに馬鹿にされてたまるか！》《寝取られたやつ》、こうしたことばが不吉な弔いの鐘のように頭に鳴り響いていた。浮気されたロクマリア村の男たちをいつもからかってきたが、ついに自分もこのリストに載ったのだろうか。なぜあのエルワン・ラガデックの馬鹿野郎がこのことばを自分に投げつけてきたのだろう。客の何人かは気分を害していたようだが、その反応からは自分が期待していた確信は得られなかった。《ちょっといい話》程度のくだらない話の危険性をよく知っているのに、どういう意味だと自分は問い返さなかった。ジェラールはこの件に一番関わりがありそうな者の話を聞くことにした。妻のヴィクトワールだ。けさ早くヴィクトワールは、カンペールでブティックを経営する姉のアガサの手伝いに出かけた。月に二回気分転換に行くのだ。ブティックを手伝った謝礼として、行くたびにスカートやカーディガンをもらって帰ってきた。ジェラールはそれが悪いことだとは思わなかった。妻は田舎よりも都会を好み、ときどきカンペールの都会の雰囲気に浸り活力を取り戻す必要があったのだ。しかし、きょうは……きょうは。何週間も前から、姉のブティックを手伝いに行っていたのではなく、男と一緒にホテルにいたとしたら。それとも、毎回男を取っ替え引っ替えしているのだろうか。もっと悪いことに、いつか妻と男の動画をネット交流サービスで見つけるかもしれない。ジェラールはときどき同好の士のサイト《げす野郎どもと不貞の人妻たち》にログインしてちょっとした楽しみを得ていた。自分が人妻たちにとてつもない快感を与えている姿を想像して興奮するのだ。しかし、ヴィクトワールが《人妻たち》のひとりになるとはまったく思ったことがなかった。そんなものを見せられたら腰が抜けてしまう。ジェラールはカウンターにあったグラスを手に取り、怒りのあまり床に叩きつけた。思わずかっとなってしまった。妻が浮気をしているなら、何か理由があるはずだ。妻の望むものがここには欠けていたのだろうか。まあまあのアパルトマン、いつもそばに寄り添う夫、経済的な安定、すばらしい海の景色、毎年十月に三週間出かけるコート・ダジュールの四つ星の施設でのキャンプ。十月のコート・ダジュールは美しく静かで、歓楽街の騒音に悩まされることもない……。そして、物価も手ごろだ。ヴィクトワールがしつこくねだるので、ジェラールは重い腰を上げて、二年に一度イビサ島に行くことも決めた。自分は、クスリで決めてナイトクラブに通うのは嫌だったが、ヴィクトワールにも息抜きは必要だ。ジェラールが深夜二時に眠りについたあと、ヴィクトワールが五時ごろまで帰ってこなかったとき、いったい何をしていたのか。

「ただいま。何かあったの？　もうお店を閉めるなんて。きょうは、アガサと一緒にたくさん商品を売ったのよ。お客さんに何があったか知らないけど、クレジットカードが飛び交ったわ」

廊下から聞こえてくるヴィクトワールの歌うような声が、ジェラールの背筋をぞっとさせた。振り向いて妻のほうを見た。妻は指先で投げキスをして、姉のブティックのマークが付いたショッピングバッグをカウンターに置いた。悪魔のように悪知恵が働き、細部に至るまでアリバイを用意していたのだ。ハイヒールを履き、緑色の瞳が際立つように髪を後ろで束ねているヴィクトワールをしげしげと眺めると、妻に男たちを虜にする力があることに気づいた。

「いったいどうしたの、ジェジェ。浮かない顔をして。何かうまくいかないことでもあったの？」

ジェラールは黙ったままだ。キスをしようと近づいたヴィクトワールを突然突き放した。ヴィクトワールは不安になった。よく不平や不満を口にする夫だが、いまは、その様子から暴力を振るわれるのではないかと感じた。

「うまくいかないことでもあるなら、教えてちょうだい」

「どこに行っていたんだ？」いまにも怒り出しそうになるのをこらえてジェラールは静かに言った。

「もちろん、アガサのブティックに決まっているわ。どうしてそんなことを訊くの？知らないわけじゃないでしょう」

ジェラールはヴィクトワールに詰め寄って、上から下までしげしげと見た。

「そのミニスカートとビスチェ、ハイヒールは、服を売るのに本当に必要なのか？」

「あんた、どうかしているわ、あきれた人ね、ジェラール。労働者の制服や黒いベールを着けて婦人服が売れるとでも思っているの？」

「そうは思わないけれど、そんなふしだらな格好をする必要はないだろう」

「ムッシュー・プリジャン、本当にお馬鹿さんね。あたしはあんたの妹じゃないのよ」

「ナターシャは関係ない。自分のバーで女房を寝取られたやつ呼ばわりされたのは妹のせいではない。それも大勢の前で」ジェラールは怒りに任せて椅子の背もたれを殴った。

ヴィクトワールは急に顔が青ざめ、反論ができなかった。もう夫のわめき声は耳に入ってこなかった。ずっと隠し続けていられたと思っていたのに、夫に知られていたのだ。

「言い訳できないだろう、この売女め」ジェラールは怒鳴って、平手打ちを食らわせた。

ジェラールが妻にどれくらいダメージを与えたのか把握する間もなかった。ヴィクトワールは脚を上げた。ハイヒールがジェラールの睾丸を蹴り上げた。寝取られた男の肺から、生まれたての子豚の鳴き声のような鋭い悲鳴が漏れた。

「ジェラール、怒るのももっともだわ。でも、暴力は絶対に許さない。あの人だったらこんな振る舞いはしないわ」

リノリウムの床にひざまずき、つぶれかけた睾丸を両手で押さえたままのジェラールは最後のことばが聞き取れるほどには意識があった。

「それじゃあ、白状するんだな」

「わかったわ、話せばいいんでしょう」

「何人いたんだ？」苦しそうにジェラールは訊いた。

「何人いた？　あたしを売春婦だと思っているの？　ひとりだけよ。あんたがあたしを大事にしてくれたら、ひとりもいなかったはずよ」

猛(たけ)り狂った愛人の集団がヴィクトワールに群がらなかったことにちょっと安心して、ジェラールは気になっていた質問をする勇気が出てきた。

「おまえを夢中にさせたげす野郎はだれなんだ？」

「マルク・デュブールよ」

ジェラールは妻の浮気相手の名前を耳にして、寝取られ男と大勢の前で愚弄されたときよりも、確実に精神的ダメージを受けた。口のなかに唾がたまり、甲高い声が出た。

「あのマルク・デュブール？」

「そうよ、マルク・デュブールが五十人もいるわけないでしょ」

「だけど」ジェラールはショックを受けて続けた。「あの男のどこがいいんだ？　年寄りだし、高慢ちきだし、思うにあれも小さいんだろう」

「まあ、かわいそうなジェラール、あれの大きさは女性が寝たがるかどうかには関係ないわ。ポルノビデオを見るより、あんたがもっとあたしに関心を寄せてくれていたら、こんなことにはならなかったのに」ジェラールが起き上がるのを助けながらヴィクトワールは言った。ジェラールはクッションを敷いてある椅子を選んでそっと腰を下ろした。

「本当は秘密にしておきたかったんだけど、あんたが知ってしまったからには事情を話さないとね」

「おれひと筋ではなかったというわけか」ようやく自分の置かれている状況に気づいて、ジェラールは泣き言を言った。「住む家があって、ささやかで静かな生活を送り、夫ひと筋」

「家についてはそのとおりね。ささやかで静かな生活ですって? 言わせてもらうけど、ちっとも静かなんかじゃないわ。もう、ノイローゼになりそう。あんたが料理を運んでいるあいだに、ビールやミュスカデを持っていくと軽くあたしの体にタッチしようとする男たち。下世話な話に我慢する毎日。人種差別、性差別主義の某有名タレントでも言わないようなジョークに笑顔で対応。そしてバーを閉めたあと、あんたがサッカーの試合を見ているあいだに、夕食を作り、レジのお金を数えて帳簿をつける。

女には夢なんかないじゃない」

「だけど、土曜日の夜があるじゃないか。おれは土曜日の夜が好きだったな」ジェラールは言った。

「土曜日の夜。よく言うわよ。ガータービキニやTバックを着けさせられて、あんたのモノを勃たせるためにフェラをさせられて、一瞬で終わるセックスで我慢させられるだけじゃないの。ド田舎でくすぶっている宣教師のほうがよっぽど満足させてくれるでしょうね。だって、あんたときたら、テレビでスポーツダイジェスト番組が始まる前までには、意地でも終わらせようとするんだから」

「どうしていままで教えてくれなかったんだ？」ジェラールはしゃくり上げながら言った。

「何十回も言ったわよ」

「いつ言った？」

「映画に行こうと誘ったら、映画館に金を払うぐらいならホームシアターセットを買ったほうがましだとあんたに言われたとき。ロマンチックなレストランで夕食をとろうと言ったら、港にあがったばかりの新鮮なサバがあるじゃないか、それで料理を作ってくれれば健康にもいいし安くつくと言い返されたとき。妹の結婚式に着るドレスを新調するからお金をちょうだいとねだったら、パーティーに五回着ていったドレスがまだ十分入るじゃないかと断られ、さらに、《まだお尻の周りに贅肉がついてない》という事実を利用しない手はないと上品ぶって言われたとき。これでわかったでしょう、かわいそうなジェラール。マルクはもう若くはないけれど、あたしの話を聞いてくれる。考えていることを打ち明けると、あたしを見て微笑んでくれるわ」

「きっと心のなかではほかのことを考えているに違いない」ジェラールは反論した。

「恋する男がぼーっと宙を見つめるなんてことは、おまえが見たがるくだらない恋愛映画のなかにしかない」

「カンペールやブレストを一緒に散歩すると、あの人はレストランに誘ってくれるのよ」ヴィクトワールは夫の情けないことばを無視して話を続けた。「喫茶店（サロン・ド・テ）に入りましょうとあたしが言えば、急いで店の前に行ってドアを開けてくれ、あたしの好きなものを選ばせてくれるの」

「そんなの男のやることじゃない」バーのマスターはぶつぶつ言った。

「そして最後に、愛し合うときは、あたしの喜びを大事にしてくれるわ。満足いくまで愛撫してくれて、刺激的なことばをささやいてくれる。そのたびに絶頂に達してしまうのよ」

ジェラールは最後の台詞にノックアウトされた。男の名誉が致命傷を負ったと感じた。顔を上げると何年も見向きもしなかった女性を見た。すらりとしたボディー、年を重ねた知性が刻まれた皺、なんと美しい女性だろう。そして、この大馬鹿者は下品で思いやりのない横柄な態度で妻に逃げられてしまうのだ。

「それで……いったいこれからどうしたいんだ?」ジェラールは消え入りそうな声で尋ねた。

「カンペールの兄の家に何日か身を寄せるわ。もうあんたの平手打ちには耐えられない」

「おれたちは……もう、おしまいか」

ヴィクトワールは長いあいだ黙ったままだった。港の上空の高いところにいるカモメたちの鳴き声が心を乱した。そしてしょんぼりと椅子に座っている夫を見た。

「あんたに何が欠けていたかわかってくれた?」ヴィクトワールが訊いた。

「ああ、わかったよ」

「考える時間を少しあげるわ。あたしに戻ってきてほしいかどうか、決めるのはあんたよ」

45

夜

月のない夜は目的を果たすのにはうってつけだ。この夜更けにはロクマリアに人影はなかった。バーやレストランはとっくに閉まっていた。冷たい風が吹いていたので、ロマンチックな気分で散歩にでも出かけようとしていた恋人たちも思いとどまったに違いない。

黒装束に身を包んだ男が、目立たないように忍び足で歩いて暗闇に紛れていった。あのいまいましい新聞記者は確かに好奇心が強過ぎた。ルムールは毎日調べものや取材に明け暮れていた。マスリエと違って、住民の大半がルムールを好意的に受け入れていた。市場の魚屋の物売台で地元の人たちとビールを飲みながら話をするのがルムールは好きだった……。特に男気のある年配の漁師とは話が合った。男はルムールを見くびっていた。もっと情報があれば、やつは真実に辿(たど)り着いてしまうかもしれない。正体を暴かれる可能性はあまりないとはいえ、危険は冒したくなかった。男は村の外れまで来た。ヤン・ルムールは、自分が育った小さな家を売る踏ん切りがまだついていなかった。

ブナの垣根に囲まれたこの場所は、目的を遂げるのに都合がよかった。家の前に車が止めてあるのを見つけた。古いが馬力のあるプジョーで、ボディーがところどころへこんでいた。ルムールは道という道をよく知っていて、曲がりくねった道でもスピードを落とさずにカーブを切ろうとするタイプの男に違いない。そのほうが好都合だ。男は庭を横切り、よろい戸から光が漏れていないのを確かめた。十分間待った。物音もしないし、人の気配も感じられない。次の行動に移ろう。車の横にバッグを置いた。この車はだいぶ年季が入っていて、警報装置は付いていなかった。慎重にロックを外してドアを開けた。そして車のなかに入りレバーを引くと、小さい音がしてボンネットが少し浮いた。車の外に出て静かにボンネットを持ち上げ、最後にもう一度周りに人影はないか確認した。ヘッドランプを点けて道具を注意深く選んだ。

十五分後、男は仕事に満足してその場を離れた。ルムールは何も気づかないだろう。男は微笑むと眠りについている家に向かって手を振り、鼻持ちならないやつらが集まる天国へ新聞記者が無事に旅立てるように祈った。

46

デート

　先週までの陽光は霧雨に席を譲り、村と海に穏やかなときをもたらした。港には静かな波が打ち寄せた。カモメたちは空を離れ、岩場のくぼみに避難して雨がやむのを待っていた。

　カトリーヌ・ヴァルトはエスプレッソを飲み干した。エミール・ロシュコエの料理はおいしかったが、コーヒーだけはいただけなかった。二十年以上もロブスタ種の豆を使い続けアラビカ種を使おうとしないのだ。一日に何杯も飲んでいるエミールがどうして胃を壊さないのか不思議だ。

　カトリーヌはマリーヌ・ル・デュエヴァと昼食をとっていた。ときが経つにつれ、ふたりはなんでも話せる仲になっていた。カトリーヌは、チャールズ・ハイベリーと夕食に出かけたことをマリーヌに打ち明けた。二日前、二枚目のイギリス人がコンカルノー近郊のレストランに誘ってきた。シックながら堅苦しさはなく、とてもロマンチックな雰囲気のなかですばらしい食事ができた。チャールズは手段を尽くしてもてなし、カトリーヌはその晩笑みを絶やすことはなかった。

「笑顔でベッドに片足を突っ込んでいるも同然ね」マリーヌがからかった。「で、そのあとどうなったの？」

カトリーヌはエミールがその場を去るのを待った。バーの客たちに披露するきわどいゴシップを仕入れたくてうずうずして、席の近くにとどまっていたのだ。

「もう一方の足もベッドに突っ込んだのかどうか知りたいの？」カトリーヌはマリーヌをじらした。「チャールズはわたしを自分のMINIに乗せてくれたわ。見かけは大したことのないように見えるけど、意外とスピードが出る車よ。内装が凝っていて座席が豪華な革張りなの。BGMも流れていて……」

「どんな曲で誘惑されたのかしら？　ブライアン・フェリー、ジョージ・マイケル、エルトン・ジョンあたりは想像がつくけど」

「わたしが若いころよく聞いていた曲よ。U2とかデペッシュ・モードとか」

「甘いムードの音楽じゃないわね」マリーヌは言った。

「そこがいいんじゃない。いかにも女を引っかける罠みたいじゃなくて。それから

「……」

「それから、どうしたの？」

「家まで送ってもらったわ。しばらく一緒に歩いたあと、わたしの家を見てすばらしいと言ってくれた……。チャールズらしいやり方でね。チャールズの話を聞いていると、ケルブラ岬邸と比べたらバッキンガム宮殿は薄汚れたスラム街のように思えてきたわ。こんな気持ちになったのは何カ月ぶり、いいえ、何年ぶりでしょう」カトリーヌは告白した。「全身が震えて、どきどきしてきたの」

「インフルエンザかも」

「まあ、意地悪ね」カトリーヌは吹き出した。「それで、わたしが家に招いてお酒を出すのをチャールズが期待していたのは確かね。そして鍵を開けようとすると……」

「何があったの？　ディープキスをされた？」

「それに近いわ。映画で見るようにチャールズが近寄ってくると、なんともいえずよい香りがしたの。その瞬間わたしは横を向いて、チャールズの頰に子どもがするように軽くキスをしたのよ」

「それだけ？」頰にキスしただけだと聞くとマリーヌは拍子抜けした。

「そう、ちょっと怖気づいたの。元夫にされた虐待の反動で、離婚してから何人もの男性とベッドをともにした時期があったの。二十五年のあいだにたまったストレスを解き放つためよ。またそのころに戻るのが怖くなったの」

「そうだったのね。でも、チャールズとはマッチングアプリで会ったわけではないでしょう」

「それはそうだけど。本当のことを言うと、夜になってから後悔したの。火がついたように体が熱くなったわ。でも、しかたないわね。あのときは何も考えていなかったのよ」

「それで、チャールズはどう思ったのかしら？」マリーヌは心配そうに尋ねた。

「しばらくして、チャールズの目に失望の色が浮かぶのがわかったわ。でも、すぐに落ち着きを取り戻した。本当のジェントルマンよ」カトリーヌは断言した。

「沈着冷静な人なのね、すばらしいわ……。下着のなかは熱くなっていたに違いないのに」

「言い過ぎよ、マリーヌ」カトリーヌは笑った。「またこんな機会があったら、チャールズがわたしの家に来てシャツを脱ぐのは確実ね」

「そうなったら、わたしにもくわしく話してちょうだい」

「エルヴェと夜を過ごすのに刺激が必要なの？」

そのときカトリーヌの携帯電話が鳴り、ふたりは会話を中断した。カトリーヌは心配そうな声で何度も返事をし、落ち着かない様子で電話を切った。

「何かあったの？」マリーヌも不安そうに尋ねた。

「ヤン・ルムールの娘さんが病院から電話をかけてきたの。ヤンが自動車事故に遭って、わたしに会いたいと言っているそうよ」カトリーヌは告げた。

「急いだほうがいいわ」マリーヌは言った。「お勘定はわたしがしておくから」

47

アラナ

救急病院の廊下の臭いがカトリーヌを不安にさせた。消毒液独特の臭いで、サビーヌの悲劇的な最期を思い出したからだ。肉が落ちているけれどまだかすかな微笑みが残っている妹の顔を頭から追い払った。この残像が幸せだったころの妹の姿に置き換わるまで、半年以上悩まされた。カトリーヌは十二号室の前に着くと、深呼吸して息を整えたあとでやっとドアを叩いた。女性の声が病室に入るように言った。腕に点滴を打たれ、腫れ上がった顔で眠っているヤン・ルムールが見えた。横に座っている看護師がヤンの手を握っている。

「こんにちは。あなたがカティですか?」

「はい、そうです……。こんにちは」

「わたしはアラナ、ヤンの娘です」

カトリーヌは思わずその看護師を見つめた。魅力ある容貌だ。面長の顔、ヘアバンドを着けた細いブロンドの髪、うっすらと見えるそばかす、少し謎めいた微笑み、そしてとりわけ目を引くのは、人を魅了する青い瞳。少女のような体型をしているが、その視線からは穏やかだが決然とした意志が見て取れる。自分と手をつないで歩くような娘ではないと、ヤンが言っていた意味がわかった。

「ヤンに何があったの？」われに返ってカトリーヌはアラナに尋ねた。「ひどい怪我なの？」

「自動車事故です。けさ、カンペールに来る途中で車道からはみ出してしまったようです。軽症ですんで本当に幸運でした」

「見たところ、そんなふうには見えないわ」

「父さんがまた自分で髭を剃れるようになるまでまだ数日かかると思うけど、骨はどこも折れていません。守護天使のご加護のおかげかしら」

「ヤンはいつまで入院しなければならないの？」カトリーヌは尋ねた。

「少なくとも二日は経過を観察しなければならないと、先生は言っています。だけど……」アラナは答えた。

「だけど、そんなことは問題じゃない」ヤンが怒鳴った。

「父さん、寝ていたんじゃないの？　ファンリ先生が薬を処方してくれたのよ」

「ファンリ先生はいい人だが、小細工されたのは先生の車ではないんだぞ。いまいましい！」ヤンが言い放った。

「あなたの車に細工されたの？」カトリーヌは驚いた。

「父さんはカーブを曲がり損ねたんです。いつものスピードでハンドルを切っていたら、十中八九、車椅子生活か、最悪で霊安室送りになるところでした。まるで映画『ロッキー』のラストでぼこぼこにされたシルヴェスター・スタローンみたいに。それでも必死になって事故の言い訳を探そうとしているのは父さんらしい。男の人って、自分の落ち度を決して認めようとしないんです」アラナはカトリーヌに向かって言った。

「父親をからかうんじゃない、アラナ。でも、細工されたという疑いは拭いきれないな」ヤンは不満そうに言った。「スピードを落として安全にカーブを曲がろうとしたのにブレーキが利かなかった。おんぼろ車だが自動車整備工場で点検を受けたばかりだ。ムールーは自動車整備のプロ中のプロなんだ。それで、ムールーとは連絡は取れたのか？」

アラナはため息をつき、カトリーヌに話しかけた。

「父さんは、だれかが自分を殺そうとしたと思っているんです」

「ケレの死を取材しているからな」ヤンが口を挟んだ。

「憲兵隊に連絡を取り、あのおんぼろプジョーをムールーに修理してもらうように、父さんはわたしに指示しました。わたしは父さんに素直に従った。よい娘でしょう」

「で、どうなったんだ？」ヤンは心配顔で尋ねた。

「父さんの光り輝く車は整備工場に堂々と鎮座しているわ」アラナは父親を安心させた。

「すばらしい、さすがわが娘だ」痛みで顔をしかめながら新聞記者は言った。「カティ、ムールーに会って、ブレーキをチェックするように頼んでくれないか。ロクマリア村にある自動車整備工場だ」

「喜んで引き受けるわ、ヤン。ムールーと知り合いになれるチャンスだもの。それで、あなたはお父さんのことはどうするつもり？」カトリーヌはアラナに訊いた。

「ファンリ先生と相談します」気が進まなそうな顔でアラナは答えた。「ムッシュー・ヤン・ルムールは気難し屋のうえ頑固者の年取った元漁師で、病院に閉じ込められて窮屈な思いをしていると、先生に説明して、父さんが今晩自由を勝ち取れるように努力する。父親の世話をするのは本当に骨が折れること」アラナは立ち上がって白衣の皺を伸ばした。「早く怪我を直してよ、父さん」

「約束するよ。でも、おまえが知っていることをカティに言うのを忘れるな」ヤンは念を押した。

「わかったわ。カティと一緒にナースステーションに行く。午後にまた来るからそれまで安静にしててね」

「ゆっくり休んでちょうだい、ヤン」カトリーヌはそう言うと、アラナのあとを追おうとした。

「ありがとう……。チャールズ・ハイベリーには気をつけるんだ」新聞記者はつぶやき、力尽きたのか目を閉じた。


ふたりは病院のなかを歩いてナースステーションの前に行った。アラナはしばらく同僚と話をしたあと、白衣のポケットに紙を突っ込み、廊下で待っているカトリーヌのところに来た。紙には単語がひとつだけ書かれている。

「これはジャン＝クロード・ケレの死因となった薬の成分の名称です。同じ成分がほかの三人の血液からも検出されました」

「あなたのお父さんの言ったとおりね。これは有力な証拠になるわ」

「何ごとも注意深く観察しろと、いつも父さんは言っているんです」アラナは満面の笑みを浮かべて語った。「事件が起きたのはあなたのレストランですよね？」

「ええ」

「あなたは事件に無関係で、ロクマリア村の住民のだれかが仕返しするための舞台にあなたのレストランを選んだのだと父さんは思っています。そして、名前は忘れてしまったけれど、イギリス人を疑っているんです」

「ハイベリーね」

「そう、そんな名前」アラナは言った。

「お父さんの推理についてどう思う？」

「いつも勘がいいんです。父さんを信じてあげて。あなたは父さんをよく知っているんですか？」

「互いに気が合うけど、すごく親しいというほどじゃないわ」

「とにかく、父さんはあなたのことをたくさん話してくれました。そこでお願いがあるんです」

「なんなりと」

「取材を妨害されたという父さんの推測を、わたしは軽く受け流すことにしました。

でも、父さんが正しいのなら、ケレを殺した犯人は父さんの口を塞ぐためになんでもするでしょう。あなたも一緒に調べていると犯人に知られたら、同じようにあなたのことも黙らせるかもしれない。だから、周囲に注意すると同時に、父さんが暴走しそうになったらブレーキを踏むのを忘れないで。父さんはすぐかっとなる性格だから」

アラナはつま先立ちしてカトリーヌの頬にキスした。

「それではここで失礼します。間もなく手術の助手を務めなければならないので、その準備があるんです。お知り合いになれて本当にうれしいわ」

「わたしもよ」カトリーヌは心を込めて言った。そして看護師が急いで去っていく姿を手を振って見送った。

魅力いっぱいで思った以上によい娘だ。体型は父親と正反対だが、同じように意志が強い。

48

リスト

バルナベ・グランシール大尉は、常にロクマリア村にいる必要はないと判断した。朝に電話でロクマリア小隊のメンバーと簡単な打ち合わせをし、夕方に一日の総括を行えばよい。その日はカンペールを発つ直前に、検事から大きなプレッシャーをかけられた。捜査が進んでいないのは明らかで、焦っていた上層部はとにかく逮捕を優先するようほのめかしてきた。このエルワン・ラガデックという男がすべての疑惑の中心ではないか、と。不安定な家庭環境、軽犯罪での取り調べ、父親や兄への復讐心、かっとなりやすい性格。エルワンを完璧な容疑者にする理由にはこと欠かなかった。逮捕してしまえば騒ぎも沈静化し、じっくり取り調べることもできる。きのうグランシール大尉はエルワンの親族に会った。兄と喧嘩することはあっても、エルワンは生まれつき粗暴な性格ではなかった。それに、将来の計画も熱心に立てていた。なぜ嫌なやつらに出す料理に薬を混ぜるなんて危険を冒すのか。エルワンは何を考えているかわからないところは確かにあり、すぐに頭にきて無分別な行動に走ることもある。しかし、グランシール大尉は、この料理人が罪を犯したなんてとうてい信じられなかった。

午後七時。エリック・ジュリエンヌ准尉は部下たちに休みを与えていた。その日の成果はフィニステール県憲兵隊の上司だけと共有した。グランシール大尉は執務室に腰を下ろし、検事からの電話の内容をかいつまんでジュリエンヌ准尉に話した。ジュリエンヌ准尉は肩がこわばるのを感じた。ケレの殺害は十年前に憲兵隊ロクマリア小隊に入ってから、最も重大な事件だった。これまでに二件の殺人事件の捜査に当たったが、いずれも翌日には容疑者が逮捕された。一件の容疑者などは憲兵隊に出頭してきた。ケレの事件は、ふたつの事件とはまったく異なる範疇に属する。

「それで、きみのほうは何か成果はあったのか？」

「ケレの債務者のリストを入手しました。けさマドレーヌ・ケレに会いに行き、元夫の個人のファイルをすべてコピーさせてもらう了承を得ました」

「上できだ。メールにはアクセスできたのか。死の直前にだれかと言い争っていたのかもしれない」

「ケレはなんでもかんでも記録しておく一種のリストマニアと言ってもいいですね。その一方で、メールソフトはほとんど使っていません。ハッキングされるのを恐れていたのでしょう」

「それでファイルの中身は？」グランシール大尉は尋ねた。

「まず、一番下品なところから始めましょう。過去二年間にケレが性的関係を持った女性のリストです」

「このファイルを手に入れたのは確実に称賛に値する。ケレは危険を冒すのは好まなかったが、女性に関しては、きわどいところまでは記録に残したんだな」

「妻はコンピューターのことなんかひとつもわからないと、ケレは高をくっていましたからね……。妻がコンピューターのパスワードを見つけるなどとは夢にも思いませんでした。パスワードを記した手帳を後生大事に上着のポケットに入れていたのです」

「ここにも妻を見くびって失敗した男がいたのか……。まあ、続けてくれ」

「二十四カ月間に十二人の女性と寝ましたが、大部分はブレストやレンヌの娼婦たちでした。わざわざパリまで行ってジンジャーなんとかというコールガールも抱いています」

「ロクマリア村近辺の女性は入っているか？」

「ロクマリアにひとり、コンカルノーにひとり、ギルヴィネックにひとり。贈ったプレゼントの金額を細かく書いていました」

「ロクマリアの女性とはだれだ？」

「ローズ・ダントルモンという四十五歳の独身女性で、エステティックサロンを兼ねた美容室の経営者です」

「体を売るような女性か」グランシール大尉は尋ねた。

「そうは思いません。だれかの愛人になるようなタイプではなく……。とにかく、いつもエネルギッシュで、気取ったところがまったくない女性です。ケレおやじに取り入ろうとはしないと思うのですが」

「もっとくわしいことはわかっているのか？」

「ケレはすべて書き留めています。ふたりの関係は一年半前に始まりました。日付を見ると、毎月第一水曜日に性的関係を持っているらしいということがわかりました」

ジュリエンヌ准尉はてきぱきと答えた。

「ローズは強要されたのだろうか？」

「金をもらっていたようです。関係を持つたびにケレは二百六十ユーロ払っていました」

「なんとその金額でローズは奉仕していたのか。で、ほかの女には？」

「全員金銭での関係です。ケレが力ずくで女性を犯したとしても、そのことは浮気の予約帳には書かないように気をつけていたのでしょう」

「それでは、また当てが外れたわけだ」

「いいえ、このリストのなかに驚くべき名前があります。セシル・ミコルーです」

「ミコルー、養豚業の！」

「そのとおりです。セシルは妹です」ジュリエンヌ准尉は言った。

「思い出した。美人だが、気の強い女性だ。セシルはケレの餌食のひとりだと思うか？」

「わかりません。会った日付もなければ、金額もありません」

「それでは、ほかに何か手がかりは？」

「ケレはセシルに気があることを隠そうとはしませんでした。しかし、これはふたつの理由から彼の妄想にしか過ぎませんでした。第一に、ケレ家とミコルー家は昔からいがみ合ってきました。セシルとマロの両親が亡くなる直前まで、ケレは両親から金銭を騙し取ろうとしていました。両親の土地を馬鹿みたいな安値で買い取ろうとあの手この手を使いました。最後の最後にミロが両親に助け船を出したのです。第二に、セシルは常日ごろ、この《太った好色豚》の悪口を言っていました」

「なんという村なんだ！　ところで、なぜセシルの名前がリストに載っているんだろう？」

「ケレの債務者のリストを調べて、その答えがわかりました。五万ユーロをマロの有限会社に貸し付けていたのです。それだけではない……。二万三千五百二十二ユーロがほかの書類にありました。レストランで事件のあった翌日が二千五百ユーロの支払い期限でした」

「きみは何を言いたいのだね……」

「別に意図はありません。でも、支払い期限についてのメモもありました。『期限までには支払えないだろう』と。メモを書いたその日のうちに女性のリストにセシル・ミコルーの名前を載せたのです」

「ケレは支払いを待ってやる代わりに性的関係を強要したのだろうか。たやすいことだろう」グランシール大尉は言った。

「わたしはそう思ってはいないのですが、探ってみるべき手がかりではあります。セシルは家族の養豚場を守るために自分を犠牲にしたのかもしれない」

ジュリエンヌ准尉は、結婚して不幸に見舞われた妹が兄と一緒に養豚場を再建した話をグランシール大尉のために簡潔に要約した。この勇気ある女性が高利貸しの浮気心に屈したとは思いたくない……。ましてや、高利貸しに薬を盛って殺したとは信じたくない。

「あしたセシルに事情を聞きに行ってきます」ジュリエンヌ准尉は言った。

「セシルが答えると思うか。養豚場を守るために大嫌いな男と寝ましたなんて」

「でも、尋ねてみなければ何もわかりません」

グランシール大尉はしばらく考えを巡らせた。確かにすぐにでも訊いたほうがいいだろう。最悪でも、セシルは沈黙を貫くだけに過ぎない。いずれにしても、セシルの反応を見れば、真相が明らかになるだろう。

「よろしい。それはそれとして、債務者リストについて付け加えておかなければならないことがあるか？」

「きのうからリストに名前のあった十五人の事情聴取を始めています。ケレは五千ユーロから六万ユーロ貸していました」

「おいおい、まるで協同組合銀行（クレディ・ミュチュエル）の規模だな」

「銀行で融資を断られた人がケレのところに相談に行くこともありました。ケレは、ものすごく高い金利や非常識な返済条件を求めました。ミコルーとの契約書を読むと、手形を期日に決済できなければ二週間以内に倍額を支払わなければならないとあります……。そんなことは奇跡でも起きなければ不可能です。奇跡が起きなければ、養豚場を売却して金を返済しなければならないのです」

「金融当局はそんな高い金利を容認しているのか？」

「内々の契約なので、当局には届け出ていないと思います」

グランシール大尉は立ち上がり伸びをした。ケレは正真正銘のげす野郎だな。ケレを手にかけた人物を責める気にはなれない。しかし、復讐として人を死に至らしめた者は、法の下で裁かれなければならない。

「この十五人はどんな連中なんだ？」

「商店を経営しているのが三人、農民が四人、漁師が三人、残りは無職です」

「だれが調べているんだ？」グランシール大尉は尋ねた。

「きのうまでは、パトリック・コラン軍曹がひとりでやっていました。けさから、ロナン・サラウン曹長にも加わってもらいました。サラウン曹長の経験と土地勘があれば、農民や漁師も口を開きやすいでしょう。金の問題はだれにも言いたくないものです」

「クリストフ・リウ伍長はどうしている？　新聞記者に情報を漏らしたことをまだ気にしているのか？」

「しばらくおとなしくするように言ってあります。この捜査からは外しました。そのうち、ほかの事件が起こるかもしれませんから」

49

ムールー

遠くで聖テルノック教会の鐘の音が聞こえた。ジャン＝クロード・ケレの葬儀のミサは始まったばかりだ。村の長老やロクマリア村元村長の支持者、まだ死者の名前を忘れていない地元の政治家たちが参列した。故人は非道の限りを尽くした人生を送ったが、あの世での安らぎを得るために最後の祈りを唱えてもらう権利はあると考える善良な人たちも加わった。しかし、多くの住民は葬儀に出席する価値はないと思った。ケレにつけられた傷がまだ燃えるように痛むせいだ。

カトリーヌは、特にこの男に不満があったわけではない。思いやりに欠け下品な振る舞いはしたが、自分を傷つけてはいない。しかし、妹の葬儀以来教会に足を向けたことはなかった。その日に自分の体の一部も埋葬されたような気がした。家族や友人たちがアンドロー修道院で祈りを捧げた。修道院には多くの人が訪れた。妹の天国への旅路にこんなにたくさんの人が立ち会ってくれるとは思ってもみなかった。それは心の支えとなった。

だから、ケレの葬儀に参列しないで、ムールーに会いに行くことにした。きのう電話で訪問することは伝えていた。ムールーは、まだヤン・ルムールの車を調べていないが、必要ならばその夜のうちに点検すると約束した。修理工場はコンカルノー方面の村の端にあった。トタン屋根の古い格納庫が二棟、二台のミニトラックを展示しているショールームが一棟という、変わった組み合わせだった。マリーヌが言うには、ムールーは黄金の指を持つ修理工だそうだ。マッセイ・ファーガソンの一九七〇年代のトラクターや、港にあるホテルのオーナーのヤマハSCR950、ヌーディストビーチのバンガローまで修理した。このため、村だけでなく近郊からも、ていねいな仕事ぶりを聞いた人々が集まった。

カトリーヌは修理工場の入口の前でしばらく止まって、廃車寸前のぼろ車からまっさらの四輪駆動車まで、さまざまな車に目をやった。カトリーヌは料理が得意だし、大工仕事もなんとかこなしたが、自動車の構造だけはちんぷんかんぷんだった。タイヤの交換、オイルのチェック、ウォッシャー液の補充はしぶしぶやった……。ほかにやってくれる人がいなければの話だが。しかし、ワイパーの交換となると、やるたびに取り付け方が変わり、自らの技術力の限界が露呈した。

「こんにちは、マダム・カティ」

身長は低いが腕や肩は筋骨隆々の男が作業場から出てきて陽気に挨拶した。

「こんにちは、ムッシュー・ケルヴュル」

「ほかの人と同じようにムールーと呼んでください、マダム・カティ」

「了解、ムールー。わたしのことはカティと呼んでちょうだい」

「わかりました、マダム・カティ」

カティはムールーを見た。皮肉など少しも感じさせない笑みが浮かんでいる。ここにいるあいだはマダム・カティと呼ばれることになりそうだ。自分と同じくらいの年齢だろうに、修理工の褐色の顔にはすでに深い皺が刻まれていた。

「お会いできて光栄です、マダム・カティ。あなたはとてもいい人だとヤンは言っていました」

「まあ、うれしいわ」そう言いながら、怪我が治ったころにまたヤンに会いに行こうと思った。

「コーヒーでも一杯どうですか。けさは六時から仕事をしていたので、コーヒーで眠気を吹き飛ばそうと思います。この霧雨からも逃れられますから」

「喜んでちょうだいするわ、ムールー。お互いのことを知る機会にもなるしね」

「ロイック、わたしはマダム・カティとコーヒーを飲んでくる。だれか来たら、相手をしてやってくれ」

「わかりました、ボス」作業場の奥から声が聞こえた。

「やつはいい男なんです。見習いとして採用して、もう十五年も一緒に仕事をしています」

ふたりが入ったのはヴェルサイユ宮殿の《鏡の間》と呼ぶのにふさわしい装飾が施されている事務所を兼ねたショールームだった。ムールーは肩をすぼめ、ガラスとつや消しアルミニウムでできた室内を芝居がかった様子で指した。

「二年前にこれを建てようと言ったのは、うちのかみさんなんです。修理工場が《いまっぽく》見えないっていうのでね。わたしはエンパイア・ステート・ビルディングで働く必要などないと言ったんですが、なんとかみさんは毎日毎晩繰り返し言い続けたのです。『ムールー、お客さんはきれいな部屋でお迎えしないといけないのよ』とかなんとか。わたしは、お客さんは車を直しに来るんで、ヴェルサイユ宮殿の入場料を支払うために来たんじゃないよと言ったんです。でも、かみさんは、どうしてもと言って聞かないもんで。それで、しかたなく……」ムールーはため息をついて、悲しそうに《いまっぽい》建物を見回した。

「でも、とてもきれいな部屋だわ」カティはムールーをなだめるように言った。「かみさんに話せば、喜びますよ。わたしもうるさく文句を言いますが、かみさんを愛しているんです、わたしのフローレンスをね。こんなにしゃべっていたら、コーヒーを淹れ損なってしまいますね」

カトリーヌは、ムールーのおしゃべりにあきれながら、モダンで心地よさそうな肘掛け椅子に腰を下ろした。

「快適な椅子ね」

「そうでもないですよ、値段の割に」ムールーはがっかりしたように言った。

「ヤンをよくご存じなの？」ムールーからコーヒーを受け取ると、カティは訊いた。

ムールーはカトリーヌの向かいに座り、自分のカップに角砂糖を三個入れてから答えた。

「大親友です。ヤンのプジョーの説明をする前に、ふたりが出会ったいきさつをお話ししましょう。わたしは五歳のときここにやってきました。モロッコからおふくろと一緒に来たんです。おやじはリン鉱石の鉱山で働いていて亡くなりました。わたしがどれほどショックを受けたか想像できますか。青空に太陽の輝く国から太陽の昇らない国へやってきたようなものでした。それにも増して、ムールーという名前で暮らしていくのは容易ではありません。子どもというのは残酷なものです」ムールーの笑顔が一瞬曇った。「小学校に入学したとき、気づいたらヤン・ルムールの隣にいました。ヤンはクラスでも腕っ節が強く、わたしもちょっと恐れていたんです。午前中ヤンは楽しそうにずっとしゃべり続けていました。ヤンは離れたテーブルに着いていて、わたしのデザートを盗もうとしました。昼食の時間、ひとりの子どもがわたしのことを見ていました。何も言わずに立ち上がり、その子のむこうずねを蹴ったのです。そして、自分の皿を持ってきて隣に座り、わたしに言いました。『ぼくはヤンだ』と。それからは、だれもわたしにいたずらをしなくなりました。こうしてヤンと生涯の親友になったのです」

ムールーの話に感動して、カトリーヌは六歳のころのヤンを心に描いてみた。正義を貫こうとする精神はきのうきょう生まれたわけではなかった。

「わたしが八歳のとき、おふくろはポール・ケルヴュルという男性と再婚しました。ポールは獣医で、おふくろはポールの病院で清掃をしていました。おとぎ話のようですが、ふたりは恋に落ちたのです。わたしはいまケルヴュルという名字を名乗っていて、名前と姓がちぐはぐなのです。いつも《おやじ》と呼んでいるわたしの義父はあまり熱心なカトリック教徒ではありませんでした。おふくろもまた信仰心の薄いイスラム教徒でした。だから両親の許しを得て両方の宗教を混ぜ合わせた自分独自の宗教を作ったのです」ムールーは笑って話を終えた。

「それではあなたはミロの豚肉を食べられるのですね」カトリーヌは冗談を言った。

「そのとおり。ブルターニュに住んでいて名物の豚肉を食べられないなんてありえない。マダム・カティ、いいですか。わたしは神の存在を信じていますが、時間とともに独自の神のイメージを作り上げました。神は何を食べるべきかわたしたちに指図するために存在しているわけではありません。ほかにすべきことがあるのです。そばに来た者にわたしが手を差し伸べるだけで、神は満足なさるでしょう。だから、わたしは全力を挙げて喜んで車を修理します。神もわたしの請求書を見て満足してくださっているでしょう。なぜなら、わたしは客に適正な価格を提示しているからです。ムールーは汚い手は使いません」

ムールーの熱意と純朴な人柄にカトリーヌの心は癒された。

「あなたは立派だわ、ムールー」

「ありがとうございます、マダム・カティ。とてもいい方ですね。幸いなことにいつもかみさんがわたしの欠点を指摘してくれるので、自分を聖人君子だなどと思い違いをすることもありません。さて、コーヒーも飲み終わりました。ヤンのプジョーの話に入りましょうか」

整備工から笑顔が消えていることにカトリーヌは気づいた。

「ええ、話してちょうだい。あなたは驚くかもしれないけれど、ヤンはだれかが車に細工をしたと思っているの」

「そのとおりです」ムールーはうなずいた。「事故の前の日に二十万キロ走行時点検を念入りにやりました。車がカーブから自然に外れることなどありえない。アラナから車の調査を依頼されたとき、ヤンが疑いを持っていることも聞きました。まずブレーキから調べました。壊された証拠を見つけるのに少々手こずりましたが、疑う余地はありません。憲兵隊に渡す写真も撮りました」

「そうすると、ヤンの車に何者かが細工をしたのは水曜日の夜から木曜日にかけてということになるわね」カトリーヌは指摘した。

「そういうことです。細工をしたのは車の構造にくわしいやつだと言えます。だれかがヤンを殺そうとしたのは確かです」

50

ミサの終わり

参列者たちは荘厳な扉口からゆっくりと出て聖テルノック教会をあとにした。霧雨がやんでもどんよりした雲は消えず、あいかわらず不吉な気配を漂わせている。この場に似つかわしい天気だ。気丈に振る舞っているマドレーヌ・ケレにお悔やみを述べたあと、参列者たちは教会前の広場で談笑していた。何年も会っていない地域の政治家同士の再会、故人の死因に関する果てしない議論、このあとの予定についてのとりとめのないおしゃべり。マドレーヌの数少ない友人とジャン=クロード・ケレを偲ぶ人たちが棺に付き添って、村外れの古い墓地まで行った。バーでおしゃべりを続ける人もいたが、多くは自分の仕事に戻っていった。

ロナン・サラウン曹長は、ミサに参列するため儀礼服を着ていた。決してケレを尊敬していたわけではなかったが、憲兵隊を代表してだれかが元村長に最後の別れを告げなければならなかった。何十年もロクマリア村で活動してきたサラウン曹長は、村の秘密を最もよく知るひとりだった……。主任司祭のロイック・トロアグ、公証人のジャン＝マリー・リヴァイアン、美容師のローズ・ダントルモンと同様に。ローズとケレの関係を思い出して、サラウン曹長は心のなかでくすっと笑った。ローズは自分の火遊びをうまく隠していた。サラウン曹長はだれにも漏らしはしない。こんな感じのいい女性のゴシップを流すのは気が進まない。

「ひょっとして、サラウン曹長ですか？」

サラウン曹長は振り返り、話しかけてきた相手に手を差し出した。

「リヴァイアン先生、お元気ですか」

白髪交じりの髪で、鼻にべっ甲の眼鏡をかけた六十代の公証人は心を込めて挨拶した。社会的立場は違うものの、ふたりの男は尊敬し合い、互いの役に立ちたいと思っていた。

「立派な葬儀でしたね」リヴァイアンが切り出した。

公証人はサラウン曹長を誘って少し離れたところに移動した。

「ジャン＝クロード・ケレの死に関する捜査に進展はありましたか？」

サラウン曹長は躊躇（ちゅうちょ）することなく打ち明けることにした。公証人は秘密を漏らすような人ではない。

「実を言いますと、先生、手がかりが乏しいのですよ。一番安易な考え方をすればエルワン・ラガデックに行き着くのですが、エリック・ジュリエンヌ准尉もわたしも、どうしてもそうは思えないのです。兄と喧嘩したあとエルワンから再度事情を聞きました。すぐ頭に血が上るような男ですが、馬鹿ではありません。新しい仕事にも就いて評判を取り戻し、意中の人の心を惹きつけようとしているのです……。あんなことをするはずはありません」

「あなたの意見に賛成です。実は、あなたが興味を持ちそうな情報をお伝えしようと思うのです」

「なんですか、先生？」

「十日前、ジャン＝クロードが異常なほど興奮して電話をかけてきました。遺言書を書き換えたいというのです。いまにも笑い出しそうでした。それで火曜日に事務所で会う約束をしました。しかしケレは来ることができませんでした。そのあいだに薬を盛られて死んでしまったからです」

「現在の遺言書の内容はご存じですか」サラウン曹長は興味深そうに尋ねた。

「いいえ」リヴァイアンは答えた。「でも次の月曜日に開封する予定です」

「夫婦財産契約はどんなものだったかわかりますか?」

「結婚後に増えた財産はわずかです」リヴァイアンは説明した。「大部分はジャン＝クロードの父親から受け継いだもので、ジャン＝クロードが実質的に意のままにすることができました。妻のマドレーヌは推定相続人として少なくとも遺産の四分の一は受け取ることになる。それに加えてマドレーヌの実家の親の財産の少なくない額をすでに所有している。ジャン＝クロードは、残り四分の三の遺産を自分の好きなように分配できる。妻に残してもよいし、ほかの親類でも、あるいは血縁関係のない人や法人に残すことも可能です」

「ということは、遺産を受け取る権利のある者のひとりが権利を奪われることを知り……遺言書が書き換えられる前に行動に移したとも考えられますね」

「想像なさるのは自由ですが、曹長殿、この決断はおそらくジャン＝クロードの死とは無関係でしょう。しかし、このことをあなたに伝えておきたかったのです」

「感謝申し上げます、先生。今後もよろしくお願いいたします」

51

拒絶

髪をびっしょり濡らしたカトリーヌは浜辺への急な階段を下った。工事業者が来て、錆びた手すりを新しいステンレス製のものに換えてくれた。航空母艦《シャルル・ド・ゴール》にも使われるほどの高品質だと工事業者は胸を張った。新しい手すりの外見にはまったく納得がいかなかったが、選択肢は少なかった。まあ、階段を踏み外して足をくじくよりはましだろう。

カトリーヌは、雨で濡れた顔から湿った砂浜に水滴が流れ落ちるままにしていた。マン・デュの島々は、うねる大海原を覆う低い雲の向こうに消えていた。この厳しい風景を見て感傷にふけることもあったが、いまはうっとり眺めている気分ではない。レストランの営業停止に加えヤン・ルムールの事故が、カトリーヌの気力をそいでいた。だれかに激しく襲いかかられているような気がした。冷蔵庫が故障したとき検査に来た県衛生局のユベール・ドラブルエットに何度も電話した。一回だけ電話が繋がったときは、彼は不明瞭な言い訳を早口でまくし立てた。捜査の正式な結論が出るまで待つ必要があるという。でも、捜査はいつ終わるのだろう。犯人の正体がわかるまで営業再開は許されないのか。捜査が遅々として進まないのであれば、夏のヴァカンスシーズンを逃してしまう……。そうなったら大損害だ。カトリーヌはヤン・ルムールに希望を託していた。明らかにヤンに無関心ではいられなかった。カトリーヌはこの少し野暮ったい新聞記者の不器用さに心を惹かれ感激していた。彼女はまたヤンに感じよく接するようになった。それにしても、ヤンはなんと鋭い探偵だろう。

その一方で、チャールズ・ハイベリーのことが頭から離れなかった……。二日前にチャールズを拒んでしまった。なんて馬鹿なんだろう。こんなに魅力的な男性から一緒に寝たいとあからさまに言われるなんて滅多にあることではない。こんなに魅力的な男性から求められるなんて馬鹿なんだろう。きょうの夕方、港から帰るときにチャールズと交わした会話が気になっている。カトリーヌはチャールズを夕食に招いた。メニューは、リースリングで煮込んだ肉のパイ包み焼きと、アントトン・マナク村長の畑で採れた野菜のサラダだ。料理と上等なリースリングのボトルがあれば、さわやかな一日のあとに続く奔放な夜を演出できる。友人の返事はていねいだったが、カトリーヌは何か冷ややかなものを感じた。礼を述べたあと、あいにくほかの用事があるからとチャールズは断ってきた。しかし、この次は快く受けてくれるだろう。カトリーヌは失望に耐えた。激しい嫉妬を覚えたのは帰り道のことだ。ブーランジェリーから出たところで、チャールズの冗談に口を開けて大笑いするナターシャ・プリジャンを見てしまった。会話の内容は聞き取れなかったし、興味があるようには思われたくなかった。とはいえ、ほんの一時間前にベッドをともにすることを想像した男性がグラマーな女を口説いているのを見ると、胸が痛んだ。その瞬間、子どもっぽい反応をしてしまったことを反省した。チャールズは自分となんの約束もしていないし、だれとでもおしゃべりする権利はある。

カトリーヌは気分転換するため散歩することにした。二時間ばかり、海に突き出た花崗岩の岩肌に沿って上ったり下ったりして〝税官吏の道〟を進んだ。天候のためか気の早い観光客の姿はなく、静けさのおかげで、カトリーヌは求めていた心の平静を取り戻した。催眠術のようなリズムの歩調、自分のあとをついてくるカモメの鳴き声、波が岩にぶつかる大きな音、木立のなかを駆け抜ける風の音。こうしたものすべてが頭を空っぽにしてくれた……。少なくとも歩き回っているあいだは。カトリーヌは砂浜に座り、チャールズと会話をしたときのことを思い起こしてみた。チャールズは本当に自分と距離を置こうとしたのか、それとも単なる思い過ごしか。そして、ナターシャと夜をともにするのだろうか。チャールズとのあいだでミニスーパーの店長のことが話題になったことはほとんどなかった。もしチャールズが欲望を満たしたいなら、ナターシャはとても魅力的な獲物だ……。しかも容易に手に入れられる。カトリーヌは突然立ち上がった。夫のことで二十五年間、十分に苦しんできた。なにも五十歳を過ぎて恋の病に陥ることはない。パイ包み焼きを食べ、リースリングのボトルを空け、ベッドに入ろう。

52

ロンドン

ヤン・ルムールは、疑いの眼差しで自分を見ている入国審査官を見て苦笑いした。怪我で紫色を帯びた顔は、十年近く前に撮ったパスポートの顔写真とは似ても似つかない。

「あなたは本当にミスター・ルムールですか？」イギリス人はピンぼけ気味の公文書の写真と腫れ上がったフランス人の顔を見比べて英語で尋ねた。

「はい、わたしに間違いありません。交通事故に遭いました、おとといにね」ヤンも英語で説明した。

「おたくの顔はフランス語で言うところの《タルタルステーキ》みたいですね。フランスには病院というものはないのですか？」

新聞記者は、公務員の不快な発言を無視してイギリス流に冷静に対応することにした。入国審査官は、交通違反の取り締まりをしている警察官、自分が太っていないかどうか訊いてくる女性に次いで、ユーモアのない人間の上位三位に入る人物だと、ヤンは自らの経験で知っていた。

「はい、フランスにも病院ぐらいあります（イエス・サー・ウィ・ハヴ・ホスピタルズ）。それはそうと、ビールを一杯飲もうとひとりの友人がウエストミンスター寺院で待っているのです（バット・ア・フレンド・ウェイツ・ミー・ツー・ドリンク・ア・パイント・オヴ・ビア・イン・ウェストミンスター）」ヤンは片言の英語で答えた。

「ああ（オウ）、ビールがかかっているのではね（イフ・ビア・イズ・アット・ステイク）」パスポートを返しながら入国審査官はおかしそうに言った。「それから（アンド）、くれぐれも（プリーズ）運転しないでください（ドント・ドライヴ）。電車に乗っていくように（テイク・ザ・トレイン）！」

　ヤンはわざとらしくうなずいた。幸いなことに入国審査官はまた無表情に戻った。今週イギリス人にはうんざりさせられていた。ヤンはスチュアート・ウォーカーに会うことになっていた。十二年前に知り合った新聞記者の友人だ。

　入国審査から解放され、ヤンはロンドン・シティ空港駅に向かった。出発ホームを探し、自動販売機と格闘した末にぼったくり同然の価格で切符を買って、列車に乗り込んだ。ヤンがチャールズ・ハイベリーの過去の足跡を掘り起こしたのは正解だった。

　こののっぺりした二枚目がスキャンダルの沼にはまる可能性を考えると、正直言ってうれしかった。ずっと以前から仕事と私生活を混同してはいけないとわかってはいたが、このイギリス人に関しては証拠を見逃すことはできなかった。

二日前、ヤンは傷だらけの顔のまま薬の入ったバッグを持ってカンペールの救急病院から抜け出した。鎮痛剤を飲み、チャールズの預金口座を管理しているポン＝ラベの銀行の幹部と面会の約束を取り付けた。次の日の閉店直後に幹部と会うことができた。ヤンは二年前にその幹部に極秘の情報を提供した。今度はその恩返しをしてもらう番だ。法に触れることにもかかわらず、幹部はチャールズの経済状況を話してくれた。預金口座はポン＝ラベの銀行で管理されていたが、出し入れされた金額は微々たるものだった。このイギリス人の暮らしぶりとは矛盾する。高価な服、自動車、旅行、カトリーヌと食べた高級料理の支払い。こうしたものをチャールズはどこから捻出していたのだろうか。幹部はヤンに特別の恩義を感じていたに違いない。チャールズのビジネスについても調べてくれた。チャールズはコモンウェルス・フード社という会社をイギリスの自治保護領マン島に登記している。〈ゴッド・セイヴ・ザ・クイーン〉といういかがわしいイギリスの食料品店は租税回避地(タックスヘイブン)と繋がっていた。

この有力な新事実を摑み、ヤンは新聞社に戻り深夜まで調べものをした。新たに問題点を見つけるたびに、ヤンは歓声を上げた。今回の取材はジャン＝クロード・ケレの事件となんの関係もないが、何か大物を釣り上げた感触があった。午前二時に、夜型だとわかっているイギリス人の友人に電話をかけ、この日の正午のブレストーロンドン間の航空チケットを購入した。思いがけない掘り出し物による興奮と、顔のあちこちにある血腫のうずきのため、ひと晩じゅう目を閉じることができなかった。

ヤンはジュビリー線のウエストミンスター駅で地下鉄（ザ・チューブ）を降りた。曇り空のブレストを出発し、曇り空のロンドンに着いたのだが……気温は数度下がっていた。そんなことはどうでもいい。観光するためにここへ来たのではない。しかし何世紀も経た寺院の威容に感動せずにはいられなかった。列をなしたアジア人たちが英国国教と英国君主制の深奥部に入るのを辛抱強く待っているのが見えた。ヤンがロンドンに来たのは四度目だ。初めて来たときのことをきのうのように覚えている。

そのときは、義姉がアラナを預かってくれた。週末を利用してグレーター・ロンドンにあるトゥイッケナム・スタジアムで行われたラグビーの欧州六か国対抗戦（シックス・ネーションズ）でフランス代表チーム（レ・ブル）の応援に仲間四人で行った。試合のチケットと朝食付きのホテル（ベッド・アンド・ブレックファスト）二部屋を予約した。妻が死んでからアラナ抜きで味わう初めての息抜きだった。観戦の前哨戦（ぜんしょうせん）としてもちろんパブで景気をつけ、勇んでスタジアムに繰り出した。

イングランド代表チーム(レッド・ローズ)の一点リードで迎えた終盤、レ・ブルが突然トライを決め、両チームのサポーターにとって一年で最も大事な試合を制した。フランス人たちが野次を飛ばすのを前にして、地元の観客たちは冷静さを失っていた。ヤンは喧嘩っ早い性格ではなかったが、勝利の興奮と群集心理に加え、試合前にビールをパイントグラス六杯飲んだこともあり、大乱闘に初参戦することになった。敵も味方も区別がつかなかった。その夜、やっと落ち着いてビールを奢り合いながら談笑した。ヤンはそこでスチュアートと知り合った。ふたりとも新聞記者で、すぐに仲良くなった。片言の英語しか話せないヤンにとって幸運なことに、スチュアートは霧の都ロンドンにはるばるやってきたナント出身の女性ベアトリスと結婚していて、流暢(りゅうちょう)なフランス語を話した。ヤンとスチュアートは主にブルターニュで毎年会った。

ヤンは友人から送られた案内に従って〈赤獅子亭(レッド・ライオン)〉の前で立ち止まった。パブのなかに入り、人のぬくもりと料理や木のカウンターのよい香りに満足した。一メートル九十センチを超える快活そうな男が立ち上がり、ヤンに声をかけた。

「やあ、おれの大切なカエルくん(グルヌイユ)。こっちだ、こっち」

親友ふたりは飛びつくように抱き合った。

「いったいどうしたんだ?」スチュアートはヤンの腫れ上がった顔を見て声を上げた。

「イギリス人(ブリッツ)相手にラグビーの試合でもやったのか？」

「交通事故に遭ったんだ、大きなイギリス野郎(ロスビフ)。追々話すよ」

「よし、まずは注文しよう。おれは腹がぺこぺこだ。おまえさんはどうする？」

「わたしは大きなステーキ・アンド・キドニー・パイのフライドポテト添えと、バス・ペールエールをパイントグラスで」

「いい選択(グッド・チョイス)だな、おれの友(マイ・フレンド)よ。おれも同じものを頼む」

53

スチュアート

ふたりは料理を囲んで家族や共通の知人の近況を語り合った。二杯目のビールもあっという間になくなり、ヤンはトイレで用を足したあと本題に入った。スチュアート・ウォーカーはタブロイド〈ザ・サン〉紙に勤め、優れた調査報道を行う新聞記者として知られていた。

「わたしの依頼に時間を割いてくれて恩に着るよ」ヤン・ルムールが切り出した。

「ちょっと迷惑かなとは思ったんだ。ベアトリスはせっかくの週末を奪われたのを気にしてないか」

「ベアトリスがおまえさんに腹を立てるわけがない。知っているだろう。この国では、いつもヴァカンスを過ごしているわけではない……。おまえさんの国とは違うのさ」

ヤンは笑顔を返した。スチュアートは絶えず仕事をしていて、会社にとって欠かせない記者なのだ。

「取材の一環として、きみと同胞のチャールズ・ハイベリーなる人物に関心を持っている」ヤンは手短に言った。「話せば長くなるが、簡単に言うとこうだ。この男はロクマリア港でイギリス食品の店を経営している。そして、村じゅうの口の軽い女たちに、秘密の話だと言って、自分は王族に近い貴族の子孫だと吹聴して回っている。まあ、それはいいとしよう。ただこの男のことを調べてみると、ひと月に数千ユーロしかないはずの預金口座はタックスヘイブンに紐付けられている。それがわかってからこの男をますます怪しいと思うようになった。そしてインターネットでチャールズ・ハイベリーを検索してみると、その名前の貴族はロクマリア村にいる男とはまったく別人だとわかった。それできみに電話して、いまここで食事をともにしているというわけだ……」

スチュアートは、ステーキ・アンド・キドニー・パイに添えられたグレービーソースにフライドポテトを浸しながらうなずいた。

「それはともかく、おまえさんの写真に写っているブロンド美女はだれだ？ヒュー・グラントのそっくりさんの隣にいる女性だ」

「カトリーヌ・ヴァルトさ」紫色の顔を真っ赤にしてヤンは答えた。「カトリーヌのレストランでジャン＝クロード・ケレという男が薬を盛られた……。わたしがメールに添付したメモは読んでくれたよな」

「じっくり読ませてもらったのでご心配なく。がんばってくれ（グッド・ラック）」

「どういう意味だ？」

「おれの友（マイ・フレンド）よ、おまえさんは英国貴族のようには平静を装うことができないな」スチュアートはヤンの心を察して言った。「こんなすてきな女性だから、おまえさんが好意を寄せるのはわかる。カトリーヌがチャールズをこんな目で見つめるのは耐えられないだろう」

ヤンはびっくりして友人を見た。スチュアートは優れた新聞記者であり、よいラグビー選手でもあることは知っていたが、これほど素早く人の心のなかを言い当てる洞察力を持っているとは気がつかなかった。

「確かに図星だ。だが、だから取材をしたわけじゃない。わたしを殺そうとしたのはこの男だと思う」

今度はスチュアートが驚いた。ヤンは事故のことや疑問点、車の細工について話した。

スチュアートはスティッキー・トフィー・プディングと最後の一杯のビールを注文

した。びっくりするようなカロリーのデザートが運ばれてくると、それを猛然と食べ始めた。そのあと話を再開した。

「写真の男はチャールズ・ハイベリーという名前ではない。少なくとも四年前にはチャールズ・ハイベリーとは名乗っていなかった。おそらくどこかで偽の書類を手に入れたのだろう。本物のチャールズ・ハイベリーはロンドンで隠遁生活を送っている。使用人はふたり、子どもはいない。王位継承者のリストには載っているが、あまりにも下位なので、王位を継ごうとしたら、切り裂きジャックを大勢集めて軍隊にして上位者を殺していかなければならないだろう。本物のチャールズは五十歳で、まずまずの生活ができる年金があり、王室の行事にはもう長いこと出席していない。ほら、これが愛しのチャールズの最近の写真だ」

ヤンは写真を見た。怪しげな英国貴族のサイトからきのうダウンロードしたものよりずっと画質がいい。背は低く、髪の毛はぼさぼさだ。どう見ても女たらしという顔ではない。

「それじゃあ、ロクマリア村のチャールズ・ハイベリーは？ 何かわかったのか」ヤンは訊いた。

「もちろん」スチュアートはそう言ってビールを飲み干した。「食料品店のオーナーの本名はマーク・キャヴェンディッシュという。イギリスの警察には知られた存在で、四年前に出国している。この男についての記事があったのでわかった。新聞社の資料室に顔写真もあった。おまえさんの持ってきた写真の顔で間違いない。正真正銘同じ人物だ」

「きみは本当に腕っこきの新聞記者だ！」

54

マーク・キャヴェンディッシュ

「さあ、今度はマーク・キャヴェンディッシュの番だ」スチュアート・ウォーカーは言った。「こいつはとんでもない嘘つきだ。まあ、ハイベリーという名字を名乗っているのはまるっきり嘘というわけでもないが。母親はスコットランドのハイベリー家で使用人として働いていた。父親はマークが生まれてすぐ家を出て、数年後にテムズ川に浮いているのを発見されたどうしようもない男だ。だからマークは本物のチャールズ・ハイベリーと一緒に育った。チャールズは、おまえたちフランス人が密かに《名門の末裔(ファン・ド・ラス)》と呼ぶ、近親婚の結果生まれた子で、障害はなかったが決して優秀とは言えなかった。一方、マークは賢かった。ふたりは同じ年齢で、チャールズはマークを兄弟同然に思っていた。マークは知識や技能を習得する手段としてチャールズとの友情を絶えず利用した。そしてすぐに自分の身分を巧妙に隠すことを覚えた」

「それで貴族みたいに振る舞えるんだな。なぜそんなことまで知っているんだ？」ヤン・ルムールは驚いた。

「マークは逮捕された直後に、おれの同僚のインタビューに答えたんだ。同僚は事実を追求しようとしたが、おそらくこの記事にはマークの脚色が反映されている」

「まさかロクマリア村でこんな有名人と会っていたなんて思わなかったよ」

「十一歳になると、少年たちはスコットランドを離れてロンドンで暮らさなければならなかった。チャールズの父親のハイベリー卿が賭博で巨額の借金を負ってしまったせいだ。エリザベス・キャヴェンディッシュとマークは荷物を持って一緒にロンドンに行った。チャールズにとってこの挫折は悲劇だったが、マークはロンドンで開眼した。見るもの聞くものみな新鮮だった。思春期になると、マークはチャールズと距離を置くようになる。若い貴族は自分の血筋の栄光が忘れられず、図書館に入り浸りだった。マークのほうは強い刺激を求めたり、女の子との出会いを求めたりして、街を徘徊した。十五歳になったとき、マークの母親は金持ちの男と結婚し、ハイベリー家の使用人をやめた。両家の物語に終止符が打たれた」

「それから、マークはどうなったんだ？」

「義父はマークに愛情のかけらも与えなかったが、学費だけは負担した。マークもそれ以上のことは求めなかった。ケンジントンにある一家の新居は、ハイベリーの家よりもはるかに豪華だった。義父には十八歳になるひとり息子ヒューがいた。流行の最先端の場所に出入りし父親の金を使うのが主な仕事だった。もちろん、マークが大喜びしたのは言うまでもない。ふたりはいつも一緒に行動した。父親は息子たちを学業に専念させようとネジを巻いたが、ふたりは遊ぶ金欲しさに悪事に手を染めるようになった。ドラッグの売買だ。簡単にできた。毎日、イーリングのちんぴらから仕入れた麻薬を、金持ちの子女に売りさばいた。商売の主導権をとったのはマークで、そのころから明らかにチャールズ・ハイベリーの役をときどき演じるようになった。だが、マークは慎重だった。縄張りにしていた地域では、だれもが知り合いのようなものだったからだ」

「マークがきみの同僚にすべてしゃべったのか」

「そうだ。おれは午前中、インタビューの録音を聞いていたんだ。二時間以上あったよ」スチュアートは言った。

「マークはそこまでさらけ出して、なんの得があるんだろう」

「どこの世界でも同じ理由だ、ヤン」

「虚栄心か」ヤンは言った。

「そのとおりだ。おまえも気づいているように、マークは自分を過大評価している。二十二歳のとき、母親のエリザベスと義父がヨットで海に出て溺死した。ヨットは見つからなかった。ここから話がおもしろくなってくる。ヒューは父親の遺産を受け継ぎ、マークは母親が残したそこそこの金を手に入れた。すぐにヒューは豹変した。自分の財産以外には目もくれなくなり、悪の世界とはきっぱり手を切った。すぐに義弟との関係も断った。マークにはまだ金があったので、あいかわらず贅沢な生活を続けた。女に好かれ、話術も心得ていた。ジゴロとして生きていくことにした。盗難車の売買にも手を染めた。当時、この界隈では顔を知らない者はいなかった」

ヤンは自分の事故を思い出していた。マークでもチャールズでもよいが、その人物が関わったという根拠がひとつ増えた。

「そして、四年前の有名な逮捕劇の話になる。マークの財産は徐々に減っていった。ロンドンの裕福な独身婦人や未亡人はマークよりも若い男の子たちを相手にするようになっていた。マークはまだ小規模な取引を続けていたが、まとまった金を必要としていた。そこで、舌を巻くほどのうまい手を考えついた。チャールズ・ハイベリーになったのだ！　ケンジントンにある高級ホテルのコンシェルジュに取引を持ちかけた。コンシェルジュはホテルの超富裕層の客に、ロイヤルファミリーと一緒にバッキンガム宮殿を見学するツアーを紹介した。マーク（チャールズ）はカモの観光客——大半はアジア人だ——にホテルのロビーで会った。そして、口八丁手八丁で丸め込み、ひとり当たり千ポンド払わせ、VIP待遇で宮殿のプライベートなエリアに招待するのだ。最大五人のグループで、週に二回のツアーを企画した。本人曰く、毎日一回できるほど人が集まったらしい……」

「そして、門の前で姿を消すのか」ヤンが茶化した。

「いや、ここからがすごいんだ。マークは衛兵ふたりを買収し、そっと客を宮殿に入れていた。なかに入ればこっちのもの、スタッフを騙すだけの礼儀作法は心得ていた。その振る舞いを見て、スタッフは本物のロイヤルファミリーの遠い縁者だと思ったらしい。もちろん、女王の住居には連れていかず、一般に開放されたところを歩くだけで騙された観光客たちは満足した、自分たちはバッキンガム宮殿の特権階級に属していたかのような体験をしたとね。冬の長い夜に振り返ることのできる輝くような思い出を持って帰国するんだ」

「どこでマークはつまずいたんだ？」

「ある日、ひとりのオランダ人がこのツアーは支払った代金に見合っていないと思い、見学が終わったあと、観光案内所に行って苦情を言った。写真を見せると、女王の衛兵に通報され、すぐに捜査が始まった。マークは逮捕された。エリザベス女王の安全は守らなければならない。マスコミは大騒ぎし、おれたちもたくさんの記事を書いた」スチュアートはため息をついた。

「なぜ拘置所にいるマークに〈ザ・サン〉紙はインタビューできたのだろう？」

「拘置所から裁判所に移送される途中にマークは脱走した。警備員が買収されたのか、なよなよした優男が凶悪犯みたいな大それたことはしないだろうと油断したのかはわからない。その直後マークからおれたちの新聞社に連絡があり、自分の言い分を売りたいと申し出たんだ」

「それで、受けたんだな」

「もちろんだとも。女性にインタビューされたいということだった。そこで、ひとりの女性記者がマークの指定した潜伏先で会った」

「ぶしつけだが、高かったのか」

「正確な金額は覚えていないが、数万ポンド払ったはずだ」

「すごいな。うちの新聞社ならそんな大金は出せない」ヤンは驚きの声を上げた。

「会社としては損をしなかったと言い切れる。三日に分けて記事を載せたところ、売り上げが急上昇した」

「その後は？」

「イギリスを脱出した。おそらく裏社会の仲間に助けられたのだろう。おまえの話では二年前にブルターニュにやってきたということだが、空白の二年間はどうしていたのかわからない」

「それで、コモンウェルス・フード社については取材できたのか？」

「きのうの夜おまえさんが電話をくれてからあまり時間がなくて、事情通の友人ひとりにしか話を聞けなかった。細かいことまでいちいち言わないが、マーク・キャヴェンディッシュまたはチャールズ・ハイベリーの会社は汚れた金を洗浄するためだけに設立された可能性がある……」

「裏社会の仲間の金だな」ヤンは続けた。

「間違いないだろう。サンドイッチやチョコレートケーキ、王室メンバーの肖像画が付いたマグカップをときどき売るだけでそんなに優雅な生活ができるはずはないからな。これでおれの話はおしまいだ」

「きみはすごい記者だ。いやあ、大したやつだ」ヤンは叫んだ。

「控えめに言っても、おれは最高だと思うよ」スチュアートは笑った。「しかし、元村長を殺す理由はわからない。マーク・キャヴェンディッシュがケレと取引していたとしても、マークは殺人まで犯すだろうか」

「本当に助かったよ、スチュアート。このあとは、自分で取材する」

「その意気だ、名探偵（シャーロック）くん。ひと段落ついたら、マーク・キャヴェンディッシュのその後を教えてくれ……。ブロンド美女とおまえさんがどうなったのかもな。いつフランスに戻るんだ？」

「今夜六時に」

イギリス人は腕時計を見た。

「ロンドン・シティ空港は騒がしくてたまらん。まだ時間があるから、おれの家に来てお茶でも飲まないか。ベアトリスもおまえさんに会えば喜ぶだろう」

55

借金

「夫が村民に貸した金をマドレーヌ・ケレはどうするのでしょうか」ロナン・サラウン曹長は上司のエリック・ジュリエンヌ准尉に尋ねた。

「夫が亡くなった直後にマドレーヌに訊いたのだけど、まだ考えが固まっていないようでした」ジュリエンヌ准尉は答えた。「遺言書を見てから態度を決めようと思っているのかもしれませんね」

「約五十万ユーロも貸しているのですよ。ケレの遺産の総額はどれくらいになるんでしょうか？」

「所有しているすべての土地と不動産収入、アトランティス缶詰工場の売却益、あちこちの金融機関にある隠し口座も合わせるとおそらく……一千万ユーロ近くになるでしょう」ジュリエンヌ准尉はため息をついた。

言った。

「なんと莫大な。あの抜け目のない男は奇妙な一生を送りましたね」サラウン曹長は言った。

「それはどういうことですか？」

「あれだけの金があれば、静かに余生を送ることもできたはずです。芸術家のパトロンをしてね」

「ケレがパトロンだって？」ジュリエンヌ准尉は思わず吹き出した。「あなたのほうがよく知っているはずですよ、ロナン。やつのような男は権力のためにしか生きていない。政治の、経済の、性の、家庭での、権力です。話は変わりますが、やつの葬儀はどうでした？」

「あの男の姿そのものですよ。外見は豪華絢爛でも中身は空っぽでした」

「そうでしょうね」

「主任司祭のお話は慈愛に満ちていました」サラウン曹長は言った。「死者の背徳を咎めるようなことは一切しないで、神のご慈悲について説教なさったのです。音楽隊は心を揺さぶる曲をいくつも演奏してくれましたが、葬儀の最中も教会を出るときも、わたしは涙なんか一滴もこぼれませんでした……。親戚のナターシャ・プリジャンだけが泣いていました。まあ、本気で悲しんでいるかどうかはわかりませんが。ケレがどんなに偉かったとしても、前回の村長選で失脚したのには変わりありませんからね」

サラウン曹長は立ち上がりエスプレッソマシンにカプセルを入れた。

「ケレの債務者についての調査は終わりました」サラウン曹長はマシンが出すシューシューという音にかぶせるように言った。

「とうとう終わったんですね？」

「できたてのほやほやです。一時間前にリストの最後のひとりから話を聞きました」

「結果は？　容疑者になりそうなやつはいましたか？」

「ひとりどころか、十五人中十四人は可能性があります」

「それは大変だ」ジュリエンヌ准尉はため息をついた。アリバイは確認したんですか？」

「あの晩、カトリーヌ・ヴァルトのレストランで夕食をとった者はいません。リストに載っているわけではないのですが、ロミー・ミコルーはフロアスタッフとして働いていました……。ロミーにも話を聞きました。賢い子ですから母親と伯父に迷惑をかけてはいないでしょう」

「ほかの者はレストランに来ていなくても、だれかと手を組んでやったのかもしれませんね」ジュリエンヌ准尉はそれとなく言った。

「その可能性はあります。でも、だれと？」

「それは置いておくとして、怪しくない十五番目とはだれですか？」

「チャールズ・ハイベリーです」

「ハイベリーだと！」ジュリエンヌ准尉は驚いて叫んだ。「あのイギリス人もケレから金を借りていたのか。名前がリストにあったことも気づきませんでした」

「気づかないはずです。修正する前のヴァージョンにはあったのです。ケレに五千ユーロの借金があったのですが、三週間前に返済しています」

「それだと事実上ハイベリーは容疑者リストから外れることになりますね」ジュリエンヌ准尉は確認するように言った。「ここだけの話ですが、ロナン、われわれはいつになったら犯人を捕まえられるのでしょうか？」

「おそらく数年後……だれもが事件のことなど忘れたころに、夕食の席で犯人は酔っ払って自慢話に花を咲かせるかもしれませんよ」

56

チャールズの再登場

カトリーヌ・ヴァルトは一日じゅうケルブラ岬邸で過ごしていた。なんとか平静を取り戻し、身の回りのことに時間を割く余裕もできた。昼食後、再び晴れたのを見計らって、小さな入り江で日光浴をした。どんな天候のときもこの砂浜が好きだった。特に周囲に観光客がいないときは。夏のヴァカンスシーズンが来るのを少し心配していた。満潮のときに砂浜に船を止めに来る者がいると耳にしたからだ。

六月の心地よい日曜日にチャールズ・ハイベリーのことを考えないと言えば嘘になる。心にぽっかり穴が空いたような気分に戸惑っていた。あのハンサムなイギリス人に恋をしてしまったのだろうか。堂々とした風貌、一緒にいて安心するような落ち着き、洗練されたマナー、ユーモアのセンス、どれもが好きだった。だからといって、チャールズのために自分の計画の一部を犠牲にする覚悟はあるのだろうか。いまはまだ早い。とりあえず、カトリーヌは《結婚できればなおよい計画》に分類した……それでも、とてもすばらしい計画に変わりはない。

カトリーヌはキッチンの壁にある鳩時計を見た。この屋敷の装飾としてはふさわしくなかった。時代遅れの鳩時計だったが、忘れられない多くの感情を思い出させた。

当時十歳ぐらいだった子どもたちが母の日にベッドの上まで来て渡してくれた。夫のパトリックは、子どもたちが貯金箱を割って母親に世界一美しいプレゼントを買ってくれたのだと説明した。一時間ごとにさえずる——なかの機械が壊れるまでは——この鳩時計は自分にとってかけがえのない宝物だ。いまは子どもたちに無性に会いたい。アンナとグザヴィエは七月に自分を訪ねてくる予定だ。そのときまでにはレストランを再開させたいと思った。

午後六時。村をぶらぶらして友人たちに挨拶し新しい噂話を仕入れ、レストランに風を通す……要するに、社会と接点を持つのだ。急いでバスルームに行って軽く化粧をし、風で乱れた髪をとかした。美容師のローズ・ダントルモンに予約を入れなければならない。マリーヌ・ル・デュエヴァとアレクシア・ル・コールはローズをとても高く評価していた。気分転換に手入れしやすいボブヘアを試してみようか。細い肩紐のタンクトップ、ゆったりした軽やかなスカート、フラットシューズ、サングラス。

自転車をこぐ準備は整った。

自分のレストランのテラスに座り、再び港の景色にうっとりした。近海の漁師たちは、ペンキを新しく塗ったばかりのトロール船にひと晩の休暇を与えたあと、とっくに仕事に戻っていた。帆船の横静索(シュラウド)がそよ風に吹かれて音を立てると、子どものころに聞いたカウベルの音を思い出して不思議な気持ちになる。カトリーヌは幼いころ毎年サヴォア県のレジャー施設に行っていた。妹のサビーヌと一緒に二段ベッドで寝ているとき、カウベルの奏でる音楽で毎朝目を覚ますのが好きだった。カウベルの音色は、高原の牧草地や山を遊び回らないかと誘いかけてくる。いまカトリーヌは目を閉じ、日焼けした顔に当たる夕日の心地よさを楽しんだ。ブルターニュは肌を焼くのに適しているというのは本当だった。

「天使の世界で戯れているのかな。きみを起こしてしまって申し訳ない」

耳元で温かい声が聞こえ、カトリーヌはゆっくりと目を開けた。体がぞくぞくする。チャールズ・ハイベリーはいつも魅力的だ。

「夢がひとつ消えると、別の夢が始まるのね」カトリーヌは自分でも恥ずかしくなるようなことばをつぶやいた。

いや、誘惑のゲームに言い過ぎなんてない。

「ありがとう（サンキュー）、愛しの人（ディア）よ」チャールズはそう言って、カトリーヌのこめかみにキスをした。

カトリーヌは身を震わせた。チャールズがこれまでこんなに優しくしてくれたことはなかった。カトリーヌは立ち上がって、飲み物とお菓子を用意するから店のなかでお話しましょうと提案した。

「おとといの夜は楽しかったの？」好奇心をむき出しにするのを恥じながらもカトリーヌは訊いた。

「せっかく誘ってくれたのにすまなかった。ビジネスの約束があったんだ……。きみが好きではない相手とね」

チャールズの告白にカトリーヌはほっとした。ナターシャ・プリジャンと寝るために出かけたわけではなかったのだ。

「謝らなくてもいいのよ」カトリーヌは続けた。「わたしのほうこそ急に誘ったんですもの」

「リースリングで煮込んだ肉のパイ包み焼きを逃したのはとても残念だったな。さぞかしうまかっただろうに。少なくともこのあいだレストランで試した魚のホワイトクリーム煮込み（フリカッセ・ド・ポワソン）よりは」

　パイ包み焼きを覚えていてくれたんだわ。よかった。二日前の暗い気分を振り払うことができた。

「よかったら、今晩一緒に食事をしない？　コンカルノーに行けば日曜日でも開いているお店があるはずよ」

「申し訳ない、カティ。でも、今晩はだめなんだ。どうしても外せない……ビジネスの約束がカンペールである」少しためらったあと、チャールズは言った。「でも、あしたなら喜んで」

　カトリーヌは、チャールズの顔に浮かんだ戸惑いの表情に気がついた。

「何か深刻なことでもあるの？」カトリーヌは心配そうに訊いた。

「いや、心配しないで（ドント・ウォリー）。なんとかなる。ぼくはロンドン大空襲やクリスマスプディングにも耐えてきた国の人間だ。何も怖くはないさ」

「でも、わたしにできることがあれば話してちょうだい」カトリーヌは申し出た。「遠慮などしてほしくないわ」

　チャールズはカトリーヌが出したビールを受け取って、グラスのなかの液体をしばらく振り混ぜ、ひと口飲んで勇気を振り絞った。窮地に追い込まれていて、申し出を断るわけにはいかなかった。

「ぼくはなんて馬鹿なんだ、本当に（リアリー）」

「馬鹿な行いをする者が馬鹿なのよ」

　チャールズは吹き出した。

「『フォレスト・ガンプ／一期一会』の引用とは恐れいったよ。でも、ぼくの状況は最悪だ。借金がいくらかある。〈ゴッド・セイヴ・ザ・クイーン〉は期待していたほどうまくいってないんだ。ああ、言ってしまった。恥ずかしい限りだ。もうこの話はおしまいにしよう。だけど、ぼくを嫌いにならないでほしい」

「お金で解決できる問題なのね？」チャールズを安心させるようにカトリーヌは言った。

「そういう見方もできるね。でも、その金がないのに債権者から執拗（しつよう）に返済を迫られれば、冷静さやユーモアだけじゃ切り抜けられないんだよ」

「助けてあげるわ」カトリーヌは決心した。

「きみは引っ越してきたばかりのうえに、少なくともぼくと同じくらい複雑な問題を抱えているだろう？　助けてくれるのはありがたいけど、カティ、それは無理だ」

「わたしが申し出たのは、助けられる当てがあるからよ。貯金があるの。いくら必要なの？」

チャールズは立ち上がり、夕日を浴びて点々と輝く港の水面を見回した。

「とても恥ずかしいことなんだよ（イッツ・ヴェリー・エンバラシング）、本当に（リアリー）、カティ」

「助けを借りるぐらいなら気をつけの姿勢で死ぬことを選ぶイギリス人の先祖の血を引いていることはしばらく忘れてちょうだい。で、借金はいくらなの？」

「四万二千ユーロだ……」チャールズは消え入りそうな声で答えた。

「あなたに貸すわ。これからカンペールに行って会う債権者への返済なのね」

「そう。お察しのとおりだ。きみと過ごした夜より楽しくはないけどね」

「耳を揃えて全額を月曜日に返すと言って返済を待ってもらうのよ」

「なんだって」チャールズは絶句した。「全額を用意できるってことかい？」

「そう言ったでしょう。あした銀行に電話して、あなたの口座にお金を振り込ませるわ。あなたは借用書にサインをしてくれれば大丈夫よ」

「でも、どうしてそんなにぼくを信用してくれるんだい？」チャールズは驚いた。

「わたし、何か間違っているかしら？」

「いいや。でも、そんな人に会ったことはない」感情を押し殺してチャールズは言った。

「必要なときに助け合えないのなら、なんのための友人なの」カトリーヌはそう言うと、チャールズの手を握った。「あなたの銀行口座の番号を教えて。振り込んだほうが時間の節約になるから」

チャールズはしばらくためらったあと、カトリーヌの申し出を受け入れる決心をした。できれば避けたかったが、断る余裕はなかった。ポケットから膨らんだ財布を出して銀行のキャッシュカードを探した。カトリーヌは、いつもきちんとした身なりをしているチャールズが、どうしてこんなかさばるものを持ち歩けるのか理解できなかった。もっとエレガントなルイ・ヴィトンの財布をプレゼントしてあげる……。その日に……。

「ああ、あった」イギリス人の叫び声でカトリーヌは夢想から覚めた。「紙と鉛筆を貸してくれないか。番号を書くから」

チャールズがカンペールでの待ち合わせに行ってしまってからも、カトリーヌはまだチャールズの唇の感触を覚えていた。長いあいだ味わっていなかった甘美な感触を。

57

ヤンの再登場

カトリーヌ・ヴァルトは心が軽くなったような感じがして帰り支度を始めた。そのとき不審な男が興奮してレストランに飛び込んできた。

「申し訳ございませんが、レストランは営業していないんです」

「こんばんは、カティ。わたしだよ、ヤン・ルムールだ」

カトリーヌは驚きを隠して新聞記者に近づき、奥に招き入れた。

「あら、ヤン。夕日が眩しくて、あなただとわからなかった。お気の毒に、怪我はすぐによくはならないのね」カトリーヌは紫色のヤンの顔を見て同情した。

「医者からはあとひと月以内に人間の顔に戻ると言われたよ。だから、自然の手に委ねることにしたんだ」ヤンは答えた。

「きょう病院を退院したのね」

「いや、入院した日に退院した。アラナが口を利いてくれたんだ」

「アラナは本当にいい娘だわ」

「きみのこともすてきな人だとアラナが言っていたよ。ところで、きのうロンドンに行ってきたんだ」

「ロンドンですって」カトリーヌは大声を出した。「その怪我で？ もうちょっと待てなかったの？」

「行かなければならない理由があったんだ」ヤンは秘密めかして言った。「今夜、わたしと話をする時間はあるかい？」

「なんだか怖いわ、ヤン。ここでちょっと軽いものでもつまみましょうか。それとも近くでクレープでも食べる？」カトリーヌは提案した。

「ここのほうが都合がいい。人に聞かれたくない話なんだ」

話の続きに不安と期待をいだきながら、カトリーヌはドアを閉めた。ヤンはまた嫉妬心を爆発させるのだろうか。まさかハロッズのバーゲンセールのためにロンドンへ行ったわけではあるまい。

「さあ、話してちょうだい」カトリーヌは自分が思っていたよりも冷ややかな声で促した。

ヤンは気にした様子もなく、話し始めた。

「マークが帰るまで待って、わたしはここに姿を見せたんだ」

「だれのことを話しているの？　そして、あなたはいまわたしのことも嗅ぎ回っているのね」

「別に嗅ぎ回っているわけではない。そして、話しているのはチャールズのことだ。マークというのが本名だから」

「よく聞いてちょうだい、ヤン」カトリーヌは同情するように言った。「自動車事故であなたはわたしたちが思っているより重傷を負ったのよ。お家まで送ってあげましょうか」

新聞記者はカトリーヌに微笑みかけた。というより、微笑んでいるような顔を無理やり作った。そして、リュックサックから厚紙のフォルダーを取り出した。なかから紙の束を摑んでカトリーヌに渡した。

「四年前の〈ザ・サン〉紙の記事だ。英語は読めるかい？」

「ええ、それに話すのも得意よ」カトリーヌはそう言って新聞のコピーを受け取った。ざっと目を通しヤンに返した。

「こんなことありえないわ。他人の空似でしょう」

「きのう、スチュアート・ウォーカーと長いあいだ話をした。わたしの友だちで〈ザ・サン〉紙で記者をしている男だ。明らかにチャールズだ。ロクマリア村に住むこの男こそ、この記事のマーク・キャヴェンディッシュだ」

「でも、そんな……。チャールズは自分の若いときの話をしてくれたわ」カトリーヌは動揺して口ごもった。「すべて作り話のわけがない」

「そう、すべてが作り話ではない」

ヤンは、マークの経歴を要約して話し、本物のチャールズ・ハイベリーの写真をカトリーヌに渡した。

「偽者ほど男前じゃないのは確かだが、本人に間違いない」ヤンは言って、カトリーヌから写真を受け取った。

「でも、なぜロンドンに行ってまで、チャールズのことを嗅ぎ回ったのよ。チャールズがあなたの車に細工をしたと思っているからなの?」

「最初はそうだった。しかし、調べているうちに、チャールズの食料品店〈ゴッド・セイヴ・ザ・クイーン〉がタックスヘイブンに関係していることがわかった……。そして、イギリスのギャングの汚れた金を洗浄するために食料品店が使われていることも知った」

カトリーヌはこれまでの人生で何度もつらい目にあってきたが、今回はあまりにもひど過ぎる。せっかくチャールズと仲直りしたばかりなのに、この新聞記者が自分のすてきな王子さまを口のうまい詐欺師に変えてしまったのだから。チャールズがほかの女と寝ても気にならなかった。自分はうぶな娘ではない。でも、自分がチャールズに貸そうと申し出たお金は？　自分はまんまと利用されたのだろうか。違う、違う、絶対に違う。チャールズはカトリーヌの資産が〈ブレットゼル・エ・ブール・サレ〉の口座にある金額よりはるかに多いなんて思ってもいないだろう。

「そして……」カトリーヌは尋ねた。「あなたを殺そうとしたのはチャールズだとまだ思っているの？」

「手がかりがいくつかあるだけで、はっきりした証拠はない。マークの自動車修理の腕は確かで、盗難車の売買にも手を染めていた。一方で最近、憲兵隊のロナン・サラウン曹長がマークの疑惑が深まるような情報を教えてくれた」

「教えてちょうだい」

「スクープというわけではないが、だれにも言わないでくれ、カティ。マークでもチャールズでも好きに呼んでいいが、この男はケレに五千ユーロの借金があった。三週間前に返済したそうだ」

これを聞いて、カトリーヌは激しく動揺した。チャールズは借りた金でケレに返済したのだろうか。ヤンに話すべきか。言ったほうがよいのか、言わなくてもよいのかしばらく悩んだ。新聞記者はカトリーヌがジレンマに苦しんでいることを察して、じっと黙っていた。カトリーヌはようやく態度を決めた。

「チャールズ、わたしはそう呼ぶわ。チャールズはいま、大きな金銭問題に直面しているの」

「もう少しくわしく話してくれ」

「チャールズは四万ユーロ以上の借金を抱えていて、ひと筋縄ではいかないみたいなの。ビジネスのほうもうまくいっていない……。だから……なぜケレに借金を返したのか本当にわからない」

「わたしにもわからないさ」ヤンも同意した。「やつがペテン師だとしても、借金を返したのにどうしてケレに薬を盛る必要があるんだ？」

ヤン・ルムールは立ち上がった。歩きながら考えるのが好きだったからだ。歩くと集中力が高まるのだ。部屋の隅々を見渡し、カウンターに近づいた。

「家に帰るときには財布を忘れないようにしないとね」ヤンはそう言うと、財布を手に取った。

「わたしは小銭入れしか持っていないわ……。それは、それはチャールズの財布よ。帰るとき忘れていったの」

新聞記者は思わぬ幸運を利用して財布を開け中身を点検し始めた。

「やめてちょうだい、ヤン。人の財布のなかを見るものではないわ。失礼でしょう」

「冗談だろう、カティ。マークがケレ殺しに関わっていないと証明されていないのなら、まだ容疑者のままだ」

「あなたにそんな権利はないわ。返してよ」

「嫌だ」

ヤン・ルムールの高圧的な声が響いた。カトリーヌは怒りを抑え、ヤンのするままに任せた。調べればチャールズが無実だとわかるかもしれない……。そうでないかもしれないが。

「なんと、やつは財布に自分の人生を入れて運んでいるんだ」

ヤンはさまざまなものを注意深く取り出した。元あったところに戻さなくてはならない。クレジットカード、ポイントカード、会員券、クレジットカードの利用明細が複数。現金八十ユーロと六十ポンド。

「自分より整理が苦手なやつがいるとは思わなかったな」ヤンは驚きながら、ひとつひとつを写真に撮っていく。

やがて、使用金額三十四ユーロのクレジットカードの利用明細に目を留めた。これを調べながら、ヤンは長い口笛を吹いた。

「どうしたの？」チャールズが財布を取りに戻ってくるのではないかと心配してテラスを見つめながら、カトリーヌは尋ねた。

「二週間前」ヤンは言った。「ハイベリーはブレストの薬局に行っているぞ」

「それがどうしたのよ？」

「きみがチャールズを守ろうとする姿勢は称賛に値するよ、カティ。もし薬が必要なら、ロクマリアに一軒、コンカルノーにはたくさんの薬局があるのに、わざわざ車で一時間かけて買いに行くかな？」

カトリーヌはため息をついた。明白な証拠を突きつけられて反論ができなかった。チャールズにはケレを葬り去る動機はないのだと自分に言い聞かせて、不安を拭った。ヤンと一緒にこの利用明細の内容を調べてみなくては。

58

ブレストへの遠征

アウディはプルガステル゠ダウラスを抜け、堂々たる威容を誇るイロワーズ橋を渡ってブレストに向かった。カトリーヌ・ヴァルトは、ハンドルを握りながら緊張が高まっていくのを感じていた。自分は恐ろしい勘違いをしているのだと納得しようとしたが、次第にヤン・ルムールの主張が理にかなったものに感じ始めていた。昨晩は自分の夢を壊そうとした男を憎んだ。けさになって、失望した乙女のような気持ちは多少なりとも消えていた。新聞記者の取材が間違っていることを願うしかなかった。

「環状交差点に出たら左に曲がってください」アラナが優しい声で言った。

カトリーヌはアラナのことばに従った。オセアノポリス水族館の前を過ぎたあと、港に沿って進んで右に曲がり街の中心部に向かった。

「あそこの駐車場に止めましょう」アラナが言った。「薬局まで歩いて数分です。足のしびれも取れるでしょう」

「ブレストのことはよく知っているの？」

「父さんと一緒に十年以上住んでいたんです。父さんから聞いていませんか？」

「いいえ。プライベートなことはお互いあまり話していないの」

「母さんはわたしが十歳のときに亡くなりました。当時はロクマリア村に住んでいて、父さんは魚市場で働いていたんです。父さんはわたしの勉強を見る時間がなかったので、母さんのお姉さんが住んでいるブレストに引っ越し、父さんは仕事も変えました。ジャーナリストになるための勉強とインターネットの細々した仕事を両立させ生計を立てていたのです。昼は仕事をしながらわたしの面倒を見て、夜は自分の勉強に充てていました。母さんの死という悲劇にもかかわらず、幸せな子ども時代を過ごさせてくれて、父さんにはいつも感謝しているんです。わたしのために自分を犠牲にしてくれたのだから」

気丈な父親の側面を知って、カトリーヌがヤンにいだいていた粗野な男というイメージは一変した。

駐車場はがらがらで、カトリーヌはすんなり車を止めることができた。日光のおかげでブルターニュは暖かく、今回ここに来た理由が深刻なものでなかったら、ブレストを散策してさぞ楽しめただろう。ブレストといえばこれまでブレスト・ブルターニュ空港しか知らなかった。

ふたりの女性はケネディ庭園に沿って歩きリヨン通りに入った。その日の朝、ヤンはカトリーヌに自分の代わりにアラナが一緒に行くと告げていた。自分のものではないクレジットカードの利用明細を見知らぬ人物から見せられたら、薬剤師はどんな反応を示すだろう。素直に話すだろうか。いや、絶対に話すわけがない。アラナは自分が聞いてくるとカトリーヌに申し出た。看護師という職業の知識と身分証明書が役に立つだろう。

「外で待っていてくださいね」街の中央にある薬局に着くとアラナは言った。

「わかった、そうするわ。そのほうが怪しまれないわね。がんばって。成功を祈っている」

広い店内は品揃えが充実していた。チャールズ・ハイベリーは客がたくさん来る薬局を選んだに違いない。アラナは一番若そうな女性の薬剤師のところに向かった。おそらくまだ研修中で、この女性なら話してくれそうだ。イギリス人が来た日に応対したことを祈るばかりだ。そうでなければ、ほかの薬剤師と話をしなければならないが、声をかける相手の数を増やしたくはない。アラナが満面の笑みを浮かべると、そばかすだらけの薬剤師も微笑み返した。

「何かお探しですか」

「ええ、お願いがあるのですが。わたしはカンペールの救急病院の看護師で、エティエンヌ・グルメリン公共精神衛生センターでも働いている者です」

アラナは薬剤師が自分に興味を持ったことにすぐに気づいた。アセトアミノフェンや薬草から作った薬品を売るのに飽き飽きしていたのだろう。

「最近、精神科の患者数人がわたしの勤務する病棟に嘔吐で入院し、そのうち何人かは蘇生術を施さなければならない事態に陥りました」

「大変だったのですね。それで原因はわかったのですか？」

「自分たちで食べ物に催吐剤を入れて飲んでしまったのです」

「まあ、なんてひどいことを」薬剤師は憤慨した。

「確かにひどい話なんです。事故が起こったのを知って、すぐ当局には知らせました。憲兵隊がわたしたちになんと言ったかわかりますか？」

「いいえ」

「あなたたちの患者が起こしたのだからあなたたちで解決しなさい、と言われたのです」カンペールの憲兵隊に心のなかで謝りながら、アラナは言った。

「ひどいわ。それで、あなたが調査しているわけですね」

「調査というほど大げさなことはしていないのです。病院の仕事もしなければなりませんから」

「そうですよね。あなたの仕事は尊敬に値します。わたしも看護師になりたかったのです。でも、父に猛反対されました。給料が安いからと」父親に反対されたことにまだ怒りながら、若い薬剤師は言った。

「給料については、お父さまの意見は間違っていないわ。でも、それ以外のことで、お父さまは自分が言っていることが間違っているとわからないのよ」

「父はやっぱり言い過ぎです。あなたが正しいと思います。ところで、どうしたらあなたのお役に立てるでしょうか」

うまくいきそうだ。

「精神科の科長が調査をして、ひとりの患者が実行犯として浮上しました。この患者は例外的に外出を許されてブレストにいたのです。そして、その患者は、自分が行ったことのある大きな薬局を思い出しました。わたしはブレスト出身なので、調査を引き受けました」

若い薬剤師は頭のなかでしばらく記憶を手繰ったあと、指でVサインを作った。

「わたしが応対しました。その男性はなんという名前ですか？」

「ハイベリーです。写真も持っています。参考になるかしら」アラナはそう言って、携帯電話を取り出した。

「でも、たくさんのお客さんが来るので……。待って、この顔ならよく覚えています」薬剤師は日焼けしたチャールズ・ハイベリーの顔を見て叫んだ。「おじさんの割にはセクシーで、甘い響きのイギリス訛りがありました。わたしが接客したのですが、社長の奥さんは一日じゅうその男性のことを話していましたよ」薬剤師はそのものまねをしながら、声を潜めて言った。「それ以外の点について、イギリス人は普通に見えました」

「そのとおりです。この患者の症状は、言っていることが極めて普通に見えるのが特徴なんです……。それに、女性を見たら口説くという症状も」

「びっくり仰天よ」薬剤師はよそ行きのことば遣いをやめた。「父と同じぐらいの年齢に見えるけど、ビールでも飲まないかと誘われたらとても断れない」

「わかります、その気持ち。ところで、この患者が提示した処方箋の控えはあるかしら？」

「ちょっと待って。端末で探してみます」

このふたりは何をしているのだろうと訝しがっているベテランの薬剤師に、アラナは親しみを込めて会釈した。若い薬剤師はすぐに処方箋を印刷しアラナに渡した。アラナはそれに目を通した。ハイベリーが購入した薬品は疑う余地のない証拠を示していた。それは、被害者たちの血液から検出されたものと同じ強力な催吐剤だった。「看護師になりたいのなら大歓迎よ」

「本当に助かったわ」アラナは、出口に向かいながら薬剤師に礼を言った。

「わたしの思いをわかってくださるのね。わたしの名前はソワジック、あなたは?」

「シュザンヌよ」アラナはためらわず嘘をついた。

59

対決

午後二時。カトリーヌ・ヴァルトはメロンを数切れ、やっとの思いで食べた。自分があれほど望んでいたその瞬間は悪夢に変わってしまった。薬を盛った犯人の名前をついに知ることができた。真犯人が見つかればカトリーヌのレストランの汚名は晴れる。だが心を許した男が自分を裏切ったと知って、カトリーヌは胸を締め付けられる思いだった。新聞で名誉を傷つけられたり一部の住民に後ろ指を指されたりして落ち込んでいる自分を前にして、どうしてあの男は思いやりのある友人や将来の恋人を演じることができたのだろう。

自宅のテラスでパラソルの陰に座っていると、駐車場に車を止める音がした。チャールズ・ハイベリーだ。間違いない。昨夜ヤン・ルムールが帰ってからしばらくして、チャールズに財布を返した。カンペールに出かける直前に偽善者は急いでレストランに戻ってきた。落ち着き払った態度の下に心の動揺を隠していたに違いない。

ふたりはきょうの午後会う約束をした。チャールズは小切手を受け取りたいはずだ。

ドアが軋(きし)む音がした。カトリーヌは蝶番(ちょうつがい)にグリースを塗らなくてはならないと思った。

「やあ(ハロー)、愛しい人(ディア)、調子はどうだい(ハウ・アー・ユー)？」チャールズはバラの花束を手に近づいてきた。

まったく、なぜこの男は事態をややこしくするのだろう。チャールズが横柄であってくれれば、何も知らずにいた怒りや苛立ちを彼にぶつけてやれるのに。しかし、完璧な尻を包み込むジーンズを穿いて、すてきなTシャツを着こなし、魅力的な笑みを振りまき、美しい花束を持っているチャールズがそこにいる。この男は何をしたいのだろう。カトリーヌは、相手のペースには乗らず自分が考えたとおりに話を持っていくことにした。

「あまり調子はよくない(ナット・ソー・グッド)わ(ディア)」カトリーヌは英語で言ってチャールズを戸惑わせた。

イギリス人はカトリーヌがシェークスピアの国のことばを流暢に話せることを知っていたが、暗黙の了解でふたりはこれまで主にフランス語で話をしていた。

「具合でも悪いのかい？」チャールズが心配そうに尋ねた。数時間前のカトリーヌだったらそのことばを素直に受け止めただろう。

「たぶんあなたよりはいいわ」カトリーヌはそう言うと、アラナから受け取った処方箋のコピーを渡した。

チャールズはそれを手に取りざっと目を通して、カトリーヌに返した。動揺は隠しきれなかった。

「説明してくれてもいいんじゃないかしら」カトリーヌは突き放すように言った。

「もちろん説明するさ。だけど、こんなに美しいバラを日光に当てて枯らしてしまうのはもったいない。花の無垢な美しさを大切にしないと」

この期に及んでまだそんな気障なことを言うのか。

「そこで待っていてちょうだい」チャールズの手からひったくるように花束を取り、カトリーヌは命じるように言った。

カトリーヌは花瓶を持ってキッチンへ向かった。最低限の落ち着きを取り戻すにはこの時間が必要だった。カトリーヌは花を生けた。花は本当にすばらしかった。この男は何ごとも完璧に実現させた……。殺人を除けば。それでミスを犯したのだ。テラスでは、チャールズがパラソルの陰でデッキチェアに座っていた。

カトリーヌはこわばった表情で腕を組み、チャールズを見下ろした。

「この薬品を買ったことをどう説明してくれるの？」

チャールズはじっとカトリーヌを見つめた。状況が不利になっているのに、怒ったときのカトリーヌは美しくセクシーだと思う余裕があった。たちまち、いい作戦を思いついた。

「資金繰りに困っているときに料理に催吐剤を振りかけるだけで二万ユーロをあげると親切な人が言ってくれたんだ。こんな小さな手助けでいいなら断るわけがないよね」

カトリーヌが驚いたような顔つきになった。もしかしたらと予期していたものの、チャールズがこんなにあからさまに白状するとは思いもしなかった。

「お金のためにケレを殺すことに同意したのね」カトリーヌは息苦しくなってきた。「殺すことまでは取引に含まれてはいなかった。ジャン＝クロード・ケレが死ぬとわかっていたら、当然もっと報酬を要求していただろう。正直に言うと、合併症の危険があるなんてひとことも聞いていない」

カトリーヌはチャールズが本当のことを言っているのか嘘をついているのかわからなかった。これまでチャールズの魅力だと思っていたところに、いまは耐えられなくなっていた。

「ケレが死ななかったとしても、わたしのレストランが責任を問われるのは明らかだったわよね……ミスター・キャヴェンディッシュ」

チャールズは驚きを隠そうともしなかった。どうやって知ったのだろう。ヤン・ルムールか。たぶんそうだ。やつを警戒していたのは正しかった。しかし、自動車事故に遭ってもぴんぴんしていた。運が向こうにつき始め、こちらの状況はひどく悪くなっていた。

「〈ザ・サン〉紙の記事を読んだときも」カトリーヌは続けた。「それは過去のことだと信じたかった。あなたが罪を悔い改めて、信頼できる人間に戻ったと思いたかった」

「何を悔い改めるって？　きみは男性経験が豊富だから男の欲望に免疫があると思っていたんだけどな。まあ、それはそれとして、きみはいい女だ。ちょっとぽっちゃりしているけど。きみと寝なかったのを心から後悔しているよ」

痛烈な平手打ちがチャールズの不意を突いて顔を襲った。女なんてうわべの誠実さだけを求めていて、こちらが本音を言うとこのざまだ。チャールズは立ち上がって、カトリーヌに向かい合った。

「イギリスのジェントルマンは女性を殴ったりしない。しかし（バット）、きみも知っているように、ぼくはジェントルマンじゃない」

カトリーヌは周りを見回してかがみ、片付け忘れていたスコップを拾った。このげす野郎に手出しはさせない。

「だけど」チャールズはカトリーヌの動作を気にも留めずに話し始めた。「ぼくと意見が合わないからそんな仕打ちをしようというのか」

「意見が合わないですって？」カトリーヌの怒りが爆発した。「あなたはわたしを破滅に追い込もうとし、わたしを馬鹿にした。あなたにとって、わたしはセックスのための肉の塊に過ぎないことがよくわかったわ。それをあなたは意見の相違と言うのね」

「ぼくはきみをとても大切に思っていた。きみに振られて失望した夜でさえもね。幸い、ナターシャ・プリジャンがぼくの悶々とした気持ちを解消してくれたよ」

カトリーヌは一瞬、握りしめていた園芸用具でこの男の顔面を殴ってやろうかと思った。しかし、あとの面倒を考えれば、そんなことはしないほうがいい。

「で、ナターシャとはうまくいったの？」冷静さを装って尋ねた。

カトリーヌはどう反応してよいかわからず、頭のなかに真っ先に浮かんだことばを口にした。

「ぼくははるかに経験豊富で淫乱な女性を知っているが、ナターシャはぼくの望みをすべて受け入れてくれた。猥褻(わいせつ)なことをさせるとナターシャが恍惚となったのがわかった。技術は未熟だがそれを補って余りある経験だったよ」

カトリーヌは悪夢を見ているのだと思った。状況を把握しなければ……。横道にそれてはいけない。一歩下がってスコップを握りしめていた手を下ろし、最も重要な質問をした。

「あなたにお金を払った《親切な人》とはだれなの？」

60

黒幕

チャールズ・ハイベリーは答える前にカトリーヌ・ヴァルトの顔をじっくり見た。女性を自分の野望を満たすための手段としか思っていなかった自分にとっても、カトリーヌはいい女だった。話し終えたらすぐにロクマリア村を立ち去らなければならないことは十分わかっていた。処方箋を手に入れたのはカトリーヌではないだろう。憲兵隊がまだ持っていないとしても、すぐに入手するのは間違いない。カトリーヌは処方箋を憲兵に渡し、レストランで待ち伏せさせることもできたのに、自分にチャンスを与えた。カトリーヌは直接真実を知りたかったのだ。白状してから逃げても遅くはない。

「ぼくたちが敵対する関係でなかったらどんなによかったか」チャールズは話し始めた。

「だけど、こうなるようにしたのはあなたよ」氷のように冷ややかな口調でカトリーヌは言った。「それで、《親切な人》とはだれ？」

「マドレーヌ・ケレだ」

カトリーヌはショックを受けて、チャールズをまじまじと見た。また嘘をついているのだろうか。ジャン＝クロード・ケレの妻になんの関係があるというのだろう。

「でも、どうして？」

「きみは本当のことを知りたいのか、たとえそれが後味の悪いことでも」チャールズは確かめるように尋ねた。

「あなたの言うことに対してはとっくに免疫ができているわ」カトリーヌは皮肉を言った。「もう何を言われても平気よ」

「それはよかった。では話そう。きみのレストランの〈シュールクルートの夕べ〉の五日前にマドレーヌ・ケレから電話があり、不可解な申し出を受けた。この地域の最高権力者の妻の頼みごとなら、経済的に困っていればすぐに飛びつく。コーヒーを飲みながら少し世間話をしたあと、マドレーヌは夫に薬を盛ることを依頼した。そして、場所と薬の種類、報酬の金額を提示してきた」

「わたしのレストラン、催吐剤、二万ユーロでしょ」

「そのとおりだ。きみのレストランにシュークルートを食べに行くと夫から聞いたそうだ。もちろん一緒に行こうとは言われなかったそうだけどね」

「でも、どうしてマドレーヌはあなたに電話したわけ？　夫を片付けるために見知らぬ男にお金を払うのはリスクが大きいわ」

「その前から順を追って話すよ」チャールズは言った。「マドレーヌ・ケレはたまたまぼくに頼んだわけではない。ぼくをゆすってきたんだ。何カ月か前にケレに借金をした。緊急に一万ユーロ借りて、まだ五千ユーロ残っていた。三週間前、ケレはちょっとした仕事と引き換えに残りは帳消しにしてやると言ってきた」

「五千ユーロを棒引きに？　そのお金で何かやってあげたのね」

「大したことはしていない。ただ……」

チャールズは一瞬ためらったあと答えた。

「二台の冷蔵庫に細工をしたんだ」

「あなただったのね」カトリーヌは叫んだ。「信じられない。でもどうしてそんなことを？」

「借金を減らすためさ。正直言って後ろめたかったが、危機的な経済状況には代えられなかった」

カトリーヌはもう責める気力もなかった。

「あなたを信じていたのに、わたしの衛生管理の信用を失わせようとしたわけね」

「それがケレの狙いだったんだ」イギリス人は言った。

「わたしがケレに何をしたというの？」

「いや、ケレには何もしていない。ケレは友人であるジョルジュ・ラガデックに手を借したに過ぎない。きみにケルブラ岬邸を《盗まれた》と思っているジョルジュにね」

「でも、なんでこの話を蒸し返さなければならないの。ジョルジュはケルブラ岬邸の所有者にとんでもなく低い額を提示して購入を断られた。駆け引きに負けたのよ。それだけのこと」

「そうには違いないが、ジョルジュはずっと根に持っていた。ケレは、レストランを閉店に追い込むことで、きみが屋敷を売って村を出ていくことを望んでいたんだ。付け加えると、正直なところ、きみのレストランが開店してからぼくの店の売り上げは落ちていたんだよ」

「信じられない」カトリーヌは大声を出した。「何度一緒に仕事をしましょうかとあなたに言ったことか。わたしのレストランのケーキやワイン、フォアグラをあなたの店で売って、利益は折半にしましょうと頼んだでしょう。いつもあなたは断っていたじゃない」

「ぼくの口座に嘴を挟むようなことはしてほしくないことはもうわかっているだろう」

「さあ、話をもとに戻してちょうだい」

「ある夜、酒を飲んでいたケレは、自分のたくらみを妻に打ち明けた。当然ぼくの名前も口にした。こうして、マドレーヌが金のために良心を売る男の連絡先を知ることになった。マドレーヌは、依頼を断れば憲兵隊に通報するとお上品にぼくを脅かしたが、そんなことを言われなくてもこの依頼を引き受けていただろう」

「でも、なぜマドレーヌは夫を毒殺したかったのかしら？」カトリーヌは疑問を持った。「結婚してから何十年も経つというのに」

「動機は教えてくれなかった。こういうときは余計なことは知らないに限る。これですべて話した」

　ふたりはまだテラスに立ったままだった。太陽が傾いてきて腕やうなじに当たるようになったので、カトリーヌはパラソルの下に移動した。草むらでコオロギがのんびり鳴いているのに気づいた。カトリーヌは、チャールズに永遠に別れを告げる前に最後の質問をした。

「四万二千ユーロの借金の話をわたしにしたとき、貸してもらえると思ったの?」

「そうだ」

「でも、どうしてそんなふうに確信できたの?」カトリーヌはあきれて訊いた。「帽子から鳩を出すように簡単に大金を引き出せるほどわたしのビジネスは儲けがあるわけじゃないのよ」

「ぼくの経歴を調べてくれたよね、カティ。ぼくもきみの経歴を念入りに調べさせてもらったよ。ここの住民がきみの本当の姿を知らなくても、ぼくはきみの財産の出どころを知っているんだよ」

暖かい午後のひとときにもかかわらず、チャールズの脅しを聞いて、カトリーヌは身震いした。

「美しい屋敷を買って、豪華なリフォームを施し、レストランを立ち上げ、営業停止を食らってもあまり取り乱したりはしない。それだけの金がどこから出てくるのだろうかと、ほかの人たちと同じように、ぼくも不思議に思っていた。しかし、ぼくがほかの人たちと違うのは、極めて優秀な情報ネットワークがあることだ。だから、きみの財産の出どころは知っている」

「わたしを黙らせようとしても無駄よ」カトリーヌは拳を固く握りしめて脅すように言った。「何が欲しいのか言ってみなさい。一サンチームだってやらないわ」

「そうする手もあったな」チャールズは言った。「ぼくはマーク・キャヴェンディッシュにしか過ぎないのに、きみが憲兵隊を呼ばなかったことは感謝する。だから、きみの財産の秘密を明かさない代わりに、ぼくを自由にしてくれ」

チャールズは立ち上がり、話を終えようとした。

「憲兵隊が処方箋を手に入れていたら」チャールズは言った。「いまごろは家でぼくを待っているに違いない。だから、すぐにロクマリア村を離れる。エリック・ジュリエンヌ准尉が家宅捜索したら、バスルームの戸棚に残りの薬が入った箱を見つけるだろう。そうすれば、きみにかかっていた嫌疑は晴れる」

チャールズが言い終わると、長い沈黙が続いた。すべてがあっという間の気がする。イギリス人は、カトリーヌの指を握って唇で軽く触れ、最後に微笑んで去っていった。その瞬間、カトリーヌはチャールズを憎めなくなった。

61

浜辺

カトリーヌはチャールズの話にショックを受けた。寝室に上がってビキニの水着を着け、ビーチバッグに携帯電話やタオル、日焼け止めクリーム、アイスティーのボトルを詰めて、静けさを求めて小さな入り江に下りた。海は引き潮だったが、構わず泳ぎに行った。海底は急に深くなっていて、遠浅の海を何キロも歩かずに、泳ぐことができた。

クロールで三十分ほど泳いだあと、ブラジャーを外して熱い砂浜に寝そべった。目を閉じて自然の恩恵を全身で受け止めた。繰り返し砂浜に打ち寄せては消える波の音、干潮でチャンスとばかりに貝やカニを貪るカモメたちの鳴く声、水面に浮いている海藻の独特の臭い、肌に感じる太陽のぬくもり、まだ濡れているお腹を刺激するそよ風の感触。カトリーヌは考えるのをやめ、いま体が感じる小さな幸せに精神を集中させた。意識が遠のいて、いつのまにかまどろんでいた。

電話の呼び出し音で目が覚めた。あくびをしながら、ビーチバッグから携帯電話を出して通話ボタンを押した。

「ヤン・ルムールだ」電話の向こうからぶっきらぼうな声がする。「いま話せるかな？」

「大丈夫よ。何かあったの？」

「憲兵隊がチャールズ・ハイベリーの家と店に行ったのだが」新聞記者は説明し始めた。「どっちにもいないんだ。きみのところへ向かったのじゃないかと心配になった」

カトリーヌは少し考えてからヤンに言った。

「わたしのところに来てくれないかしら、ヤン？」

「もちろんだとも。いま港にいるんだ。そっちはいま家か」

「ええ、そうよ。屋敷の下にある小さな入り江を知っている？」

「よく知っているよ」ヤンは言った。「子どものころよく泳ぎに行ったもんだ」

「そこで会える？」

「十五分もかからずに着くよ」

カトリーヌは電話を切り、ブラジャーを着けた。ヤンをどぎまぎさせてはいけない。

何を話せばいいのだろう。ヤンの熱意とアラナが費やした時間を考えると、真実を告げなければならない。でも恋が破れたことは言わなくてもいいだろう。

「カティ！」

名前を呼ばれてカトリーヌが振り返り、断崖の上を見上げた。新聞記者が階段を駆け下りてくるところだった。色あせたジーンズ、いまでは港の市場でも履く者はいないデッキシューズ、かなり窮屈なTシャツ、手入れをせずぼさぼさにしたままの髪。チャールズのように整った容姿ではなく、とても美男子とは言えないが自分でも気づいていない男の魅力がある。だけど、男はもうこりごりだ。

「それで、どんなニュースなの？」カトリーヌは上半身を起こして訊いた。

「わたしも座っていいかな？」ヤンはそう言うと砂の上に腰を下ろした。

「お好きなように」カトリーヌは笑顔で応えた。

「昼ごろ憲兵隊に処方箋を持っていったんだ。憲兵の反応は鈍かったよ。アラナが果たした役割を隠しながら、どうやって処方箋を入手したか説明しなければならなかった。クリストフ・リウ伍長には苦労させられたよ。親切な男だけど鋭さに欠ける。しかし、午後早くエリック・ジュリエンヌ准尉が帰ってくると大騒ぎになった。処方箋